KB116541

각성

각성

The Awakening

케이트 쇼팽 장편소설　한애경 옮김

THE AWAKENING
by KATE CHOPIN (1899)

이 책은 실로 꿰매어 제본하는 정통적인 사철 방식으로 만들어졌습니다.
사철 방식으로 제본된 책은 오랫동안 보관해도 손상되지 않습니다.

각성

7

1

문밖에 걸려 있는 새장 속에서 노란색과 녹색 깃털의 알록달록한 앵무새가 쉴 새 없이 떠들어 댔다.

「*Allez vous-en! Allez vous-en! Sapristi*(가버려! 가버려! 제기랄)! 이제 괜찮아!」

그 앵무새는 이런 프랑스어 말고 스페인어도 조금 할 줄 알았다. 그리고 반대편에 앉아 있는 흉내지빠귀 말고는 아무도 알아듣지 못하는 언어로 지저귈 수도 있었다. 그 흉내지빠귀는 산들바람에 맞춰 미친 듯 집요하게 꾀꼬리처럼 울어 댔다.

퐁텔리에 씨는 느긋하게 신문에 집중할 수가 없어 짜증난 얼굴로 구시렁대며 일어섰다. 복도를 걸어 르브룅 부인의 본채와 이어진 좁은 〈다리〉를 건넜다. 그는 좀 전까지 본채 현관 앞에 앉아 있었다. 그 앵무새와 흉내지빠귀는 르브룅 부인의 소유였다. 그 새들은 원하는 대로 실컷 지저귈 권리가 있었고, 퐁텔리에 씨는 그 새들의 지저귀는 소리가 시끄러우면 그곳을 떠날 권리가 있었다.

퐁텔리에 씨는 자신이 묵는 별장 현관 앞에 멈췄다. 그 별장은 본채에서 네 번째, 별장들 중 끝에서 두 번째 건물이었다. 퐁텔리에 씨는 거기 있는 고리버들 흔들의자에 앉아 다시 정신을 집중하고 신문을 읽으려 했다. 그날은 일요일이었는데, 읽고 있는 신문은 하루 전인 토요일 날짜였다. 일요일 신문은 아직 그랜드 아일[1]에 배달되지 않았다. 이 동네 소식이라면 이미 충분히 알고 있기에, 전날 뉴올리언스를 떠나면서 시간이 부족해 미처 읽지 못한 사설과 기사 몇 쪽을 이리저리 훑어보았다.

퐁텔리에 씨는 안경을 낀 마흔 살가량의 중년 남자였다. 중간 정도 키에 좀 마르고 허리는 구부정했다. 갈색 직모를 옆으로 빗어 넘기고, 수염을 짧게 면도해서 깔끔했다.

퐁텔리에 씨는 이따금 신문에서 고개를 들어 사방을 둘러보았다. 평소보다 집 안이 소란스러웠다. 본채 건물은 별채와 구분하려고 〈집〉이라고들 불렀다. 아직도 새들이 재잘대고 있었다. 사교적인 파리발 씨 집안의 두 쌍둥이 소녀가 「잠파」[2]의 피아노 이중주를 연주하고 있었다. 르브룅 부인이 안팎으로 부산스레 들락거렸다. 집 안에 들어서면 밖에서 일하는 소년에게 높은 소프라노 톤의 목소리로 지시를 내리고, 집 밖에 나가면 식당 하녀에게 똑같이 높은 목소리로 이것저것 지시했다. 생기 넘치고 예쁘장한 부인은 늘 소매가 팔꿈치까지 올라오는 흰 드레스 차림이었다. 부인이 드나들 때마

1 뉴올리언스에서 남쪽으로 80킬로미터 떨어져 있는 섬. 이하 모든 주는 옮긴이의 주이다.
2 프랑스 작곡가 루이 조제프 페르디낭 에롤드Louis Joseph Ferdinand Hérold의 낭만적 오페라. 연인이 바다에서 익사하는 장면이 들어 있다.

다 빳빳하게 풀 먹인 치마에 주름이 잡혔다. 저 멀리 보이는 여러 별채 가운데 한 곳 앞에서는 검은 복장을 한 여성이 차분하게 계단을 오르내리며 묵주 기도를 하고 있었다. 그 별채에 묵는 많은 사람이 미사 참석차 보들레가 모는 소형 돛배를 타고 셰니에르카미나다섬으로 가고 없었다. 아이들 몇 명이 떡갈나무 아래서 크로켓 경기를 하고 있었다. 퐁텔리에 씨의 두 아들도 거기 있었다. 네 살, 다섯 살짜리 튼튼한 사내아이들이었다. 혼혈 보모는 멀찌감치 떨어져 깊은 생각에 잠긴 태도로 두 아이 뒤를 졸졸 따라다니고 있었다.

퐁텔리에 씨는 읽던 신문이 손에서 한가로이 떨어지게 놔두고 시가에 불을 붙여 피우기 시작했다. 그러고는 해변으로부터 달팽이처럼 느릿느릿 다가오는 하얀 양산을 뚫어지게 응시했다. 노란 카밀러가 핀 드넓은 들판 너머 가녀린 떡갈나무 사이로 양산이 또렷하게 보였다. 저 멀리 멕시코만은 푸른 지평선 너머 아련히 사라졌다. 흰 양산이 서서히 다가왔다. 분홍 줄무늬 양산 아래, 퐁텔리에 부인과 젊은 로베르 르브룅의 모습이 보였다. 두 사람은 별채에 도착해 피곤한 기색으로 현관 계단 꼭대기에 털썩 주저앉더니 기둥에 기대어 서로 마주 보았다.

「바보같이! 이런 땡볕에 한 시간 동안이나 수영을 하다니!」 퐁텔리에 씨가 외쳤다. 자신은 이미 새벽에 한 차례 수영을 했던 것이다. 그래서 그에게는 오전 시간이 유난히 긴 것 같았다.

「알아볼 수도 없이 새까맣게 탔구려.」 마치 값나가는 개인

소장품에 난 흠집을 살펴듯이, 퐁텔리에 씨가 아내를 보면서 이렇게 덧붙였다. 퐁텔리에 부인은 단단하고 매끈한 손을 들어 꼼꼼히 살피더니 리넨 소매를 손목까지 걷어 올렸다. 손을 보다가 해변에 가기 전 남편에게 맡겼던 반지 생각이 났다. 에드나가 말없이 손을 내밀자, 남편은 알았다는 듯 조끼 주머니에서 반지를 꺼내 자기 앞에 내민 부인의 손바닥에 올려놓았다. 에드나는 손가락에 반지를 꼈다. 그러고는 무릎을 모으면서 로베르를 보고 웃었다. 반지가 에드나의 손가락에서 반짝거렸다. 로베르는 부인의 미소에 화답했다.

「무슨 일이오?」 퐁텔리에 씨가 느긋하고 즐거운 표정으로 두 사람을 번갈아 쳐다보며 물었다. 알고 보니 별일 아니었다. 두 사람은 서로 앞다투어 물놀이 중 있었던 일을 이야기하려 했다. 하지만 말하고 보니 별 재미 없었다. 세 사람은 모두 이 사실을 깨달았다. 퐁텔리에 씨가 하품하면서 기지개를 켜더니 일어나서 클라인 호텔에 가서 당구나 한판 치고 오겠다고 했다.

「자네도 가겠나, 르브룅?」 퐁텔리에 씨가 로베르에게 제안했다. 하지만 로베르는 그냥 여기 남아서 퐁텔리에 부인과 담소나 나누겠다고 솔직하게 말했다.

「에드나, 로베르가 재미없게 굴면 가차 없이 보내 버려요.」 남편이 떠나면서 아내에게 이렇게 일렀다.

「여기 양산 가져가세요.」 에드나가 남편에게 양산을 내밀며 외쳤다. 퐁텔리에 씨는 양산을 받아 머리 위에 펼친 다음 계단을 내려갔다.

「저녁 식사하러 오실 거예요?」 아내가 남편 등에 대고 물었다. 퐁텔리에 씨는 잠시 멈춰 어깨를 으쓱했다. 조끼 주머니를 더듬으니 10달러짜리 지폐가 만져졌다. 그 자신도 어떻게 될지 예상할 수 없었다. 어쩌면 저녁 먹으러 일찍 올 수도 있고 못 올 수도 있었다. 이는 오로지 클라인 호텔에서 어떤 친구를 만나느냐, 그리고 거기서 얼마나 큰 〈판〉이 벌어지느냐에 달려 있었다. 남편이 이렇게 말하진 않았지만, 에드나는 이미 알고 있었다. 그래서 남편한테 웃으며 잘 다녀오라고 말했다.

아버지가 외출하는 모습을 본 두 아들은 아버지를 쫓아가려고 했다. 아버지는 두 아들의 뺨에 입을 맞추면서 봉봉 캔디와 땅콩을 사다 주마 약속했다.

2

풍텔리에 부인의 눈은 총명하고 밝게 빛났다. 연갈색 머리카락처럼 눈도 같은 연갈색이었다. 부인은 두 눈을 빠르게 굴려 어떤 대상을 보고, 깊은 생각이나 사색의 미로에 갇힌 듯 그 대상을 물끄러미 응시하는 버릇이 있었다.

눈썹은 연갈색 머리카락보다 짙은 갈색이었다. 거의 직선 모양의 숱 많은 눈썹이라 깊은 눈매가 돋보였다. 예쁘다기보다 잘생긴 얼굴이었다. 솔직한 표정과 달리 섬세한 이목구비는 사람의 마음을 끌어당기는 구석이 있었다. 몸가짐도 매력적이었다.

로베르는 담배를 말았다. 시가를 피울 만한 여유가 없어서 담배를 피운다고 했다. 주머니에는 풍텔리에 씨에게서 선물로 받은 시가 한 대가 있었지만, 저녁 식사 후에 피울 요량으로 아끼고 있었다.

로베르에게는 이것이 아주 당연하고도 자연스러운 일이었다. 옆에 있는 에드나 못지않게 로베르도 햇볕에 그을렸다. 면도하지 않았을 때보다는 깔끔하게 면도했을 때 얼굴이 부인과 훨씬 더 닮아 보였다. 경계심 없는 얼굴에 근심 걱정이라고는 없어 보이는 표정이었다. 여름날의 햇살과 나른함이 그의 두 눈에 모여 반사되었다.

퐁텔리에 부인은 현관 앞에 있던 종려나무잎 부채에 손을 뻗어 부채질을 하기 시작했다. 한편 로베르는 담배를 피우면서 입술 사이로 연기를 뻐끔뻐끔 내뿜었다. 두 사람은 쉬지 않고 떠들어 댔다. 다시 주변 일들과 해변에서 있었던 재미난 일들을 계속 이야기했다. 바람과 나무, 셰니에르로 떠난 사람들, 떡갈나무 아래서 크로켓 경기를 하는 아이들, 그리고 이제 「시인과 농부」[3]의 서곡을 연주하는 파리발 쌍둥이 등등.

로베르는 자기 이야기를 많이 들려주었다. 자신은 아직 젊어서 철이 덜 들었다고 했다. 퐁텔리에 부인은 같은 이유로 자기 이야기를 별로 하지 않았다. 두 사람은 상대방의 이야기에 큰 관심을 보였다. 로베르는 가을쯤 멕시코에 가서 돈을 벌어 볼 생각이라고 했다. 늘 멕시코에 가고 싶었지만 아직 못 가봤다고 했다. 지금 그는 뉴올리언스의 상점에서 평범한 직원으로 일하고 있었다. 영어와 프랑스어, 스페인어를 다 구사할 수 있어 점원이자 통역사로서 꽤 괜찮은 대우를 받고 있었다.

늘 그랬듯이, 로베르는 그랜드 아일에서 어머니와 함께 여름 휴가를 보내는 중이었다. 그가 기억도 못 하는 그 옛날, 이 〈집〉은 르브룅 집안의 호사스러운 여름 별장이었다. 지금은 별채가 열두 채 정도, 아니 더 많이 지어져 뉴올리언스의

3 오스트리아 작곡가 프란츠 폰 주페Franz von Suppé의 오페레타.

〈*Quartier Français*(프랑스인 거주 지역)〉에서 온 상류층 손님들로 늘 북적였다. 이 별채 덕분에 르브룅 부인은 특권을 타고난 듯 별 어려움 없이 편안하게 생활할 수 있었다.

퐁텔리에 부인은 아버지 소유의 미시시피 농장, 그리고 푸른 초원이 한없이 펼쳐진 켄터키 시골에서 보낸 어린 시절 이야기를 했다. 프랑스계 혈통이 조금 섞인 미국인이었지만, 프랑스계 혈통은 거의 흐려진 것 같았다. 에드나는 동부에 사는 여동생이 보낸 편지를 읽어 주었다. 이번에 여동생이 약혼했다는 것이다. 로베르는 관심을 보였고, 자매들이 어떤 사람인지, 친정아버지는 어떤 분인지, 그리고 언제 친정어머니가 돌아가셨는지 등을 궁금해했다.

퐁텔리에 부인이 여동생의 편지를 다시 접으려 하니, 어느새 이른 저녁 식사를 위해 만찬복으로 갈아입을 시간이었다.

부인은 남편이 사라진 쪽을 힐끗 바라보면서 〈레옹스는 오지 않을 모양이네요〉라고 말했다. 로베르도 그렇게 생각했다. 클라인 호텔에는 뉴올리언스 클럽 남자들이 많이 와서 북적거렸기 때문이다.

퐁텔리에 부인이 로베르를 두고 방으로 들어가자, 그 젊은 청년은 크로켓 경기를 하는 아이들 쪽으로 가려고 계단을 내려갔다. 저녁 먹기 전 30분 동안 로베르는 좋아라 자기를 따르는 퐁텔리에 부부의 어린 두 아들과 함께 신나게 크로켓 경기를 했다.

3

퐁텔리에 씨는 그날 밤 11시가 되어서야 클라인 호텔에서 돌아왔다. 싱글벙글 한껏 기분이 좋아 그날 클럽에서 있었던 일을 에드나에게 떠들어 대기 시작했다. 자리에 들어 막 잠이 들었던 에드나는 남편이 들어오는 소리에 잠에서 깼고, 남편은 옷을 벗으면서 오늘 하루 거기서 들은 소식과 소문을 아내에게 전했다. 그러고는 바지 주머니에서 마구 구겨진 지폐와 은화를 잔뜩 꺼낸 다음, 열쇠와 칼, 손수건, 그리고 주머니 속 잡동사니도 꺼내 책상에 한 아름 늘어놓았다. 에드나는 너무 졸려서 건성건성 대답했다.

퐁텔리에 씨는 자신의 유일한 존재 이유인 아내가 자신이 신나서 하는 이야기를 별 관심 없이 귀담아듣지 않자 매우 맥이 빠졌다.

그는 두 아들에게 사다 주마 약속한 봉봉 캔디와 땅콩을 깜빡 잊어버렸다. 하지만 자녀를 무척 사랑하는 그로서는 두 아이의 얼굴도 보고 잘 자는지 확인도 할 겸 아이들이 자는 옆방으로 들어갔다. 하지만 아이들을 살피고 나니 마음이 편치 않았다. 그는 침대에서 잠든 두 아들의 몸을 바로 눕혔다. 그중 한 아이가 발길질하며 바구니에 게가 잔뜩 들었다고 잠 꼬대를 했다.

퐁텔리에 씨는 아내에게 돌아와 라울의 몸에서 열이 많이 나니 곁에서 돌봐줘야겠다고 말했다. 그런 다음 시가에 불을 붙이고 연기를 밖으로 내보내려고 열린 문 가까이 앉았다.

퐁텔리에 부인은 라울의 몸에서 고열이 날 리 없다고 확 신했다. 잠자리에 들 때도 아주 건강했고, 종일 아픈 데도 없 었다고 말했다. 퐁텔리에 씨는 자신이 고열 증세를 잘 아니 착각할 리 없다고 했다. 바로 이 순간에도 옆방에서 자는 라 울의 몸이 열꽃투성이라며 아내에게 재차 강조했다.

그는 아내가 평소 아이들에게 무심하고 관심도 없다고 그 녀를 야단쳤다. 엄마가 자녀를 돌보지 않으면 도대체 누가 돌본단 말인가? 자신은 중개 사업으로 한창 바쁜 몸이니, 아 버지가 두 가지 일을 동시에 할 수는 없었다. 가족을 위해 바 깥에 나가 돈을 벌면서 가족에게 나쁜 일이 생기지 않도록 집에 머물 수는 없지 않은가. 그는 지겹도록 끈질기게 계속 해서 잔소리를 늘어놓았다.

퐁텔리에 부인은 침대에서 벌떡 일어나 옆방으로 가더니 곧 다시 돌아와 베개에 머리를 기댄 채 침대 모서리에 걸터 앉았다. 하지만 이것저것 묻는 남편의 질문에는 한마디도 대 답하지 않았다. 시가를 다 피우고 나서 남편은 잠자리에 들 어 금세 잠들었다.

퐁텔리에 부인은 이제 잠에서 완전히 깨어났다. 눈물이

조금 흘렀지만 *peignoir*(잠옷) 소매로 닦아 냈다. 남편이 켜 놓은 불을 후 불어 끈 뒤, 침대 발치 밑에 놓인 공단 슬리퍼를 맨발에 꿰어 신고 현관으로 나갔다. 그러고는 고리버들 흔들의자에 앉아 의자를 앞뒤로 가볍게 흔들었다.

이미 자정도 지난 시각이었다. 별채의 불은 다 꺼지고 본채 현관에서만 희미한 빛이 새어 나왔다. 오직 떡갈나무 위에 걸터앉아 부엉부엉 우는 늙은 올빼미 소리, 그리고 적막한 시간이라 기분 전환에 도움이 되지 않는 파도 소리만이 끊임없이 들렸다. 그날 밤, 밀려오는 파도 소리는 구슬픈 자장가처럼 울려 퍼졌다.

퐁텔리에 부인의 눈에서 눈물이 펑펑 쏟아졌다. 축축한 *peignoir*(잠옷) 소매로는 닦아 낼 수 없을 정도였다. 부인은 한 손으로 의자 등받이를 붙잡았다. 팔을 드는 바람에 소매가 어깨까지 흘러내렸다. 몸을 옆으로 돌리고 구부린 팔에 눈물에 흠뻑 젖은 얼굴을 묻었다. 하염없이 눈물이 흘러내리자 그녀는 더 이상 얼굴도, 눈도, 팔도 닦으려 하지 않았다. 왜 우는지 자신도 이유를 알 수 없었다. 지금 같은 일은 결혼 생활에서 늘 있었다. 일일이 말하지 않아도 잘 아는 남편의 너그러운 친절과 한결같은 헌신을 알기에, 이제까지 이런 일로 서운했던 적은 한 번도 없었다.

그녀도 알 수 없는 의식에서 터져 나온 듯, 뭐라 말로 형언할 수 없는 압박감에 사로잡혀 온몸에 희미한 고통까지 느껴졌다. 그 고통은 영혼의 여름날을 가리던 안개나 그림자 같았다. 이제까지 별로 느껴 본 적 없는 기이한 감정이었다. 일

시적인 감정 같기도 했다. 에드나는 거기 앉아서 속으로 남편을 비난하거나, 두 사람을 함께 같은 길로 인도한 운명을 탓하지도 않았다. 그저 자기 자신을 위해 울 따름이었다. 모기들이 단단하고 둥근 그녀의 팔과 맨살이 드러난 발등을 놀리듯 물어 댔다.

그 작은 악동들이 윙윙대며 따끔따끔 쏘아 대는 바람에, 부인은 서글픈 감정에서 벗어날 수 있었다. 그렇지 않았다면 깜깜한 어둠 속에서 밤새 몇 시간이라도 그렇게 앉아 있었을지 모른다.

다음 날 아침, 퐁텔리에 씨는 부두에 정박 중인 증기선까지 태워다 줄 사륜마차 시간에 맞춰 일어났다. 사업차 뉴올리언스로 다시 가면 이번 토요일까지는 그랜드 아일에 없을 것이었다. 그는 지난밤 다소 잃었던 평정심을 회복하고, 뉴올리언스의 카롱들레가[4]에서 활기찬 한 주를 보내리라는 기대에 무척 가벼운 발걸음으로 떠났다.

퐁텔리에 씨는 전날 밤 클라인 호텔에서 딴 돈을 절반이나 아내에게 주었다. 다른 부인들처럼 에드나도 돈을 좋아했기에 그 돈을 받고 즐거워했다.

「이 돈이라면 재닛한테 멋진 결혼 선물을 할 수 있겠는데요!」 에드나가 지폐를 펴고 한 장 한 장 세면서 외쳤다.

「아! 처제한테는 그보다 더 좋은 선물을 해줘야지.」 퐁텔리에 씨는 웃는 얼굴로 아내에게 작별 키스를 했다.

---

4 뉴올리언스의 월스트리트 같은 곳이며 면화 무역의 중심지. 쇼팽의 남편인 오스카는 면화 무역상으로 카롱들레가에 사무실이 있었다.

두 아들은 아버지 다리에 매달려 뒹굴면서, 귀가할 때 이것저것 선물을 많이 사 오라고 어리광을 부렸다. 퐁텔리에 씨는 이곳에서 워낙 인기가 많았기에 신사 숙녀와 아이들, 심지어 보모까지 나와서 그를 배웅했다. 그가 오래된 마차를 타고 모랫길을 달려 사라지는 동안, 아내는 미소 지으며 서서 손을 흔들었고 아이들은 크게 소리를 질렀다.

며칠 뒤, 뉴올리언스에서 퐁텔리에 부인 앞으로 선물 상자가 배달되었다. 남편이 보낸 선물이었다. 갖가지 달콤하고 맛있는 *friandises*(별미), 즉 질 좋은 과일 *patés*(파이), 귀한 술 한두 병, 맛있는 시럽, 그리고 봉봉 캔디가 상자 안에 넉넉히 들어 있었다.

남편이 사업차 집을 떠나면 퐁텔리에 부인은 남편으로부터 늘 이런 선물을 받곤 했기에, 선물 상자를 열어 늘 주위에 너그럽게 베푸는 편이었다. 과일 *patés*(파이)는 식당에 보내고, 봉봉 캔디는 휴양지 사람들에게 돌렸다. 그러면 부인들은 신중하고 까다롭게, 그러면서도 욕심껏 사탕을 고르면서 퐁텔리에 씨야말로 이 세상 최고의 남편이라고 추켜세웠다. 퐁텔리에 부인은 남편보다 더 훌륭한 남자를 몰랐기에 이러한 찬사를 인정할 수밖에 없었다.

4

퐁텔리에 씨는 아내가 두 아들에게 엄마의 의무를 제대로
하지 못한다는 사실을 자신이나 남들에게 명확하게 납득시
키기 어려웠을 것이다. 아내의 그런 부족함을 자신이 제대로
알고 있다기보다는 그저 막연한 느낌뿐이었기 때문이다. 그
래서 이런 느낌을 일단 말로 뱉고 나면 늘 미안한 마음이 들
어, 아내에게 후하게 보상하려 했다.

퐁텔리에 집안의 두 아들은 놀다가 한 명이 넘어지면 달
래 달라고 엄마 품으로 달려들어 울지 않았다. 그보다는 스
스로 일어나 눈에 고인 눈물을 닦고 입에서 모래를 털며 다
시 노는 편이었다. 아직 어린 두 아들은 동네 아이들과 싸울
때면 두 주먹을 불끈 쥐고 큰 소리로 대들면서 힘을 합쳐 물
러서지 않았고, 엄마 품에서 오냐오냐 자란 다른 집 아이들
을 물리치곤 했다. 혼혈 보모는 덩치만 컸지 별로 쓸모없는
존재였다. 그 보모는 허리와 바지 단추를 채워 주고 머리를
빗겨 가르마를 타줄 때나 쓸모 있는 존재였다. 머리를 단정
하게 빗질하여 가르마를 타는 게 당대 사회의 법처럼 여겨졌

기 때문이다.

한마디로 퐁텔리에 부인은 모성애가 강한 여성은 아니었다. 그해 여름, 그랜드 아일에는 모성애가 철철 넘치는 어머니들이 유난히 많은 것 같았다. 진짜 현실이든 상상이든 자기네 귀한 자식이 행여 조금이라도 다칠라치면 커다란 모성애라는 날개를 퍼덕였기에, 이런 어머니들을 금방 알아볼 수 있었다. 그들은 자식을 우상처럼 떠받들고, 남편을 공경하며, 한 개인으로서의 자신을 없애고, 가정의 수호천사가 되어 날개 펼치는 걸 신성한 특권으로 여겼다.

그들은 대부분 이런 역할에 만족했다. 그들 중에서도 특히 여성스러운 우아함과 매력의 화신과도 같은 여성이 있었다. 만약 남편이 그녀를 사랑하지 않는다면, 그는 서서히 고문해 죽여 마땅한 금수 같은 남편이리라. 그 여자의 이름은 바로 아델 라티뇰이었다. 옛날 로맨스 소설의 여주인공이나 꿈속에 나타나는 아름다운 여성을 묘사할 때 흔히 쓰는 구닥다리 표현 말고는 그녀를 제대로 묘사할 길이 없었다. 미묘하거나 숨겨져 있는 매력은 그녀와 거리가 멀었다. 그녀의 아름다움은 있는 그대로 빛나고 분명히 드러나는 것이었다. 황금빛 머리카락은 빗질이나 핀으로 고정시킬 수 없을 만큼 풍성했다. 푸른 두 눈은 온통 사파이어 같았다. 도톰한 붉은 두 입술은 체리나 다른 맛있는 붉은 과일을 연상시켰다. 살이 쪄서 조금 통통해졌지만, 우아한 걸음걸이며 자세, 몸가짐에는 전혀 흐트러짐이 없었다. 누구도 그녀의 흰 목이 좀 더 가늘고, 아름다운 팔이 좀 더 가녀렸으면 하고 아쉬워하지 않았다. 그녀의 손보다 더 섬세한 손은 없었다. 아이 잠옷이나 코르셋, 턱받이를 만들면서 바늘에 실을 꿰거나, 가운뎃손가락에 황금색 골무를 낀 그녀의 모습은 보기만 해도 기분이 좋아졌다.

라티뇰 부인은 퐁텔리에 부인을 무척 좋아했다. 그래서 종종 바느질거리를 가져와 그녀 옆에서 오후 시간을 보내곤 했다. 뉴올리언스에서 선물 상자가 도착한 그날 오후에도 라티뇰 부인은 에드나와 함께 있었다. 라티뇰 부인은 흔들의자에 앉아 조그만 잠옷 한 벌을 바느질하느라 분주했다.

라티뇰 부인은 퐁텔리에 부인을 위해 잠옷 패턴을 가져왔다. 그 잠옷은 입으면 에스키모인처럼 두 눈만 보이게 아이의 온몸을 완벽히 감싸는 놀라운 구조로 되어 있었다. 굴뚝으로 들어온 차디찬 외풍과 열쇠 구멍으로 들어온 시린 공기를 막아 줄 방한복이었다.

퐁텔리에 부인은 지금 당장 자녀에게 필요한 물품을 걱정하지 않아도 될 만큼 여유 있는 생활을 하고 있었기에, 추운 한겨울 밤에 입을 잠옷을 왜 한여름에 미리 준비해야 하는지 그 이유를 알 수 없었다. 하지만 무정하고 무심한 엄마로 보이고 싶지 않아 에드나는 가져온 신문지를 바닥에 펼치고 라티뇰 부인이 시키는 대로 그 방한복 패턴을 재단했다.

지난 일요일처럼 로베르는 오늘도 같은 자리에 앉아 있었다. 퐁텔리에 부인도 전처럼 계단 위쪽에 앉아 난간에 몸을 기댔다. 옆에 봉봉 캔디 상자가 있어, 에드나는 가끔 그 상자를 라티뇰 부인에게 내밀어 먹으라고 권했다.

라티뇰 부인은 사탕을 고르면서 조금 망설이다가 누가 맛 사탕을 골랐지만, 고르고 나서 사탕 맛이 너무 진하거나 건강에 해롭지는 않은지 걱정했다. 라티뇰 부인은 약 2년 간격으로 자녀를 출산했다. 현재 자녀가 셋인데, 네 번째 아이를 가질까 고민 중이었다. 라티뇰 부인은 늘 자신의 〈임신 상태〉에 대해 보고하곤 했다. 그녀의 〈임신 상태〉는 전혀 눈에 띄지 않아, 굳이 본인이 말하지 않으면 아무도 눈치채지 못할 정도였다.

로베르는 임신 기간 내내 누가 사탕을 달고 살았던 부인을 안다면서 라티뇰 부인을 안심시키려 했다. 그러나 붉게 달아오른 퐁텔리에 부인의 얼굴을 보더니 자제하고는 화제를 딴 데로 돌렸다.

퐁텔리에 부인은 크리올[5] 남편과 결혼했지만, 크리올 사람들과 있을 때면 도무지 마음이 편치 않았다. 전에는 그들과 친하게 어울린 적도 없었다. 올여름, 르브룅 씨 별장에는 크리올 사람들밖에 없었다. 그들은 서로 속속들이 잘 알고 있었으며, 마치 서로 대가족이나 되는 것처럼 느끼면서 매우 우호적인 관계를 형성하고 있었다. 그들과 다른 퐁텔리에 부인에게 가장 인상적이었던 것은 그들에게 전혀 가식이 없다는 점이었다. 그들의 거리낌 없는 표현이 처음에는 이해하기 힘들었지만, 이러한 특징이 크리올 여성들의 타고난 듯 고결한 정조 관념과 조화를 이룬다는 걸 그리 어렵잖게 받아들일

---

5 이 소설에서는 뉴올리언스에 정착한 원래의 프랑스와 스페인계 귀족의 후손이란 뜻으로 쓰인다.

수 있었다.

에드나 퐁텔리에는 라티뇰 부인이 파리발 노인에게 끔찍한 아기 *accouchements*(분만) 이야기를 하나도 빼놓지 않고 소상히 말하는 걸 듣고 느꼈던 충격을 잊을 수 없을 것이다. 이제는 이런 충격에 익숙해졌지만, 그렇다고 뺨이 달아오르는 것까지 막을 수는 없었다. 로베르는 기혼 여성들에게 흥미로운 이야기를 하고 있다가도 에드나가 나타나면 중단한 적이 여러 번 있었다.

그 *pension*(별장)에서 책 한 권을 돌려 본 적이 있었다. 자기 차례가 되어 그 책을 읽던 에드나는 화들짝 놀라지 않을 수 없었다. 그녀라면 혼자 몰래 숨어서 읽어야 할 것 같은데, 아무도 그러지 않았다. 누군가 다가오는 발소리가 들리면 보이지 않게 감춰야 할 그런 책이었다. 하지만 사람들은 식사하며 공공연히 그 책을 비판하기도 하고 자유로이 화제에 올렸다. 퐁텔리에 부인은 이제 더 이상 놀라지 않기로 했다. 앞으로 놀랄 일이 끝도 없이 일어날 것이라는 결론에 도달했던 것이다.

5

그해 여름 오후, 마음이 맞는 몇 사람이 모여 앉아 있었다. 라티뇰 부인은 어떤 이야기나 사건을 손짓으로 잘 전하려고 가끔씩 바느질거리를 치우거나 멈추기도 했다. 로베르와 퐁텔리에 부인은 한가로이 앉아서 가끔 몇 마디 말이나 미소를 주고받았는데, 이는 이미 두 사람이 *camaraderie*(친구 이상의 관계)가 되었음을 의미했다.

지난 한 달간, 로베르는 에드나를 그림자처럼 따라다녔다. 하지만 아무도 이를 의식하지 못했다. 로베르가 섬에 도착하면 퐁텔리에 부인을 따를 거라고 대부분 예상하긴 했다. 지금부터 11년 전인 열다섯 살 때부터 로베르는 그랜드 아일에서 여름을 보내면서 아름다운 귀부인이나 귀공녀를 돌보는 충직한 시종 노릇을 자처했던 것이다. 가끔은 어린 아가씨나 미망인일 때도 있었지만, 대체로 관심을 끄는 기혼 여성이 그 대상이었다.

2년 연속 여름 동안 로베르는 뒤비녜 양의 햇살 속에서 살았다. 하지만 뒤비녜 양은 다음 해 여름이 오기 전에 죽고 말았다. 그러자 로베르는 라티뇰 부인의 발밑에 엎드려 상심한 모습으로 부인이 너그럽게 베풀어 주는 동정이나 위로를 얻으려 했다.

퐁텔리에 부인은 완벽한 마돈나를 바라보듯, 자리에 앉아 자신의 아름다운 친구를 바라보곤 했다.

「누가 이 아름다운 외모 아래 그런 잔인함이 숨어 있다고 상상이나 하겠어요?」로베르가 중얼거렸다. 「부인은 한때 제가 사모했었다는 사실을 알고, 실컷 사모하게 내버려 뒀죠. 〈로베르, 이리 와. 저리 가. 일어나. 앉아. 이거 해. 저거 해. 아기가 자는지 좀 봐줘. 내 골무 좀 찾아 줘, 어디 뒀는지 도대체 모르겠어. 내가 바느질하는 동안 와서 알퐁스 도데 책 좀 읽어 줘.〉」

「*Par exemple*(천만에요)! 내가 부탁할 필요도 없었어요. 로베르가 성가신 고양이처럼 늘 내 발치에 있었으니까요.」

「충성스러운 개 같았단 말이죠. 그래서 라티뇰 씨가 나타나면, 진짜 쫓겨나는 강아지 신세가 됐어요. 〈*Passez! Adieu! Allez vous-en*(이제 가야지! 어서! 가라니까)!〉」

「알퐁스가 질투할까 봐 겁이 났나 봐요.」라티뇰 부인이 아주 순진한 척 이렇게 말했다. 이 말에 모두 웃음을 터뜨렸다. 오른손이 왼손을 질투할까! 마음이 영혼을 질투할까! 하지만 크리올 남편들은 절대로 이런 문제로 질투하지 않는다. 크리올 남편은 워낙 오랫동안 남을 해칠 열정을 방치한 탓에 그 열정이 줄어든 것 같았다.

한편 로베르는 퐁텔리에 부인에게 한때 라티뇰 부인을 흠모하던 자신의 가망 없는 열정에 관해 계속해서 이야기했다. 잠 못 이루며 지새운 수많은 밤, 매일 바다에 뛰어들면 바닷물마저 지글지글 끓게 할 만큼 타오르던 자신의 열정을 이야기했다. 그러자 라티뇰 부인은 손으로 바느질을 계속하면서도 경멸조로 로베르의 말을 반박했다.

「*Blagueur — farceur — gros bête, va* (익살꾼, 허풍쟁이, 바보, 그만해요)!」

퐁텔리에 부인과 단둘이 있을 때면, 로베르는 이렇게 반농담조로 말할 수 없었다. 그래서 에드나는 지금 이 대화를 어떻게 받아들여야 할지 알 수 없었다. 지금 들은 이야기 중 어디까지가 농담이고 어디까지가 진담인지 짐작조차 할 수 없었다. 진지하게 받아들여지리라는 생각 없이 로베르가 라티뇰 부인에게 자주 사랑한다는 말을 했었구나 하는 정도로 받아들였다. 로베르가 자신에게는 그런 태도를 보이지 않아 다행이다 싶기도 했다. 그녀로서는 그런 태도는 받아들이기 힘들었을 것이며 성가셨을 것이다.

퐁텔리에 부인이 이번에는 그림 도구를 가져왔다. 전문가 수준은 아니었지만, 가끔씩 그녀는 그림을 그리곤 했다. 그녀는 그림 그리는 게 좋았다. 그림을 그릴 때면 다른 데서 맛보지 못한 만족감을 느낄 수 있었기 때문이다.

예전부터 에드나는 라티뇰 부인의 모습을 한번 그려 보고 싶었다. 지금 이 순간 라티뇰 부인은 그림 그리기에 더없이 매력적인 대상 같았다. 앉아 있는 모습이 마치 관능적인 성모 마리아 같았고, 저무는 햇살을 받아 부인의 고운 피부가 더욱 돋보였다.

　로베르는 퐁텔리에 부인 옆으로 다가가서 바로 아래 계단에 앉아 부인의 그림을 보았다. 붓을 다루는 솜씨가 무척 편안하고 자유로웠다. 아마 오랫동안 붓을 가까이했다기보다 타고난 소질 덕분인 듯했다. 로베르는 부인의 그림에 눈을 고정시킨 채 라티뇰 부인에게 프랑스어로 호들갑스럽게 감탄사를 연발했다.

　「*Mais ce n'est pas mal! Elle s'y connait, elle a de la fore, oui* (나쁘지 않군요! 잘 그리네요, 재능이 있어요).」

　로베르는 그림을 열심히 보느라고 자기도 모르게 퐁텔리에 부인의 팔에 머리를 가만히 기댔다. 퐁텔리에 부인은 그를 살짝 밀어냈다. 그러나 로베르는 또다시 같은 무례를 범했다. 부인은 이것이 로베르의 무의식적인 행동이라고 판단했지만, 그렇다고 받아 줄 이유는 없었다. 그래서 야단치지는 않았지만, 조용히 그러나 단호하게 다시 그를 물리쳤다. 그는 사과하지 않았다.

　완성된 그림은 라티뇰 부인과 별로 닮은 데가 없었다. 라티뇰 부인은 그림이 자신과 닮지 않아서 무척 실망했다. 하지만 그 그림은 꽤 괜찮았고 여러모로 만족스러웠다.

　그러나 퐁텔리에 부인은 그리 만족스럽지 않았다. 자기 그림을 비판적인 관점에서 살펴본 뒤, 물감 묻힌 붓으로 굵은 선을 죽 긋고는 종이를 마구 구겨 버렸다.

　아이들이 쿵쿵대며 계단을 뛰어 올라왔다. 혼혈 보모는 부모가 시킨 대로 아이들과 적당히 거리를 두고 따라왔다.

퐁텔리에 부인은 아이들에게 자신의 물감이며 그림 도구를 방에 가져다 놓으라고 시켰다. 아이들을 붙잡아 몇 마디 말도 걸고 재롱도 좀 보려 했지만, 아이들은 자기 일에만 관심을 두었다. 봉봉 사탕 상자 속에 뭐가 들어 있는지 보러 들어왔던 것이다. 아이들은 국자처럼 오므린 통통한 두 손에 엄마가 골라 준 사탕을 아무 불만 없이 받았다. 그러고 나서 다시 나가 버렸다.

해가 서쪽으로 저물자, 부드럽고 나른한 산들바람이 유혹적인 바다 냄새를 한껏 머금고 남쪽에서 불어왔다. 주름 장식 옷으로 갈아입은 아이들이 경기를 하려고 떡갈나무 아래 모였다. 아이들의 목소리가 날카로운 하이 톤으로 크게 울려퍼졌다.

라티뇰 부인은 바느질거리를 접고, 골무와 가위, 실을 전부 가지런히 돌돌 말아 핀으로 단단히 고정시켰다. 그녀는 어지럽다고 투덜댔다. 퐁텔리에 부인은 재빨리 향수와 부채를 가져왔다. 에드나가 라티뇰 부인의 얼굴에 향수를 뿌리는 동안, 로베르는 필요 이상으로 열심히 부채질을 해주었다.

라티뇰 부인의 현기증은 곧 사라졌다. 퐁텔리에 부인은 친구의 얼굴에서 장밋빛 홍조가 아직 사라지지 않았기에, 무슨 대단한 상상을 하다 그리된 것 아닌가 의심하지 않을 수 없었다.

에드나는 그 자리에 서서 여왕에게나 어울릴 법한 우아하고 기품 있는 자태로 복도를 걸어가는 아름다운 라티뇰 부인의 모습을 지켜보았다. 어린 자녀들이 엄마에게 쪼르르 달려

들었다. 세 자녀 가운데 둘이 엄마의 흰 치마에 매달렸다. 부인은 보모한테서 셋째 아이를 받아 사랑스러운 품에 안으며 다정하게 계속 얼렀다. 누구나 알고 있듯이, 의사 선생님은 부인에게 핀 하나도 들지 말라고 금했지만 말이다!

「수영하러 갈까요?」로베르가 퐁텔리에 부인에게 물었다. 부인의 의사를 묻는다기보다 수영하기로 한 약속을 상기시킨 것이었다.

「아, 아니에요.」에드나가 망설이며 대답했다. 「피곤해서 안 가려고요.」 퐁텔리에 부인은 로베르의 얼굴을 보다가 멕시코만 쪽으로 시선을 돌렸다. 바다에서 들리는 낭랑한 파도 소리가 다정하지만 거부할 수 없는 애원처럼 들렸다.

「에이, 가요!」로베르가 졸랐다. 「꼭 수영을 해야 해요. 가요, 바닷물이 달콤할 거예요. 바닷물이 부인을 해치지 않을 겁니다. 가요.」

로베르는 문밖의 못에 걸린 거칠고 큰 밀짚모자를 집어 부인의 머리에 씌워 주었다. 두 사람은 계단을 내려가 함께 해변으로 걸어갔다. 서편에 해가 나지막이 걸리고, 부드럽고 따뜻한 산들바람이 살랑거렸다.

6

에드나 퐁텔리에는 로베르와 함께 해변으로 가고 싶으면서도 왜 처음에 그것을 거절하려 했는지, 그다음엔 왜 서로 모순되는 마음 가운데 한쪽에 순응해서 그를 따라갔는지, 이 두 가지 이유를 알 수 없었다.

그녀의 내면에서 희미하던 어떤 빛이 분명해졌다. 그 빛은 하나의 길을 보여 주었지만, 이는 금지된 길이었다.

처음에는 그 빛이 그저 당황스럽기 짝이 없었다. 그 빛 때문에 에드나는 꿈을 꾸거나 생각에 잠겼고, 어두운 고뇌에 빠지기도 했다. 지난번에는 그 고뇌 때문에 한밤중에 펑펑 울다가 겨우 추스르기도 했다.

간단히 말해, 퐁텔리에 부인은 우주 속 한 인간으로서 자신의 위치를 자각하고, 하나의 개인으로서 자신이 자기 내면과 주변 세계와 맺고 있는 관계에 대해 깨닫기 시작했던 것이다. 이것은 스물여덟 살 여자의 영혼이 깨닫기에는 너무나 심오한 지혜처럼 보일 수도 있었다. 어쩌면 성령이 여성에게 보통 내려 주는 어떤 미덕보다 더 큰 것이었다.

그러나 모든 시작, 특히 하나의 세계의 시작은 필연적으로 모호하고 복잡하고 혼란스러우며 극도로 불안할 수밖에 없다. 우리 가운데 몇 명이나 이러한 시작을 이겨 내고 일어서는가! 얼마나 많은 영혼이 그 격렬한 혼돈 속에 스러지는가!

파도 소리는 유혹적이다. 절대 멈추지 않고 속삭이고, 포효하고, 중얼거리며, 이러한 영혼으로 하여금 고독한 심연을 헤매게 만든다. 즉 내적 명상이라는 미로에 빠져 자신을 잃게 만든다.

파도 소리가 영혼에게 속삭인다. 바다의 감촉은 관능적이다. 부드럽게 몸을 꼭 안아 준다.

7

퐁텔리에 부인은 속마음을 잘 드러내지 않는 여성이었다. 지금까지는 속마음을 드러내는 게 성격에 맞지 않았다. 어린 시절에도 자기만의 작은 삶을 마음속에 꽁꽁 감춰 놓고 살았다. 아주 일찍부터 그녀는 이중생활을 본능적으로 터득했던 터라, 겉으로는 순종하는 척하면서 속으로는 의심하는 삶을 살아왔던 것이다.

그해 여름, 그랜드 아일에서 에드나는 자신을 늘 감싸고 있던 소극성이라는 보호 망토를 조금씩 벗었다. 어쩌면 미묘하면서도 명백한 영향들이 나름 여러 가지 방식으로 그녀를 이처럼 변하게 만들었는지도 모른다. 아니, 틀림없이 그랬을 것이다. 하지만 아델 라티뇰의 영향이 가장 컸다. 에드나는 미에 대한 감각이 예민해, 처음에는 지극히 아름다운 이 크리올 여인의 육체적 매력에 이끌렸다. 다음에는 누구라도 한눈에 파악하는 그 부인의 솔직함에 이끌렸다. 그 솔직함은 습관적으로 스스로를 드러내려 하지 않는 자신과 매우 대조적이었다. 이것이 어쩌면 하나의 연결 고리를 제공했는지도 모른다. 우리가 동정심이나 이른바 사랑이라는 미묘한 인연의 고리를 만들 때, 신이 어떤 재료를 사용하는지 누가 알겠는가.

어느 날 아침, 커다란 흰색 양산을 쓴 두 여자는 팔짱을 끼고 해변으로 갔다. 에드나는 아델에게 자녀를 집에 두고 오도록 했지만, 조그만 바느질거리까지 가져오지 못하게 할 수는 없었다. 뭐라고 설명할 수는 없지만, 두 부인은 로베르한테서 도망쳤던 것이다.

해변으로 가는 산책로는 그다지 가기 쉽지 않은, 길게 이어진 모랫길이었다. 길 양쪽에 잡초들이 산발적으로 엉켜 자라다 자주 예기치 못한 곳에서 길 쪽으로 늘어져 있기도 했다. 양쪽으로 노란 카밀러 밭이 몇 에이커나 이어져 있었다. 산책로를 따라 더 내려가면 채소밭이 아주 많았다. 작은 농장에서 자라는 오렌지나 레몬 나무도 가끔 보였다. 멀리서 보면 짙푸른 무리들이 햇살에 반짝였다.

두 부인은 키가 큰 편이었는데, 라티뇰 부인이 더 여자답고 가정주부 티가 났다. 매력적인 에드나 퐁텔리에의 몸매는 은근히 사람의 마음을 끌어당기는 데가 있었다. 그녀의 몸매는 큰 키 덕분에 길고 깔끔하며 균형이 잘 잡혀 있어 때때로 멋진 자태를 드러냈다. 그녀의 모습에서는 뻔하게 최신 유행을 따르는 구석을 찾아볼 수 없었다. 보통의 안목 없는 사람이 우연히 지나갈 때 다시 쳐다볼 그런 몸매는 아니었다. 그러나 감수성이 풍부하고 안목 있는 사람이라면, 그녀의 몸매가 지닌 고상한 아름다움과 그녀의 자세와 움직임에서 풍기는 우아한 멋을 알아차릴 것이었다. 그것이 에드나 퐁텔리에를 남들과 달라 보이게 했다.

그날 아침, 에드나는 시원한 흰색 모슬린 옷 차림이었다. 갈색 수직선이 파도치는 옷에 흰 리넨 칼라가 달려 있었다. 거기에 문밖에 걸려 있던 커다란 밀짚모자를 썼다. 약간 웨이브 진 황갈색 머리에 쓴 모자는 조금 무겁게 머리에 바싹 고정되어 있었다.

피부가 탈까 봐 신경 쓰는 라티뇰 부인은 머리에 거즈 베일을 감고 손목까지 보호하는 긴 개가죽 장갑을 착용했다. 그녀는 자기에게 어울리는 주름이 넉넉한 순백색 옷을 입고 있었다. 그 옷의 흘러내리는 선이나 팔랑거리는 주름은 선만 강조한 드레스보다 그녀의 그윽하고 화려한 아름다움을 한층 더 돋보이게 해주었다.

해변을 따라 탈의실이 여러 개 늘어서 있었다. 거칠지만 튼튼하게 지어진 이 탈의실들에는 바다를 향해 나 있는 작은 현관이 있었다. 탈의실마다 두 칸으로 나뉘어 있어, 르브룅 씨 별장에 묵는 손님은 누구나 각각 한 칸씩 사용할 수 있다. 수영에 꼭 필요한 필수품과 손님이 원하는 다른 편의용품이 전부 갖춰져 있었다. 두 부인은 수영할 생각이 없었다. 그저 호젓하게 산책이나 하려고 해변에 내려온 것이었다. 퐁텔리에 가족과 라티뇰 가족은 나란히 붙은 한 지붕 아래 숙소에 묵고 있었다.

퐁텔리에 부인은 습관적으로 열쇠를 가지고 다녔다. 탈의실 문을 열고 안으로 들어가더니, 깔개를 들고 나와 현관 바닥에 깔았다. 그러고는 거친 리넨을 씌운 커다란 쿠션 두 개를 건물 앞면에 기대 놓았다.

두 사람은 쿠션에 머리를 기댄 채 발을 뻗고 현관 그늘에 나란히 앉았다. 라티뇰 부인은 거즈 베일을 벗고, 부드러운 손수건으로 얼굴을 닦고, 늘 가지고 다니던 부채로 부채질을 하기 시작했다. 그 부채는 얇고 긴 리본으로 그녀의 몸 어딘가에 잠시 매달려 있었다. 에드나는 드레스의 목 부분을 풀어 칼라를 뒤로 젖혔다. 그러고는 라티뇰 부인의 부채를 빼앗아 두 사람에게 바람이 가도록 시원하게 부채질을 했다. 무척 무더운 날씨였다. 잠시 두 사람은 그저 더위와 태양, 쨍쨍한 햇빛에 관해 이야기했다. 그러나 산들바람이 불더니, 바닷물을 내리쳐 거품이 이는 거센 바람이 불어왔다. 그 바람에 스커트가 펄럭여 두 부인은 머리핀과 모자핀을 고정시킨 채 잠시 스커트가 펄럭이지 않게 옷매무새를 매만져 다듬고 밀어 넣느라 정신이 없었다. 멀리 바닷물 속에서는 몇몇 사람이 즐겁게 놀고 있었다. 그 무렵 인적 없는 해변은 매우 적막했다. 검은 복장의 여성이 이웃 탈의실 현관에서 아침 기도문을 읽고 있었다. 두 젊은 연인은 텅 빈 어린이용 텐트에서 가슴속 열정을 나누고 있었다.

에드나 퐁텔리에는 여기저기 둘러보다가 마침내 바다에 시선을 고정했다. 화창한 날이라 저 멀리 푸른 하늘까지 보였다. 수평선 너머 하늘에 흰 조각구름이 몇 점 한가로이 떠 있었다. 캣섬 방향으로 큰 삼각형 돛이 보이고, 남쪽에 떠 있는 다른 돛들은 너무 멀리 떨어져 있어 거의 움직이지 않는 것처럼 보였다.

「누구, 아니면 무슨 생각 해요?」아델이 옆에 있는 친구에게 물었다. 아델은 좀 흥미로운 표정으로 친구의 얼굴을 주의 깊게 살피고 있었다. 아델은 결박당한 조각처럼 뭔가에 사로잡혀 멍한 에드나의 표정에 마음이 쓰였던 것이다.

「아무것도 아니에요.」아델의 질문에 놀란 퐁텔리에 부인이 이렇게 대답하더니 곧 덧붙였다. 「얼마나 바보 같은 대답인지! 하지만 이런 질문을 받으면 누구나 본능적으로 이렇게 대답하게 되는 것 같아요.」에드나는 계속 말을 이었다. 「글쎄요, 실은 무슨 생각을 했는지 아무 의식도 없었어요. 하지만 무슨 생각을 했는지 되짚어 볼 순 있겠죠.」

「어머! 신경 쓰지 말아요!」라티뇰 부인이 웃었다. 「나 그렇게 까다로운 사람 아니에요. 이번엔 그냥 넘어갈게요. 정말이지 너무 더워서 아무 생각도 못하겠어요, 특히 생각에 관한 생각이라면.」

「하지만 재미 삼아 들어 봐요.」에드나가 하던 말을 계속했다. 「우선, 멀리 펼쳐진 바다와 푸른 하늘을 배경으로 정지한 저 돛을 보니 멋진 한 폭의 그림 같아서 그냥 앉아 바라보고 싶었어요. 얼굴을 스치는 뜨거운 바람 때문에, 전혀 무관하지만, 켄터키주에서 지내던 여름날과 풀밭을 걷는 꼬맹이 소녀한테는 한없는 바다처럼 넓게 느껴지던 초원이 생각났어요. 소녀의 허리춤 위로 올라오는 풀밭이었죠. 그 소녀는 풀밭을 걸어가면서 마치 수영이라도 하는 것처럼 팔을 이리저리 휘저었죠. 물속에서 헤엄치듯이 높이 자란 풀을 쳐내느라고요. 아, 이제 어떤 연관이 있는지 알겠어요!」

「그날 풀밭을 걸어 켄터키에서 어디로 갔나요?」

「지금은 기억나지 않아요. 넓은 들판을 대각선으로 가로질러 갔어요. 햇볕을 가리는 모자 때문에 앞이 잘 보이지 않았거든요. 그저 눈 앞에 펼쳐진 초록색만 보였죠. 마치 아무 데도 이르지 못하지만 한없이 걸어가야 하는 기분이었어요. 그때 겁에 질렸었는지 즐거웠는지도 기억나지 않아요. 아마 즐거웠겠죠. 일요일이었나 봐요.」에드나가 웃었다. 「기도하다가, 장로교 예배를 보다가 도망쳤어요. 아버지가 엄숙하게 기도문을 읽고 있었는데, 지금도 그 생각만 하면 온몸이 오싹해져요.」

「그럼 그 뒤에도 기도하다 도망친 적 있나요, *ma chère*(친구)?」친구인 라티뇰 부인이 재미있다는 듯 이렇게 물었다.

「아니요! 아니에요!」에드나가 서둘러 대답했다. 「그 시절엔 정말 잘못된 충동이나 따르는, 아무 생각 없는 철부지였어요. 그렇게 살다가 한때 종교에 심취하기도 했죠. 아마 열두 살부터 지금까지라고 할 수 있겠네요. 이 점을 생각해 본 적은 없지만, 그저 습관이 이끄는 대로 살아온 것 같아요. 그런데 말이에요.」에드나가 말을 멈추고 라티뇰 부인 쪽으로 시선을 휙 돌리더니 몸을 앞으로 숙여 얼굴을 바싹 가져다 댔다. 「올여름, 가끔 녹색 초원을 다시 걷는 기분이 들었어요. 한가하게 아무 생각이나 목적 없이, 누구의 안내도 받지 않고 말이죠.」

라티뇰 부인은 옆에 앉은 퐁텔리에 부인의 손에 자기 손을 없었다. 에드나가 뿌리치지 않자, 라티뇰 부인은 에드나의 손을 다정하게 꼭 잡았다. 라티뇰 부인은 〈*Pauvre chérie*(가여운 친구)〉라고 나지막이 속삭이면서, 다른 손으로 에드나의 손을 살짝 다정하게 톡톡 두드렸다.

처음에 에드나는 라티뇰 부인의 그런 행동에 다소 당황했지만, 곧 크리올 여인의 부드러운 손길을 기꺼이 받아들였다. 에드나는 자신에게든 남에게든 대놓고 하는 솔직한 애정표현이 어색했다. 불행하게도 그녀와 여동생 재닛은 좋지 못한 습관이지만, 많이 싸우며 자랐다. 마거릿 언니는 아줌마처럼 의젓했다. 세 자매가 어렸을 때 어머니가 돌아가셔서, 아마도 너무 어린 나이에 엄마와 주부 역할을 맡았기 때문인지도 모르겠다. 마거릿 언니는 결코 자신의 감정을 드러내지 않았고, 매우 현실적인 성격이었다. 에드나에게도 친구가 몇 명 있었지만, 우연인지 모르겠으나 모두 혼자 있기 좋아하는 독립적인 친구들이었다. 에드나는 이런 환경과 자신의 솔직하지 못한 성격 사이에 상관관계가 있다는 생각을 한 번도 하지 못했다. 학창 시절 가장 친한 친구는 탁월한 지적 재능으로 멋진 수필을 쓰기도 했다. 에드나는 이런 수필에 감탄해서 자기도 모방해 보려 애썼다. 에드나는 그 친구와 영국고전에 관해 열을 올리며 토론하고, 때로는 종교나 정치적 주제로 논쟁을 벌인 적도 있었다.

에드나는 겉으로 드러내지는 않았지만, 가끔씩 속으로 그녀를 혼란스럽게 만드는 자신의 한 가지 성향에 대해 때로 궁금하게 여기곤 했다. 아주 어린 시절, 아마도 바다 같은 풀밭을 가로질러 가던 시절이었을 것이다. 아버지의 켄터키 저택을 방문한 위엄 있고 서글픈 눈매의 기병대 장교에게 홀딱 빠졌던 기억이 있었다. 그 장교가 자기 집에 머무는 동안, 에드나는 한시도 그 장교 곁을 떠나거나 그의 얼굴에서 눈을 떼지 못했다. 이마에 검은 머리카락이 흘러내려 나폴레옹처럼 보이는 사람이었다. 하지만 그 기병대 장교는 아무 흔적 없이 그녀의 세계에서 사라져 버렸다.

또 한 번은 이웃 농장의 아가씨를 만나러 온 젊은 신사에게 온통 마음을 빼앗긴 적도 있었다. 가족이 미시시피로 이사 간 뒤의 일이었다. 그 청년은 이웃 아가씨의 약혼자였는데, 두 사람은 가끔 오후에 마차를 타고 마거릿을 만나러 오곤 했다. 에드나는 막 10대가 된 어린 아가씨였다. 그 젊은 약혼자에게 자신은 아무것도 아닌 존재, 정말로 아무것도 아니며 아무 의미도 없는 존재라는 사실을 깨닫고 쓰라린 상처를 받았다. 그러나 그 약혼자 역시 꿈결처럼 어디론가 사라졌다.

에드나가 자기 운명의 클라이맥스라 할 만한 일에 사로잡혔을 때는 이미 다 커서 성숙한 아가씨가 된 뒤였다. 바로 그 시절 유명한 비극 배우[6]의 얼굴과 모습이 에드나의 상상을 끊임없이 쫓아다니며 그녀의 감각을 휘저어 놓았다. 에드나

6 에드윈 부스Edwin Booth일 것으로 추측된다. 특히 햄릿 역으로 칭찬받은 유명한 셰익스피어 배우였다. 쇼팽은 이 배우의 팬이었으며, 1894년에 〈진짜 에드윈 부스〉라는 제목으로 그의 편지들에 관한 서평을 출간하기도 했다. 그의 동생인 존 윌크스 부스는 1865년에 에이브러햄 링컨 대통령을 총으로 암살했다.

는 그 집요한 집착이 진정한 사랑이라고 생각했다. 이루어질 가망이 없는 사랑이었기에, 이 뜨거운 열정은 더욱 고귀한 느낌이었다.

그 비극 배우의 액자가 에드나의 책상에 놓여 있었다. 그 누구든 의심받거나 놀림받지 않고도 그 비극 배우의 초상화를 가질 수 있었다(이것은 그녀가 소중히 간직한 나쁜 기억이었다). 다른 사람들이 있는 데서 에드나는 그 사진을 주변 사람들에게 보여 주며 그 배우의 재능이 얼마나 탁월한지 칭찬하면서 사진과 실물이 꼭 닮았다고 생각했다. 혼자 있을 때면, 가끔 그 사진을 들고 차가운 유리 액자에 열렬히 입을 맞추기도 했다.

레옹스 퐁텔리에와 결혼한 것은 순전히 우연이었다. 이 점은 운명적으로 만났다고 믿으면서 결혼에 골인하는 수많은 다른 사람들과 비슷했다. 에드나가 레옹스를 만난 것은 그녀가 남몰래 뜨거운 열정에 빠져 있을 때였다. 모든 남자가 으레 그렇듯이, 레옹스는 에드나와 사랑에 빠졌다. 그는 더할 나위 없는 진심과 애정을 보이며 에드나에게 결혼해 달라고 졸랐다. 에드나는 그가 마음에 들었고, 그의 절대적 헌신이 에드나의 마음을 움직였다. 나중에 착각이었음을 깨달았지만, 서로 생각과 취미 면에서도 잘 통한다고 생각했다. 게다가 아버지와 마거릿 언니가 가톨릭 신자와 결혼하면 안 된다고 맹렬히 반대하자, 반발심까지 생겨 더 생각할 필요도 없이 퐁텔리에 씨를 남편으로 받아들이기로 했다.

그 비극 배우와 결혼했다면 더없이 행복했겠지만, 그 배우와의 결혼은 이 세상에서 에드나가 누릴 몫이 아니었다. 자신을 그처럼 숭배하는 남자의 헌신적인 아내로서, 낭만과 꿈의 세계로 가는 문을 영영 뒤로한 채 그녀는 현실 세계에서 품위 있는 아내가 되기로 했다.

그리고 곧 그 비극 배우도 기병대 장교나 젊은 약혼자나 다른 몇몇 남자처럼 영영 사라져 버렸다. 에드나 앞에는 현실이 놓여 있었고, 점차 남편을 좋아하게 되었다. 남편에 대한 애정은 과도하고 비현실적인 열기로 채색되거나 정열의 흔적이 남는 것이 아니었기에 언젠가 식어 버릴 위험도 없음을 깨닫자, 뭐라고 설명할 수는 없지만 만족스러웠다.

에드나는 두 아들을 사랑했으나, 이 사랑에는 뭔가 변덕스럽고 충동적인 구석이 있었다. 가끔 두 아들을 뜨겁게 품에 안았지만, 때로는 아이들의 존재를 까맣게 잊어버리기도 했다. 1년 전, 아이들은 이버빌에 사는 친할머니 퐁텔리에 댁에서 지냈다. 아이들이 즐겁고 안전하게 잘 지낸다고 믿어, 어쩌다 못 견디게 보고 싶을 때만 빼고는 아이들을 별로 그리워하지도 않았다. 스스로 인정하고 싶지는 않았지만, 아이들의 부재로 인해 오히려 해방감을 느끼기도 했다. 아이들의 부재는 자신에게 어울리는 운명이 아니었음에도 아무 생각 없이 받아들였던 모성애의 책임에서 그녀를 해방시켜 주는 측면도 있었다.

그해 여름, 에드나는 바다를 바라보며 앉아서 라티뇰 부인에게 이런 이야기를 미주알고주알 털어놓지 않았다. 하지만 이야기를 나누다 보니 이런 속마음이 살짝 배어 나왔다.

에드나는 라티뇰 부인의 어깨에 고개를 기댔다. 자기 내면의 소리와 낯선 솔직함에 얼굴이 붉어지고 뭔가에 취한 기분이었다. 그것은 와인처럼, 난생처음 맛본 자유로운 숨결처럼 그녀를 혼란스럽게 했다.

이때 누군가 다가오는 소리가 들렸다. 로베르였다. 그는 한 무리의 아이들에게 둘러싸인 채 두 부인을 찾고 있었다. 퐁텔리에 부인의 두 아들이 로베르와 함께 있었고, 라티뇰 부인의 어린 딸은 그의 팔에 안겨 있었다. 옆에 다른 아이들도 있었고, 못마땅하지만 체념한 듯한 표정의 보모 두 명도 따라왔다.

이윽고 두 부인은 일어나서 치맛자락을 털며 뭉친 근육을 풀었다. 퐁텔리에 부인은 쿠션과 깔개를 탈의실로 던졌다. 어린이용 텐트로 날쌔게 몰려간 아이들은 아직도 거기 나란히 선 채 사랑의 맹세를 나누며 탄식하는, 먼저 텐트를 차지한 두 불청객을 일렬로 서서 구경했다. 두 젊은 연인은 그저 말없이 항의하듯 일어나 천천히 어디론가 걸음을 옮겼다.

퐁텔리에 부인은 텐트를 온통 차지한 아이들과 합류했다.

라티뇰 부인은 팔다리에 경련이 나고 관절이 뻣뻣하다고 투덜거리면서 로베르에게 집까지 데려다달라고 부탁했다. 부인은 로베르의 팔짱을 끼고 질질 끌릴 정도로 그에게 기댄 채 걸어갔다.

8

「부탁 하나만 들어줘요, 로베르.」로베르와 천천히 귀갓길에 오르자마자 그 예쁜 부인이 말했다. 로베르가 받쳐 든 양산 그늘 아래에서, 그의 팔에 기댄 라티뇰 부인이 로베르의 얼굴을 쳐다보았다.

「얼마든지, 말씀만 하세요.」로베르는 많은 생각과 추측에 잠긴 부인의 눈을 내려다보면서 대답했다.

「한 가지만 부탁할게요. 퐁텔리에 부인을 내버려 둬요.」

「*Tiens*(맙소사)!」로베르가 갑자기 소년처럼 깔깔 웃으며 프랑스어로 외쳤다. 「*Voilà que Madame Ratignolle est jalouse*(세상에! 천하의 라티뇰 부인이 질투를 하다니)!」

「말도 안 돼요! 진지하게 하는 말이에요. 진담이라고요. 퐁텔리에 부인을 놔둬요.」

「왜요?」부인의 간청에 로베르가 진지한 얼굴로 물었다.

「에드나는 우리 같은 크리올이 아니에요. 우리랑 달라요. 불행히도 에드나는 실수로 당신을 진지하게 받아들일지도 몰라요.」

이 말에 불쾌해진 로베르의 얼굴이 붉으락푸르락했다. 그는 걸어가면서 머리에 쓴 부드러운 모자를 벗어 들더니 신경질적으로 다리에 대고 쳤다. 「저를 진지하게 받아들이면 안 되는 이유라도 있나요?」 로베르가 날카롭게 물었다. 「제가 광대나 희극 배우, 상자에서 튀어나온 꼭두각시 인형 같다는 겁니까? 왜 안 된다는 거죠? 크리올 사람들! 더는 참을 수 없군요! 당신들한테 저는 늘 재미있는 프로그램의 일부일 뿐인가요? 퐁텔리에 부인이 저를 진지하게 받아들여 주면 좋겠네요. 그 부인이 제가 *blagueur*(광대) 이상의 존재란 걸 알아볼 만큼 분별 있는 분이었으면 좋겠어요. 만약 조금이라도 의심스러운 일이 있다면…….」

「아, 그만해요, 로베르!」 라티뇰 부인이 지나치게 흥분한 로베르의 말을 끊었다. 「아무 생각 없이 말하는군요. 모래사장에서 노는 아이처럼 아무 생각이 없어요. 여기 온 기혼 여성들에게 보인 당신의 관심에 뭔가 해보겠다는 불순한 의도가 있었다면, 당신은 우리 모두가 아는 그런 신사가 아닐 겁니다. 게다가 당신을 신뢰하는 사람들의 아내나 딸과 어울릴 자격도 없고요.」

라티뇰 부인은 스스로 신봉하는 율법이나 복음을 따르듯 이렇게 훈계했다. 그 젊은이는 성급하게 어깨를 으쓱했다.

「이런! 그런 뜻은 아니었어요.」 로베르가 모자를 거칠게 다시 쓰면서 말했다. 「가까운 사람한테 그런 말을 들으면 별로 기분이 좋지 않다는 걸 아셨으면 합니다.」

「그럼 우리끼리는 내내 듣기 좋은 칭찬만 해야 하나요?

45

Ma foi(맙소사)!」

「여자분한테서 그런 말을 들으면 기분이 과히 좋진 않습니다.」무심코 말하던 로베르가 갑자기 하려던 말을 삼켰다. 「제가 아로뱅 같은 사람이었다면요. 알세 아로뱅 기억하시죠? 빌럭시에서 영사 아내와 있었던 일도?」그러고 나서 로베르는 알세 아로뱅과 영사 아내의 소문을 이야기했다. 절대받지 말았어야 할 편지를 받았던 프랑스 오페라단[7]의 테너 이야기도 했다. 이 밖에 심각한 이야기와 다른 즐거운 이야기도 했다. 퐁텔리에 부인이 젊은 남자들을 진지하게 받아들일 가능성 따위는 어느새 잊혀 버렸다.

별채에 도착하자, 라티뇰 부인은 한 시간쯤 쉬면 도움이 되겠다 싶어 방으로 들어갔다. 로베르는 떠나기 전 선의의 충고를 기분 나쁘게 받아들여, 그의 표현을 빌리자면 〈무례하게〉 군 데 대해 용서를 구했다.

「그런데 부인께서 한 가지 착각하신 게 있어요, 아델.」로베르가 입가에 미소를 지으며 말했다. 「아마 퐁텔리에 부인이 저를 진지하게 받아들일 일은 절대로 없을 겁니다. 차라리 제가 무슨 대단한 존재나 되는 줄 착각하지 말라고 경고해 주셨어야죠. 그랬다면 부인의 충고를 좀 더 진지하게 받아들여 반성했을 겁니다. *Au revoir*(편히 쉬세요). 그런데 좀 피곤해 보이는군요.」로베르가 자상하게 덧붙였다. 「부용[8] 한

---

7 뉴올리언스의 프랑스 오페라단은 19세기 미국에서 가장 뛰어난 오페라단 중 하나였다.

8 육류와 생선, 채소, 향신료 등을 우려내 만든 육수.

46

잔 드릴까요? 토디[9]도 저어 드릴까요? 토디에 앙고스투라[10] 한 방울을 섞어 드릴게요.」

라티뇰 부인은 부용을 주겠다는 로베르의 제안에 감사했다. 로베르는 별채와 떨어진 본채 뒤편에 있는 부엌으로 들어갔다. 그러고는 노릇노릇한 부용을 우아한 세브르 도자기 컵에 담고, 바삭바삭한 크래커 한두 조각이 담긴 컵받침과 함께 가져왔다.

부인은 열려 있는 문 앞에 드리워진 커튼 사이로 하얀 맨손을 내밀어 로베르에게서 그 컵을 받았다. 부인은 로베르에게 당신은 *bon garçon*(좋은 사람)[11]이라고 말했다. 그 말은 진심이었다. 로베르는 부인에게 감사 인사를 한 뒤 〈집〉으로 발길을 돌렸다.

젊은 연인이 *pension*(별장) 정원으로 막 들어서고 있었다. 그들은 바닷바람에 기울어진 떡갈나무처럼 서로에게 몸을 기댔다. 두 사람의 발에는 흙 한 점도 묻어 있지 않았다. 어쩌면 거꾸로 물구나무를 선 채 푸른 하늘만 밟고 다녔는지도 모른다. 그 연인들 뒤로 검은 복장의 여성이 천천히 걸어왔다. 평소보다 창백한 안색에 지친 얼굴이었다. 퐁텔리에 부인과 아이들은 보이지 않았다. 로베르는 혹시 그림자라도 보일까 싶어 멀리까지 훑어보았다. 그들은 분명 저녁 먹을 때까지 돌아오지 않을 것이다. 그 젊은이는 어머니 방으로 올

9 독한 술에 꿀이나 향신료, 뜨거운 물을 넣어 만드는 음료.

10 칵테일에 들어가는 쓴맛을 내는 향료.

11 이 문맥에서 이 구절 〈좋은 사람〉은 또한 〈좋은 웨이터〉를 뜻하므로, 부인은 동음이의어의 말장난을 하고 있다.

라갔다. 집 꼭대기에 특이한 각도로 지어진 어머니 방의 천장은 기묘한 각도로 경사져 있었다. 큼직한 두 개의 지붕창은 멕시코만을 향해 나 있었고, 사람의 눈길이 미칠 수 있는 곳까지 멀리 내다보였다. 가볍고 차분하며 실용적인 가구들이 방 안에 군데군데 놓여 있었다.

재봉틀에 앉은 르브룅 부인은 바느질을 하느라 바빴다. 작은 흑인 소녀가 바닥에 주저앉아 재봉틀 발판을 손으로 돌리고 있었다. 그 크리올 부인은 건강을 해치는 일이라면 무엇이든 피하려 했다.

방에 들어선 로베르는 지붕창 아래 넓은 창문턱에 걸터앉아, 주머니에서 책 한 권을 꺼냈다. 책장 넘기는 정확도와 속도로 보건대 열심히 읽는 모양이었다. 재봉틀 돌아가는 소리가 방에 울려 퍼졌다. 낡고 묵직한, 큰 물체에서 나는 소리였다. 재봉틀 소리가 멈출 때마다 로베르와 어머니는 두서없이 이야기를 나누었다.

「퐁텔리에 부인은 어디 계시든?」

「아이들과 해변에 있나 봐요.」

「그 부인에게 공쿠르[12]의 소설책을 빌려준다고 약속했으니, 나갈 때 잊지 말고 가져가렴. 작은 테이블 위 책장에 있단다.」 덜거덕, 덜거덕, 덜거덕, 탁! 5~8분 정도 재봉틀 소리가 계속 들렸다.

「빅토르가 사륜마차를 몰고 어디로 가는 거죠?」

「사륜마차를? 빅토르가?」

12 Edmond Goncourt(1822~1896). 프랑스의 리얼리즘 작가.

「네, 지금 저기 문 앞에 있어요. 어디 갈 준비를 하는 모양인데요.」

「불러 봐라.」 덜거덕, 덜거덕!

로베르가 저 멀리 부두에서도 들릴 만큼 귀청이 떨어질 듯 날카롭게 휘파람을 불었다.

「쳐다보지도 않는데요.」

르브룅 부인이 창문으로 달려갔다. 부인이 〈빅토르!〉 하고 불렀다. 손수건을 흔들며 다시 불렀다. 그러나 아래 있던 젊은이는 마차에 오르더니 전속력으로 말을 몰기 시작했다.

화가 나서 붉으락푸르락하는 얼굴로 르브룅 부인은 재봉틀로 돌아가 앉았다. 빅토르는 부인의 막내아들이자 로베르의 남동생이었다. 빅토르는 쌈박질이나 하는 *tête montée*(다혈질)에 도끼로 찍어도 못 말릴 만큼 고집불통이었다.

「어머니가 말씀만 하시면, 제가 어떻게든 말썽부리지 못하게 단단히 혼내 줄게요.」

「네 아버지만 살아 계셨어도!」 덜거덕, 덜거덕, 덜거덕, 덜거덕, 탁! 르브룅 씨가 신혼 초에 저세상으로 떠나지만 않았어도 분명 세상과 세상만사가 더 이성적이며 질서 정연하게 돌아갔을 거라는 게 르브룅 부인의 확고한 신념이었다.

「몽텔 씨한테선 아무 소식 없나요?」 몽텔은 지난 20년간 르브룅 씨가 세상을 뜨면서 이 집안에 남긴 공백을 채워 보겠다는 헛된 야망과 열망에 사로잡힌 중년 신사였다. 덜거덕, 덜거덕, 탁, 덜거덕!

「편지가 어디 있을 텐데.」 부인이 재봉틀 서랍을 열어 반

진고리 속에 깊이 들어 있는 편지를 한 통 찾아냈다. 「다음 달 초쯤 몽텔 씨가 베라크루스에 머물 예정이라고 전해 달라 더구나.」 덜거덕, 덜거덕! 「그리고 아직도 그 사람이랑 갈 의 사가 있다면…….」 탁! 덜거덕, 덜거덕, 탁!

「왜 진작 말씀하지 않으셨어요, 어머니? 제가 얼마나 가고 싶어 하는지 아시면서…….」 덜거덕, 덜거덕, 덜거덕!

「퐁텔리에 부인이 애들이랑 오는 게 보이니? 점심 식사에 또 늦겠구나. 그 부인은 한 번도 제때 오는 적이 없더라.」 덜 거덕, 덜거덕!

「공쿠르 책이 어디 있다고요?」

9

    홀 안의 모든 조명이 환하게 빛났다. 램프는 모두 굴뚝으로 연기가 새어 나가지 않고 폭발할 위험이 없을 정도에서 최고 높이까지 올려져 있었다. 이 램프들은 방 안을 돌아가며 벽에 일정한 간격으로 설치되어 있었고, 램프 사이를 오렌지와 레몬 가지를 꺾어다 장식해 우아한 분위기를 연출했다. 짙은 녹색 가지가 창문에 드리운 흰 모슬린 커튼을 배경으로 반짝반짝 돋보였다. 멕시코만에서 부는 변덕스러운 거센 바람으로 커튼이 부풀어 허공에 나부꼈다.

    로베르와 라티뇰 부인이 해변에서 돌아오면서 은밀한 대화를 나누고 몇 주 지난 토요일 밤이었다. 이날따라 유난히 많은 남편들과 아버지들, 친구들이 이 섬에서 일요일을 보내려고 찾아왔다. 별장 투숙객들은 르브룅 부인의 도움을 받아 찾아온 가족들과 즐거운 시간을 보내고 있었다. 식탁을 홀 한쪽 끝으로 모두 옮기고, 의자도 한 줄로 여러 개씩 군데군데 배치했다. 이른 저녁에는 가족끼리 모여 안부를 묻거나 집안 소식을 주고받았다. 그러고 나서 긴장이 풀려 느긋해지자, 더 일반적인 화제로 범위를 넓히며 주변 사람과 계속 이야기를 나누었다.

아이들은 취침 시간이 지났지만 늦게까지 놀아도 된다는 허락을 받았다. 몇몇 아이들은 바닥에 배를 깔고 엎드려 퐁텔리에 씨가 가져온 총천연색 만화책을 읽었다. 어린 퐁텔리에 씨의 두 아들은 다른 아이들에게 만화책을 읽어도 된다고 재면서 주인 행세를 했다.

음악과 춤, 한두 가지 낭송 등 여흥 시간이 마련되었다. 그러나 이 여흥은 체계적으로 잘 짜인 프로그램이 아니었고, 미리 사전에 계획되거나 고심한 흔적도 보이지 않았다.

이른 저녁 시간, 사람들의 열렬한 호응을 받으며 쌍둥이 자매가 피아노를 연주했다. 올해 열네 살인 두 소녀는 성모 마리아께 봉헌되었기에 여느 때처럼 성모 마리아의 색깔인 파란색과 흰색 드레스 차림이었다. 그들은 「잠파」의 이중주를 연주했다. 그 자리에 모인 모든 사람이 열렬히 앙코르를 청하자 「시인과 농부」 서곡도 연주했다.

「*Allez vous-en! Sapristi*(가버려! 제기랄)!」 그때 문밖에서 앵무새가 소리 질렀다. 이 별장에 머무는 모든 투숙객 중에서 이 앵무새가 처음으로, 그해 여름 이 우아한 연주가 듣기 싫다고 솔직히 고백한 것이다. 쌍둥이 자매의 할아버지인 파리발 노인은 앵무새의 방해에 화가 나서 이 새를 어두운 창고에 가둬야 한다고 펄쩍펄쩍 날뛰었다. 그러자 빅토르 르브룅이 이 주장에 반대하고 나섰다. 빅토르의 말은 운명의 여신의 말처럼 거스를 수 없었다. 다행히도 앵무새는 더 이상 여흥을 방해하지 않았다. 그 앵무새는 쌍둥이 자매에게 그동안 품어 왔던 악의를 이처럼 과격하게 한방에 표출한 모양이었다.

뒤이어 어린 남매의 낭송이 이어졌다. 내용은 그곳에 모인 투숙객들이 지난겨울에 열린 그 도시의 저녁 만찬 때마다 들어 온 이야기였다.

다음 차례로 어린 소녀가 홀 중앙에서 스커트 댄스를 추었다. 반주를 맡은 소녀의 어머니는 흐뭇해하면서도 마음이 놓이지 않는 표정으로 딸의 모습을 지켜보았다. 하지만 걱정할 필요는 없었다. 그 소녀는 그날 밤 야간 공연의 주인공이었다. 그 소녀는 까만 얇은 망사 드레스에 까만 검정 실크 타이즈를 신고 있었다. 작은 목과 팔은 맨살이었고, 일부러 곱슬곱슬하게 웨이브를 넣은 머리카락은 검은 깃털 장식처럼 머리 위로 높이 솟아 있었다. 소녀의 자세는 매우 우아했고, 작은 검정 구두를 신은 발끝이 믿을 수 없을 만큼 빠르고 현란하게 앞뒤로 움직이며 반짝였다.

그러나 다른 사람들도 춤을 추지 말란 법은 없었다. 라티 놀 부인은 춤을 출 수 없었기에 다른 사람들이 신나게 춤을 추도록 기꺼이 피아노 반주를 맡았다. 왈츠 연주를 멋지게 해내는가 하면 신나는 곡조로 사람들의 흥을 돋우면서 훌륭하게 반주를 해주었다. 부인은 자녀들을 위해 늘 음악을 가까이 한다고 말한 적이 있었다. 그들 부부는 음악이 집안 분위기를 밝고 즐겁게 해준다고 여기기 때문이라고 했다.

쌍둥이 자매만 빼고 거의 모두 춤을 추었다. 쌍둥이 자매는 둘 중 한 명이 다른 남자의 품에 안겨 홀을 빙글빙글 돌며 춤추는 그 짧은 시간에도 서로 떨어져 있지 않으려 했다. 그렇다면 둘이 춤을 출 수도 있으련만, 그런 생각은 하지 못한 모양이었다.

아이들이 잠자리에 들어야 할 시간이 되었다. 몇 명은 순순히 들어갔지만, 일부는 소리를 지르며 떼를 쓰다가 끌려 들어가기도 했다. 아이들은 아이스크림을 먹을 때까지만 있어도 된다고 허락받았는데, 이는 당연히 관용을 베푸는 데도 한계가 있음을 보여 주는 것이었다.

케이크와 함께 아이스크림이 나왔다. 접시에는 금색과 은색 케이크 조각이 교대로 놓여 있었다. 이 아이스크림은 빅토르의 감독 아래 흑인 하녀 두 명이 오후 내내 부엌에서 만들어 얼린 것이었다. 모두 아이스크림을 아주 잘 만들었다고 칭찬했다. 그저 바닐라를 조금 덜 넣었거나, 설탕을 좀 더 넣었더라면, 좀 더 단단히 얼렸다면, 그리고 소금을 조금만 줄였다면 더욱 맛있는 최고의 아이스크림이 되었을 것이다. 빅토르는 자신이 만든 아이스크림이 너무 자랑스러워 사람들에게 더 먹으라고 강권하기도 했다.

퐁텔리에 부인은 남편과 두 번, 로베르와 한 번, 그리고 이어서 라티뇰 씨와 춤을 추었다. 깡마른 라티뇰 씨는 키가 커서 춤을 출 때면 마치 바람에 나부끼는 갈대 같았다. 에드나는 춤을 추고 나서 베란다로 나와 나지막한 창턱에 걸터앉았다. 거기서는 홀 안의 풍경이 다 들여다보이고, 저 멀리 멕시코만도 보였다. 동쪽 하늘이 은은히 빛났다. 달이 두둥실 떠오르고 있었다. 반짝이는 신비로운 달빛이 저 멀리 출렁이는 바다 수면에 수백만 개의 빛을 비추었다.

「라이즈 양의 연주가 듣고 싶으시죠?」로베르가 베란다에 있는 에드나 옆으로 나오며 물었다. 물론 에드나는 라이즈 양의 연주가 듣고 싶었다. 그러나 에드나는 라이즈 양에게 청해 봤자 소용없을 거라고 생각했다.

「제가 부탁해 볼게요.」로베르가 말했다. 「부인이 피아노 연주를 듣고 싶어 한다고 전할게요. 라이즈 양은 부인을 좋아하거든요. 꼭 와줄 겁니다.」로베르가 돌아서서 라이즈 양이 발을 질질 끌며 들어간 먼 별채로 급히 뒤따라갔다. 라이즈 양은 방에 끌고 들어갔던 의자를 다시 가지고 나오면서 아기 울음소리가 자꾸 난다고 투덜거렸다. 보모가 옆방에서 아기를 재우려 애쓰는 중이었다. 라이즈 양은 자그마한 체구에 더는 젊다고 할 수 없는 나이의 무뚝뚝한 여성이었다. 자기주장이 강하고 타인의 권리를 마구 짓밟는 성격이라 만나는 사람마다 다투었다. 로베르는 그리 어렵잖게 라이즈 양을 설득할 수 있었다.

춤이 잠시 중단된 틈에 라이즈 양이 로베르와 함께 홀로 들어왔다. 그녀는 홀에 들어서면서 거만하게 엉거주춤 머리 숙여 인사했다. 얼굴이 작고 몸에 주름도 꽤 있었지만, 눈빛만은 반짝이는 못생긴 여인이었다. 옷에 대한 안목이 전혀 없어, 검정 레이스가 잔뜩 달린 옷에 가짜 제비꽃 모양의 핀을 머리에 꽂고 있었다.

「제 연주 중에서 어떤 곡이 듣고 싶은지 퐁텔리에 부인에게 여쭤 보세요.」라이즈 양이 로베르에게 말했다. 로베르가 창가에 앉은 에드나에게 라이즈 양의 말을 전하는 동안, 라이즈 양은 건반에서 손을 뗀 채 피아노 앞에 가만히 앉아 있었다. 사람들은 진짜 피아니스트의 등장에 놀라면서도 진심으로 반가워했다. 곧 놀라움이 진정되면서 모두 기대에 부풀었다. 에드나는 그토록 거만한 여인이 자신을 콕 집어 호의를 베풀자 조금 당황스러웠다. 에드나는 감히 곡을 선택할 엄두가 나지 않아 라이즈 양이 좋아하는 곡을 연주해 달라고 했다.

에드나는 자신이 말한 대로 음악을 무척 좋아하는 편이었다. 능숙하게 연주되는 음악의 선율을 듣고 있노라면 마음속에 어떤 그림이 떠오르곤 했다. 가끔 라티뇰 부인이 오전에 연주를 하거나 연습을 하면, 에드나는 그 방에 가서 음악을 듣기도 했다. 에드나는 라티뇰 부인이 연주한 곡에 〈고독〉[13]이라는 부제를 붙이기도 했다. 짧은 그 곡은 구슬픈 단조의 선율이었다. 원래는 다른 제목이었지만, 에드나는 그 곡을 〈고독〉이라 불렀다. 그 곡을 들을 때면, 황량한 해변의 바위 옆에 서 있는 한 남자의 모습이 떠올랐다. 다 벗은 알몸의 남자였다. 절망적으로 체념한 자세로 날개를 퍼덕이며 자신으로부터 멀어지는 새 한 마리를 물끄러미 바라보고 있었다.

또 다른 곡은 여왕의 가운을 입은 우아한 젊은 여성을 떠올리게 했다. 그 여성은 높은 울타리 사이로 뚫린 기다란 길

---

13 쇼팽의 첫 번째 전기 작가인 대니얼 랭킨Daniel Rankin에 의하면, 『각성』의 원래 제목은 〈고독한 영혼Solitary Soul〉이었는데 출판업자가 바꾸었다고 한다. 두 번째 전기 작가인 퍼 세이어스테드Per Seyersted에 의하면, 쇼팽은 〈고독한 영혼〉을 부제로 간직하고 싶어 했다.

을 걸으며 춤을 추듯 종종걸음으로 내려왔다. 다른 연주곡은 놀고 있는 아이들을, 또 다른 곡은 아무것도 없이 텅 빈 세상에서 고양이를 쓰다듬고 있는 얌전한 숙녀를 연상시켰다.

라이즈 양이 피아노 건반을 치는 순간, 날카로운 전율이 퐁텔리에 부인의 등골을 타고 내려갔다. 피아니스트의 연주를 직접 들은 것이 처음은 아니었다. 하지만 연주를 받아들일 준비가 된 것은 이번이 처음이었다. 그녀의 존재가 영원한 진리를 받아들일 자세가 된 것도 이번이 처음이었다.

에드나는 그 음악이 전하는 이미지들이 마음속에서 구체적인 형상으로 떠오르길 기다렸다. 하지만 헛된 기다림이었다. 고독이나 희망, 갈망이나 절망의 그림이 전혀 그려지지 않았다. 그러나 파도가 매일 그녀의 아름다운 몸을 때리듯, 바로 열정 그 자체가 그녀의 영혼에서 깨어나 영혼을 압도하며 뒤흔들었다. 에드나는 전율했고, 숨도 쉴 수 없었다. 눈물이 앞을 가렸다.

연주가 끝나자 라이즈 양은 자리에서 일어나 뻣뻣하고도 도도하게 머리 숙여 인사했다. 그러고는 감사하다는 인사나 박수갈채에 대한 답례로 그곳에 머물기는커녕 금방 퇴장해 버렸다. 라이즈 양이 복도를 지나면서, 에드나의 어깨를 가볍게 토닥였다.

「저, 제 연주가 마음에 들었나요?」 라이즈 양이 물었다. 젊은 여인은 아무 대답도 할 수 없었다. 그저 피아니스트의 손을 격렬하게 꼭 붙잡았다. 라이즈 양은 에드나의 동요와 눈물까지 꿰뚫어 보았다. 라이즈 양은 다시 이렇게 말하면서 에드나의 어깨를 토닥였다.

「내가 연주해 줄 가치가 있는 사람은 당신뿐이군요. 다른 사람들은? 흥!」 라이즈 양은 발을 질질 끌며 복도를 따라 내려가 자기 방 쪽으로 사라졌다.

하지만 라이즈 양은 〈다른 사람들〉에 관해 잘못 생각한 것이었다. 그녀의 연주를 들은 사람들은 열광적인 반응을 보였다.「대단한 열정이로군요!」「정말 대단한 예술가예요!」「라이즈 양은 쇼팽의 최고 연주자라고 제가 늘 말했었죠!」「그 마지막 서곡 들었죠! 하느님, 맙소사! 사람의 마음을 이렇게 뒤흔들어 놓다니!」

밤이 깊어 사람들이 흩어지기 시작했다. 그러나 누군가는, 아마도 로베르였으리라, 그 신비한 시각에 신비로운 달빛 아래 수영을 해야겠다고 생각했다.

10

아무튼 수영이나 하자는 로베르의 제안에 아무도 반대하지 않았다. 로베르가 앞장선다면 누구나 따를 태세였다. 하지만 그는 앞장서지 않고 안내했다. 그는 무리에서 떨어져 호젓하게 따로 있으려는 젊은 연인과 함께 뒤로 처졌다. 그는 젊은 연인 사이에 끼여 걸어갔다. 이런 행동이 일부러 그들을 방해하려는 악의에서 나온 건지, 장난삼아 그런 건지는 그 자신도 알 수 없었다.

퐁텔리에 부부와 라티뇰 부부가 앞장섰다. 두 부인은 각자 남편의 팔짱을 꼈다. 에드나는 일행 뒤에서 들려오는 로베르의 목소리를 들을 수 있었고, 가끔은 무슨 말을 하는지도 들을 수 있었다. 로베르가 왜 자기 일행에 섞이지 않았는지 그 이유가 궁금했다. 그답지 않은 행동이었다. 최근에는 이따금 하루 종일 코빼기도 보이지 않았고, 다음 날이면 잃어버린 시간을 만회하려는 듯 두 배나 헌신적이었다. 무슨 핑계로든 로베르가 나타나지 않는 날이면 무척 그리웠다. 마치 빛나는 태양이 뜨면 별생각 없다가, 흐린 날이면 태양이 그리운 것처럼 말이다.

사람들은 삼삼오오 짝을 지어 해변으로 걸어갔다. 웃고 떠들다가 몇 명은 노래를 부르기도 했다. 클라인 호텔에서 연주하는 밴드 소리가 들렸다. 호텔이 멀리 떨어져 있어 멜로디만 희미하게 들렸다. 밖에서는 이상하고 낯선 냄새가 풍겼다. 바다 냄새와 잡초, 그리고 금방 파헤친 축축한 대지 냄새에, 가까운 들판 어디선가 풍겨 오는 진한 향기가 뒤섞인 냄새였다. 그러나 밤은 바다와 대지에 살포시 내려앉았다. 어둠은 무겁지 않고 그림자도 없었다. 부드럽고 신비한 잠처럼 새하얀 달빛이 온 세상을 감쌌다.

사람들은 대부분 마치 고향으로 돌아가듯 물속으로 걸어 들어갔다. 바다는 고요했다. 잔잔한 파도가 해변에 밀려와 크게 부풀었다가 뒤에 밀려온 다른 파도에 스러졌다. 느릿느릿 똬리를 튼 하얀 뱀처럼, 해변에 밀려온 잔잔한 파도는 하얀 거품을 만들어 냈다.

올여름 내내 에드나는 수영을 배우려 했다. 남자들과 여자들 모두에게 가르침을 받았고, 가끔은 아이들한테까지 배웠다. 로베르는 거의 매일 체계적으로 수영을 가르쳐 주었다. 그러나 아무리 노력해도 소용없어 거의 포기하기 일보 직전이었다. 에드나는 자기를 잡아 안심시켜 줄 사람이 근처에 없는 한, 물에만 들어가면 걷잡을 수 없는 공포에 사로잡혔다.

그러나 그날 밤에는 비틀비틀 넘어지다 움켜잡고 걸음마를 배우는 아기처럼 갑자기 자신의 힘을 깨닫고 용감하게, 지나친 자신감에 넘쳐 물속에서 처음으로 홀로 걷기 시작했다. 너무나 기뻐 마구 소리라도 지르고 싶은 심정이었다. 한두 번 팔을 허우적거려 몸이 물 위로 뜨자 너무 즐거워 정말로 마구 소리를 질렀다.

에드나는 날아갈 듯 즐거운 환희에 사로잡혔다. 마치 영혼이 어떤 강력한 힘을 얻은 것 같았다. 자신의 힘을 과신한 그녀는 점점 더 대담하고 무모해졌다. 어떤 여성도 가보지 못한 머나먼 곳까지 헤엄쳐 가고 싶었다.

뜻밖에 에드나가 수영을 하자, 사람들은 놀라서 박수갈채를 보내면서 감탄했다. 남자들은 저마다 자신의 특별한 지도 덕분에 이렇게 바라던 결과를 얻었다고 생색을 냈다.

「이렇게 쉽다니!」 에드나가 생각했다. 「아무것도 아니네요.」 그녀가 크게 외쳤다. 「왜 진작 수영이 별것 아닌 줄 몰랐을까요? 아기처럼 첨벙거리면서 얼마나 시간을 낭비했는지!」 그녀는 사람들 무리에 끼지 않고 새로 얻은 수영 실력에 도취해 혼자서 신나게 수영했다.

에드나는 바다로 고개를 돌려 그 넓은 공간에 자신이 혼자 있다는 느낌에 심취했다. 달이 빛나는 하늘에 맞닿은, 끝없이 펼쳐진 망망대해가 상상의 나래를 한껏 펼쳐 주었다. 헤엄쳐 나가는 동안 에드나는 자기 자신을 망각할 만큼 끝없이 무한한 세계로 나아가는 기분이었다.

에드나는 고개를 돌려 해안과 거기 남아 있는 사람들을 바라보았다. 아주 멀리는, 즉 노련한 수영 선수의 눈으로 보면 먼 데까지 헤엄친 것은 아니었다. 그러나 수영에 미숙한 그녀의 눈에는 해변에서 지금 있는 곳까지 헤엄친 거리가 누군가

도와주지 않는다면 결코 극복할 수 없는 장벽처럼 보였다.

그 순간 에드나의 영혼은 죽음의 환영에 사로잡혔다. 잠시 오싹하며 모든 감각이 흐릿해졌다. 그러나 에드나는 죽을 힘을 다해 마침내 육지로 돌아왔다.

에드나는 남편에게 죽음의 문전에서 순간적으로 공포에 휩싸였다는 말을 한마디도 하지 않았다. 「저기서 혼자 죽을 수도 있겠구나 생각했어요.」

「그리 멀리 가진 않았소. 내가 당신을 지켜보고 있었지.」 남편이 아내에게 말했다.

에드나는 곧장 탈의실로 가서 원래 옷으로 갈아입었다. 다른 사람들이 해변을 떠나기 전에 집으로 돌아갈 요량이었다. 에드나는 혼자 터벅터벅 걷기 시작했다. 일행은 모두 그녀를 부르면서 더 있다 가라고 외쳤으나, 에드나는 그냥 가겠다고 손을 흔든 뒤 계속 걸어갔다. 사람들이 거듭 만류했지만, 더는 그 외침에 신경 쓰지 않았다.

「이따금 퐁텔리에 부인이 참 변덕스럽다는 생각이 들어요.」 무척 즐거운 시간을 보내던 르브룅 부인은 에드나가 갑작스럽게 떠나 버려 여태 즐거웠던 흥이 깨질까 봐 내심 걱정되어 이렇게 말했다.

「맞아요.」 퐁텔리에 씨가 그 말에 맞장구쳤다. 「하지만 어쩌다 그러지 자주 그러진 않아요.」

에드나가 별장까지 4분의 1도 채 못 갔을 때, 로베르가 뒤따라왔다.

「내가 아까 무서워했을 거라 생각했죠?」 에드나가 로베르에게 조금도 언짢은 기색 없이 물었다.

「아니요. 무서워하지 않을 줄 알았어요.」

「그럼 왜 왔어요? 다른 사람들이랑 저기 머물지 않고?」

「생각해 보지 않았어요.」

「무슨 생각요?」

「아무것도 아니에요. 그게 뭐 중요한가요?」

「엄청 피곤해요.」 에드나가 투정을 부리듯 내뱉었다.

「알아요.」

「당신은 아무것도 몰라요. 알 리가 없잖아요. 난 평생 이렇게 기진맥진해 본 적이 한 번도 없어요. 하지만 나쁘진 않군요. 오늘 밤 오만 가지 감정이 스치고 지나갔어요. 뭐가 뭔지 반도 모를 감정들이요. 내 말에 신경 쓰지 말아요. 그저 머리에 떠오르는 대로 마구 떠들고 있으니까요. 오늘 밤 라이즈 양의 연주에 감동했던 것처럼, 다시 그렇게 감동할 수 있을지 모르겠어요. 오늘 같은 밤이 지상에 다시 있을 것 같지도 않고요. 마치 한밤중에 한바탕 꿈을 꾼 것 같아요. 주변 사람들도 반인반수의 초자연적 존재 같고요. 오늘 밤엔 정령들이 정말 밖에 돌아다니나 봐요.」

「맞아요.」 로베르가 속삭였다. 「오늘이 8월 28일인 거 모르세요?」

「8월 28일요?」

「네. 8월 28일 자정에 달이 환하게 비치면, 정말 달빛이 환하긴 하지만, 옛날부터 오랫동안 떠돌아다니던 해안의 정령이 멕시코만에서 올라온답니다. 그 정령은 탁월한 투시력으로 자기한테 어울릴 만한 인간을 찾아다닌대요. 몇 시간 동안 반만 천계 같은 연옥에서 자기와 어울려 놀 인간 말이에요. 그 정령은 늘 그런 인간을 찾아 헤맸지만, 지금까지 별다른 성과가 없어서 매번 낙담한 채 바다로 돌아갔다죠. 하지만 오늘 밤 그 정령이 퐁텔리에 부인을 발견한 거예요. 아마 부인을 절대로 마법에서 풀어 주지 않을 겁니다. 아마도 부인은 그 신비한 존재의 그림자 속을 걷는 하찮고 불쌍한 속인의 고통에서 벗어나게 될 거고요.」

「그만 놀려요.」 장난기 가득한 그의 말에 기분이 언짢아진 에드나가 말했다. 로베르는 에드나의 말에 개의치 않았지만, 비애감이 깃든 그녀의 어조는 자신을 비난하는 것처럼 들렸다. 그는 뭐라 설명할 길이 없었다. 자신이 부인의 기분을 꿰뚫어 보고, 또한 알고 있다고 어떻게 말할 수 있겠는가. 로베르는 에드나에게 말없이 그저 자신의 팔을 내밀었다. 에드나는 자기 말처럼 정말 녹초가 되어 있었기 때문이다. 에드나는 축축한 길에 흰 스커트가 끌려도 아랑곳하지 않고 팔을 축 늘어뜨린 채 혼자 걸어갔다. 에드나는 로베르의 팔짱을 꼈지만, 그렇다고 그 팔에 기대지는 않았다. 생각이 딴 데, 어디 다른 데 가 있어 몸보다 앞선 그 생각을 애써 따라잡으려는 것처럼, 무심하게 그의 팔짱을 꼈을 뿐이었다.

로베르는 에드나를 도와 별채 문설주와 나무줄기 사이에 매어 놓은 그물 침대에 올라가게 해주었다.

「여기 있으면서 퐁텔리에 씨를 기다리려고요?」 로베르가 물었다.

「그냥 밖에 있으려고요. 잘 가요.」

「베개 가져다 드릴까요?」

「여기 하나 있어요.」 두 사람은 어두운 곳에 있었기에 에드나가 두 손으로 베개를 더듬으면서 말했다.

「더러울 텐데요. 아이들이 가지고 뒹굴며 놀았거든요.」

「괜찮아요.」에드나가 베개를 찾아 머리에 받쳤다. 그녀는 깊은 안도의 숨을 내쉬며 그물 침대에 몸을 쭉 뻗었다. 그녀는 거만하거나 지나치게 까다로운 사람이 아니었다. 즐겨 그물 침대에 눕지는 않았지만, 가끔 누울 때면 고양이처럼 관능적인 자세보다는 온몸으로 휴식을 취하듯 편한 자세를 취했다.

「퐁텔리에 씨가 올 때까지 곁에 있어 줄까요?」로베르가 계단 바깥쪽 모서리에 앉아 문설주에 단단히 매인 그물 침대 줄을 잡으며 물었다.

「좋을 대로 하세요. 그물 침대를 흔들지는 말고요. 별채 창턱에 두고 온 흰 숄 좀 가져다줄래요?」

「추우세요?」

「아니요, 하지만 곧 추워질 것 같아서요.」

「곧요?」로베르가 웃었다. 「지금이 몇 신 줄 아세요? 바깥에 얼마나 더 계시려고요?」

「몰라요. 숄 좀 가져다줄래요?」

「가져다드려야죠.」로베르가 자리에서 일어나면서 말했다. 그는 잔디밭을 따라 집으로 갔다. 에드나는 달빛 사이로 나타났다 사라지는 로베르의 뒷모습을 지켜보았다. 이미 자정이 지난 시각이었다. 사방이 무척 고요했다.

에드나는 로베르가 가져온 숄을 받았지만, 몸에 두르지는 않았다.

「퐁텔리에 씨가 돌아올 때까지 있으라고 했던가요?」

「원하면 있어도 된다고 했어요.」

로베르는 다시 자리에 앉아 담배를 말아서 말없이 피웠다. 에드나도 아무 말이 없었다. 수만 마디 말도 이 침묵의 순간보다 더 깊은 의미가 있을 순 없으며, 생전 처음 느낀 이 욕망보다 더 두근거릴 수는 없을 것이었다.

수영을 마치고 돌아오는 사람들의 목소리가 다가오자, 로베르는 에드나에게 작별을 고했다. 에드나는 아무 대답도 하지 않았다. 로베르는 에드나가 잠든 모양이라고 생각했다. 에드나는 다시 달빛 사이로 언뜻언뜻 사라졌다 다시 나타났다 하며 걸어가는 로베르의 뒷모습을 지켜보았다.

11

「에드나, 밖에서 뭐 하는 거요? 벌써 잠자리에 든 줄 알았는데.」 남편이 그물 침대에 누워 있는 부인의 모습을 보고 물었다. 르브룅 부인과 함께 걸어온 퐁텔리에 씨는 본채에서 그 부인과 헤어졌던 것이다. 아내는 아무 대답이 없었다.

「자는 거요?」 허리를 구부려 부인의 모습을 자세히 살피면서 남편이 물었다.

「아니요.」 졸린 기색 없이 남편을 쳐다보는 에드나의 눈이 밝고 강렬했다.

「벌써 1시가 넘은 줄은 알고 있소? 그만 들어갑시다.」 퐁텔리에 씨는 계단을 올라 방으로 들어갔다.

잠시 후 퐁텔리에 씨가 안에서 〈에드나!〉 하고 불렀다.

「저 기다리지 말아요.」 에드나가 대답했다. 남편이 문밖으로 고개를 내밀었다.

「밖에 있다가 감기 걸려요.」 남편이 짜증 난 목소리로 말했다. 「이 무슨 바보 같은 짓이오? 왜 안 들어오는 거요?」

「안 추워요. 숄 있어요.」

「모기한테 엄청 물릴 텐데.」

「모기 없어요.」

방 안을 서성이는 남편의 소리가 들렸다. 소리 하나하나에서 짜증과 화가 느껴졌다. 에드나는 다른 때 같으면 들어오라는 남편의 말을 따랐을 것이다. 이미 습관처럼 몸에 배어 남편의 요구에 따랐을 것이다. 강압적인 남편의 소망에 순종하거나 복종한다는 생각조차 없이 걷거나 움직이거나 앉거나 서서, 쳇바퀴처럼 주어진 일상을 매일 반복하듯, 아무 생각 없이 따랐을 것이다.

「에드나, 이제 들어오지 않겠소?」 이번에는 남편이 애원조로 다정하게 다시 물었다.

「아니요, 그냥 밖에 있을래요.」

「정말 어처구니가 없군.」 남편이 불쑥 내뱉었다. 「밤새 밖에 있게 놔둘 순 없소. 당장 들어와요.」

에드나는 몸을 뒤척이며 그물 침대에서 더 편한 자세로 누웠다. 완강한 저항 의지가 활활 불타오르는 기분이었다. 그 순간에는 거부하거나 반항할 수밖에 없었다. 그녀는 남편이 전에도 자신에게 저런 식으로 말했었는지, 그리고 자신이 남편의 명령에 순종했었는지 기억을 더듬어 보았다. 물론 그녀는 남편의 명령에 순종했다. 명령에 순종했던 일이 또렷이 기억났다. 그러나 지금은 자신이 여태까지 왜, 어떻게 순종해 왔는지 이해가 되지 않았다.

「레옹스, 먼저 주무세요.」 에드나가 말했다. 「저는 여기 더 있을 거예요. 들어가고 싶지 않아요. 들어갈 생각도 없고요.

다시는 나한테 그런 식으로 명령하지 말아요. 이제 더는 대
답 안 할래요.」

잠자리에 들려던 퐁텔리에 씨는 잠옷 위에 겉옷을 걸쳤다.
귀한 작은 술병을 넣어 둔 장식장에서 와인 한 병을 꺼냈다.
그는 와인 한 잔을 마신 뒤 밖에 나가서 아내에게도 한 잔 주
었다. 에드나는 마시고 싶지 않았다. 그는 흔들의자를 끌어
다 슬리퍼 신은 발을 난간 위에 올리고 계속 담배를 피웠다.
시가를 두 대나 더 피우고 나서 집 안에 들어가 와인을 한 잔
더 마셨다. 에드나는 남편이 건네준 와인을 마시지 않겠다고
다시 거절했다. 퐁텔리에 씨는 다시 발을 난간에 올린 채 흔
들의자에 앉아 일정한 간격으로 시가를 몇 대 더 피웠다.

에드나는 차츰 꿈에서 서서히 깨어나는 기분이었다. 이루
어질 수 없는 기이하고도 달콤한 꿈에서 깨어나 자기 영혼을
무겁게 짓누르는 현실을 거듭 깨달은 기분이었다. 잠을 자고
싶은 욕구가 온몸에 몰려들었다. 정신을 흥분시켰던 열정이
그녀를 지치게 했고, 주변 상황에 굴복하게 만들었다.

동트기 전, 온 세상이 숨죽인 듯 한밤중 가장 적막한 시간
이었다. 잠든 하늘에 나지막이 기운 달이 은빛에서 구릿빛으
로 바뀌었다. 이제는 늙은 올빼미가 부엉부엉 울지도 않았
고, 고개 숙인 채 신음하던 떡갈나무도 잠잠했다.

에드나는 일어났다. 그물 침대에 너무 오래 있었기 때문
인지 다리에 경련이 일었다. 그녀는 문설주를 힘없이 잡고
비틀비틀 계단을 올라가 안으로 들어갔다.

「들어오실 거죠, 레옹스?」 에드나가 남편에게 고개를 돌

리며 물었다.

「그래야지.」남편이 자욱한 담배 연기를 응시하며 대답했다. 「이 담배 다 피우는 대로 들어가리다.」

12

에드나는 몇 시간밖에 자지 못했다. 밤새 뒤척이며 열병을 앓듯 알 수 없는 기이한 꿈에 시달렸으나, 잠에서 반쯤 깨어나자 뭔가 놓친 듯한 인상만 남았다. 이른 아침 차가운 공기를 느끼며 일어나 옷을 걸쳤다. 상쾌한 공기 덕분에 마음이 꽤 진정되었다. 그러나 기분 전환을 위한 뭔가를 안이나 밖에서 애써 찾으려 하지는 않았다. 무엇이든 충동이 이끄는 대로 무조건 따르고 있었다. 마치 낯선 이가 인도하는 대로 따르면서, 책임감에서 훌훌 벗어나 영혼의 자유를 만끽하는 것 같았다.

아직 이른 시각이라 사람들은 대부분 침대에서 깊은 잠에 빠져 있었다. 셰니에르에 가서 미사를 드리려는 몇 사람만 깨어 움직였다. 전날 밤 미리 계획을 세운 젊은 연인은 이미 부두 쪽으로 어슬렁어슬렁 걸어가고 있었다. 금박 입힌 벨벳 주일 기도서와 주일용 은제 묵주를 든 검은 복장의 여인도 비교적 가까운 거리에서 젊은 연인을 따라갔다. 파리발 노인도 일찍 일어난 김에, 마음 내키는 대로 뭐든 해볼 요량으로 우산꽂이에서 우산을 꺼내 들고 커다란 밀짚모자를 눌러쓴 채 검은 복장의 여인을 따라갔지만, 그 여인을 앞서지는 않았다.

전에 르브룅 부인의 방에서 재봉틀 발판을 돌리던 흑인 소녀가 긴 빗자루로 복도를 대충 쓸고 있었다. 에드나는 그 소녀를 본채로 보내 로베르를 깨워 달라고 했다.

「셰니에르에 갈 예정이라고 말해 줄래? 보트가 준비됐으니 서두르라고 전하렴.」

로베르는 금방 에드나와 합류했다. 전에는 한 번도 로베르에게 사람을 보내 먼저 부른 적이 없었다. 로베르를 먼저 찾은 적도 없었다. 먼저 만나고 싶어 한 적도 없었다. 에드나는 평소와 달리 자신이 로베르를 먼저 찾았다는 사실을 전혀 의식하지 못했다. 로베르도 여느 때와 다른 상황임을 깨닫지 못했다. 그러나 에드나를 보자 로베르의 얼굴이 말없이 환해졌다.

두 사람은 커피를 마시려고 함께 부엌에 들어갔다. 격식차리려고 지체할 시간이 없었다. 그들은 창가에 서서 요리사가 건네준 커피와 롤빵을 받아 창턱에 올려놓고 먹었다. 에드나는 맛있다고 말했다. 그녀는 커피든 뭐든 다른 아무것에 대해서도 생각하지 않았다. 로베르는 가끔 에드나의 사전 계획이 엉성하다는 걸 눈치챘다고 말했다.

「셰니에르에 가려고 당신을 깨울 생각을 했으면 된 거 아닌가요?」에드나가 웃었다. 「처음부터 끝까지 다 생각해야 되나요? 이건 레옹스가 짜증 낼 때 하는 말이에요. 남편을 비난하자는 건 아니고요. 나 말곤 짜증 낼 일도 없거든요.」

두 사람은 모래밭을 가로질러 지름길로 걸어갔다. 저 멀리 부두로 걸어가는 이상한 행렬이 보였다. 어깨동무한 채 느릿느릿 걸어가는 젊은 연인과 그 뒤로 그들을 조금씩 따라잡고 있는 검은 복장의 여자, 조금씩 뒤처지는 파리발 노인, 그리고 머리에 빨간 두건을 두르고 팔에 바구니를 낀 맨발의 어린 스페인 소녀가 맨 뒤에서 따라갔다.

　　로베르는 그 스페인 소녀와 잘 아는 사이였기에, 배에서 소녀와 몇 마디 이야기를 나누었다. 아무도 두 사람의 대화를 알아듣지 못했다. 그 소녀의 이름은 마리키타였다. 약삭빠르고 어딘지 앙큼해 보이는 둥근 얼굴에 어여쁜 검은 눈동자를 지닌 소녀였다. 바구니 손잡이에 작은 두 손을 포개 놓고 있었다. 발은 넓적하고 거칠었지만, 굳이 감추려 하지 않았다. 에드나는 소녀의 발을 내려다보고, 갈색 발가락 사이에 모래와 진흙이 잔뜩 끼여 있음을 알아차렸다.

　　뱃사공 보들레는 마리키타가 배에서 자리를 많이 차지한다고 투덜댔다. 사실 보들레는 파리발 노인 때문에 짜증이 나 있었다. 파리발 노인은 보들레보다 자기가 더 유능한 항해사라고 여겼다. 그렇지만 보들레는 파리발 씨처럼 연로한 노인과 싸울 수 없었으니, 마리키타에게 대신 화풀이를 한 셈이었다. 그 소녀는 로베르에게 호소하듯 잠시 억울하다는 표정을 지었다. 그러더니 다음 순간, 뻔뻔하게도 고개를 위아래로 살짝 움직이면서 로베르에게 〈추파〉를 던지고, 보들레에게는 〈입을〉 삐죽거렸다.

　　젊은 연인은 어디론가 사라져 보이지 않았다. 두 사람에게는 아무것도 보이거나 들리지 않았다. 검은 복장의 여인은 세 번째 묵주 기도를 하고 있었다. 파리발 노인은 배를 다루는 방법이며 보들레가 배에 관해 모르는 내용을 끝없이 늘어놓았다.

에드나는 이 모든 게 만족스러웠다. 못생긴 갈색 발가락부터 예쁜 검은 눈동자까지, 마리키타의 모습을 위아래로 다시 훑어보았다.

「저 부인이 왜 이렇게 쳐다보는 거죠?」 소녀가 로베르에게 물었다.

「아마 네가 예뻐서 그럴 거야. 내가 물어볼까?」

「아니에요. 아저씨 애인이에요?」

「결혼한 분이야, 자녀도 둘이나 있어.」

「아! 그래도요! 프란시스코는 애가 넷이나 딸린 실바노의 아내와 도망쳤잖아요. 두 사람은 아이 한 명과 실바노의 돈을 몽땅 들고 배를 훔쳐 달아났어요.」

「그만!」

「그녀가 알아듣나요?」

「그래, 쉿!」

「저기 서로 기댄 두 사람은 결혼했나요?」

「물론 안 했지.」 로베르가 웃으며 대답했다.

「물론 안 했죠.」 마리키타가 진지하게, 그럼 그렇지 하는 태도로 고개를 까닥이며 로베르의 말을 반복했다.

높이 뜬 태양이 쨍쨍 내리쬐기 시작했다. 빠르게 부는 산들바람을 따라 에드나의 얼굴과 손의 모공까지 따가운 햇볕이 내리쬐는 것 같았다. 로베르가 자신의 우산을 씌워 주었다.

배가 물살을 가르며 비스듬히 앞으로 나아가는 동안, 바람을 받아 한껏 부푼 돛이 팽팽하게 불룩해졌다. 파리발 노인은 돛을 보면서 무슨 생각을 하는지 냉소적인 미소를 지었다. 보들레는 나직이 노인에게 욕을 했다.

셰니에르카미나다섬으로 배를 타고 가면서 에드나는 꽉 붙잡혀 있던 정박항에서 풀려난 기분이었다. 밖에 신비한 정령이 출몰한 전날 밤, 배를 고정시켰던 사슬이 풀려, 가려고만 하면 어디든 자유로이 갈 수 있을 것 같았다. 로베르는 쉬지 않고 계속 이야기했다. 마리키타는 더 이상 쳐다보지도 않았다. 그 소녀의 대나무 바구니에는 새우가 들어 있었다. 소녀는 그 새우들 위에 덮인 스페인 이끼를 괜히 털어내며 혼자 시무룩하게 뭐라고 중얼거렸다.

「내일 그랑드테르섬에 가볼래요?」 로베르가 나지막이 속삭였다.

「거기서 뭘 하죠?」

「언덕에 올라가서 꿈틀거리는 조그만 황금색 뱀들과 햇볕을 쬐는 도마뱀들을 봐요.」

에드나는 그랑드테르 쪽을 바라보다가 로베르와 단둘이 거기 있고 싶다고 생각했다. 태양 아래 포효하는 파도 소리를 듣고 폐허가 된 옛 요새를 들락거리는 끈적끈적한 도마뱀을 구경하면서.

「그리고 내일이나 모레는 바유 브륄로에 배 타고 갈 수 있어요.」 로베르가 말을 이었다.

「거기서 뭐 하게요?」

「뭐든 하죠. 미끼를 던져 낚시를 해도 되고요.」

「아니에요, 그냥 그랑드테르로 돌아가요. 물고기는 내버려 두고요.」

「부인이 원하는 곳이라면 어디든 갈 수 있어요.」로베르가 말했다. 「토니한테 내 보트를 가져와서 손보는 것 좀 도와달라고 해야겠어요. 보들레나 다른 사람은 필요 없을 거예요. 통나무배 무서워해요?」

「아, 아니에요.」

「그럼 달빛 환한 달밤에 통나무배 태워 드릴게요. 아마도 멕시코만의 정령이 섬의 어느 지점에 보물이 숨어 있는지 속삭여 줄 거예요. 어쩌면 부인을 바로 그곳으로 안내해 줄지도 모르죠.」

「그럼 하루 만에 부자가 되겠군요!」에드나가 웃음을 터뜨렸다. 「당신한테 다 줄게요. 해적이 숨긴 금과 우리가 파낼 수 있는 보물, 전부요. 당신이라면 그 보물을 어떻게 써야 할지 알 것 같아요. 해적이 감춰 둔 금은 비축하거나 좋은 용도에 쓸 게 아니잖아요. 흥청망청 쓰면서 사방에 뿌려 대야죠. 날아다니는 금 조각을 지켜보는 재미로.」

「나는 다음 마구 날려 보냅시다.」말하는 로베르의 얼굴이 붉어졌다.

두 사람은 배에서 내려 고풍스러운 고딕 양식의 작은 루르드 성모 마리아 성당으로 갔다. 성당은 반짝이는 태양 아래 황갈색으로 빛났다.

보들레는 혼자 남아 배를 손질했다. 마리키타는 어린애처
럼 토라져 비난하는 표정으로 로베르를 흘겨보면서 바구니
를 들고 어디론가 사라졌다.

13

미사를 보는 동안 에드나는 압박감과 현기증에 짓눌렸다.
머리가 지끈지끈 아프고 제단 위 불빛이 눈앞에서 흔들렸다.
다른 때 같으면 평정심을 되찾으려 애썼겠지만, 지금은 답답
한 성당에서 속히 벗어나 탁 트인 바깥 공기를 쐬고 싶다는
생각이 간절했다. 에드나는 일어나서 로베르의 발을 넘어가
며 어물쩍 사과했다. 파리발 노인이 무슨 일인지 몰라 허둥
지둥 일어났지만, 로베르가 퐁텔리에 부인을 따라간다는 사
실을 알고는 도로 자리에 앉았다. 노인은 검은 복장의 여인
에게 걱정스러운 기색으로 무슨 일이냐고 물었지만, 그 여인
은 노인을 쳐다보거나 노인의 질문에 대답도 하지 않고, 벨
벳 기도서만 뚫어져라 쳐다보았다.

「현기증이 나서 쓰러질 뻔했어요.」 에드나가 말했다. 그녀
는 본능적으로 손을 머리에 올려 밀짚모자를 이마 위로 젖혔
다. 「미사가 끝날 때까지 도저히 앉아 있을 수가 없었어요.」

두 사람은 성당 밖으로 나와 그늘에 있었다. 로베르의 얼
굴에 근심이 가득했다.

「미사가 끝날 때까지 있는 건 물론이고 애초에 미사에 참석하겠다는 것 자체가 어리석은 생각이었어요. 앙투안 부인의 집으로 가시죠. 그 집이라면 좀 쉴 수 있을 겁니다.」로베르는 줄곧 걱정스러운 얼굴로 에드나의 얼굴을 살피면서 그녀의 팔을 잡고 길을 안내했다.

얼마나 고즈넉하던지! 들리는 소리라고는 바닷물이 고인 웅덩이에서 자란 갈대숲 사이로 속삭이는 파도 소리뿐이었다. 오렌지 나무 사이로 폭풍우에 시달린 자그마한 회색 집들이 평화롭게 자리 잡고 있었다. 에드나는 나지막하고 한가한 이 섬에선 하루하루가 늘 주일 같을 거라는 생각이 들었다. 두 사람은 발길을 멈추고 바다에 떠다니는 표류물로 만든 들쭉날쭉한 울타리에 기대어 물을 청했다. 온화해 보이는 젊은 아카디아 여인[14]이 물탱크에서 물을 긷고 있었다. 그 물탱크란 그저 땅속에 가라앉은 녹슨 부표에 불과한 것으로, 한쪽에 구멍이 뚫려 있었다. 그 젊은 여인이 양철통에 담아 건네준 물은 시원하지 않지만 달아오른 얼굴을 식혀 주어 에드나는 다시 기운을 차렸다.

마을 맨 끝에 앙투안 부인의 오두막이 있었다. 부인은 햇볕을 받으려고 문을 활짝 열어젖히듯, 넉넉한 시골 인심으로 두 사람을 반겨 주었다. 뚱뚱한 체구라 마루를 오갈 때면 몸이 무겁고 힘들어 보였다. 부인은 영어를 잘하지 못했다. 하

14 영국인들에 의해 1755년 아카디아나 노바 스코티아에서 쫓겨난 프랑스계 캐나다인의 후예로서, 그들은 다른 프랑스 식민지로 이주했다. 루이지애나 해안을 따라 정착한 그들의 거주지는 프랑스어권으로 남아 있다.

지만 같이 온 부인이 몸이 안 좋아 좀 쉬고 싶어 한다는 로베르의 말에, 정성껏 에드나가 편히 쉴 수 있게 해주었다.

온 집 안이 티끌 하나 없이 깨끗했다. 커다란 사각기둥 침대에 눈처럼 하얀 시트가 덮여 있어 누구든지 그 위에서 쉬고 싶은 마음이 들게 했다. 침대는 작은 옆방에 놓여 있었는데, 그 방에서는 헛간으로 이어지는 좁은 잔디밭이 보였다. 헛간에는 망가진 배 한 척이 뒤집힌 채로 놓여 있었다.

앙투안 부인은 미사를 드리러 가지 않았다. 아들 토니는 미사에 가고 없었지만, 부인은 토니가 곧 돌아올 테니 로베르에게 앉아서 그를 기다리라고 했다. 하지만 로베르는 문밖에 나가 담배를 피웠다. 앙투안 부인은 앞쪽 큰방에서 저녁을 준비하느라 분주했다. 부인은 시뻘건 숯불이 담긴 커다란 화로에 숭어를 끓였다.

작은 방에 혼자 남은 에드나는 옷을 느슨하게 풀고 겉옷을 벗었다. 창문 사이에 놓인 세면대에서 얼굴과 목, 팔을 씻었다. 신발과 양말을 벗고는 높은 하얀 침대 중앙에 큰대자로 누웠다. 시트와 매트리스에서 향긋한 시골 월계수 향기가 솔솔 풍기는, 독특하고 진기한 침대에 누워 이렇게 쉴 수 있다니 얼마나 호사스러운 일인가? 통증이 조금 느껴지는 튼튼한 팔다리를 쭉 뻗었다. 흐트러진 머리카락을 잠시 손가락으로 쓰다듬었다. 통통한 두 팔을 똑바로 들어 바라보다 자세히 살피며 한 팔씩 손으로 쓰다듬었다. 마치 처음 보는 것처럼, 섬세하고 탄탄한 살결을 자세히 들여다보았다. 그런 다음 양손을 머리 뒤에 깍지 긴 채 잠이 들어 버렸다.

처음에는 설핏 얕은 잠이 들어 비몽사몽 졸면서도 주변 일에 신경이 쓰였다. 앙투안 부인이 모래 묻은 바닥 위로 무거운 몸을 이끌며 걷는 소리가 들렸다. 닭 몇 마리가 창밖 잔디밭 속의 자갈을 꼬꼬댁거리며 쪼는 소리도 들렸다. 나중에는 헛간에서 이야기를 나누는 로베르와 토니의 목소리도 희미하게 들렸다. 에드나는 꼼짝도 하지 않았다. 졸린 눈 위에서 마비된 듯 무거운 눈꺼풀이 계속 아래로 쳐졌다. 도란도란 이야기하는 두 사람의 목소리가 들렸다. 아카디아인 특유의 느릿느릿한 토니의 목소리와 감미로운 프랑스어를 빨리 유창하게 구사하는 로베르의 목소리가 들렸던 것이다. 에드나는 면전에서 직접 말하지 않으면 프랑스어를 잘 알아듣지 못했다. 지금도 두 사람의 대화는 그저 그녀의 감각을 둔하게 만들어 잠을 부르는 아련한 목소리로 들릴 뿐이었다.

잠에서 깨어난 에드나는 자신이 오랫동안 푹 잤음을 깨달았다. 헛간에서 들리던 목소리는 이제 들리지 않았다. 옆방에서 나던 앙투안 부인의 발소리도 들리지 않았다. 닭들조차 어디 다른 데로 가서 부리질을 하고 꼬꼬댁거리고 있는 모양이었다. 어느새 침대에는 모기장이 드리워져 있었다. 에드나가 자는 동안 그 늙은 부인이 들어와서 모기장을 친 모양이었다. 에드나는 조용히 침대에서 일어나 창문 커튼 사이로 밖을 내다보았다. 비스듬한 햇살을 보니 늦은 오후가 된 것 같았다. 로베르는 뒤집힌 배의 비스듬한 용골에 등을 기댄 채 헛간 아래 그늘에서 책을 읽고 있었다. 그와 함께 있던 토니는 보이지 않았다. 에드나는 이 섬에 같이 온 다른 일행들이 어찌 되었는지 궁금했다. 창문 사이에 놓인 자그마한 세면대에서 씻는 동안 두세 번 로베르의 모습을 슬쩍 보았다.

앙투안 부인은 좀 거칠지만 깨끗한 타월 몇 장을 의자 위에 걸쳐 놓고, 손 닿는 곳에 *poudre de riz*(분첩)[15]도 한 통 가져다 놓았다. 에드나는 세면대 위 벽에 걸린 조금 일그러진 거울을 자세히 보면서 코와 뺨에 분을 살짝 발랐다. 잠에서 완전히 깨어난 두 눈은 초롱초롱하고 얼굴에서는 빛이 났다.

에드나는 화장을 마치고 나서 옆방으로 갔다. 배가 몹시 고팠던 것이다. 방에는 아무도 없었다. 하지만 벽에 붙인 식탁에 식탁보가 덮여 있었다. 식탁보를 들추니 바싹 구운 갈색 빵과 와인 한 병이 놓여 있었다. 에드나는 그 빵을 뜯어 튼튼한 흰 이빨로 한 조각 씹어 먹었다. 와인 잔에 와인도 조금 따라 마셨다. 그리고 나서 문밖으로 살며시 나가 낮게 드리운 나무에서 딴 오렌지를 로베르에게 던졌다. 로베르는 그때까지도 에드나가 깨어난 줄 모르고 있었다.

에드나가 오렌지 나무 아래 서 있는 것을 보고 다가온 로베르의 얼굴이 환히 빛났다.

「대체 몇 년 동안이나 잠을 잔 거죠?」 에드나가 물었다. 「섬이 다 바뀐 것 같아요. 틀림없이 새로운 인종이 출현해서 당신과 나만 구시대의 유물이 되었나 봐요. 앙투안 부인과 토니는 몇 세기 전에 죽었죠? 그랜드 아일에서 같이 온 일행은 언제 이 지상에서 사라졌나요?」

15 장미 꽃잎과 쌀가루, 모노이유(타히티 치자나무 꽃과 섞은 코코넛 기름)와 바닐라를 섞어 만든 향유.

로베르는 에드나의 어깨 쪽의 구겨진 주름을 스스럼없이 펴주었다.

　「정확히 백 년이나 잤지요. 저는 여기 남아 당신의 잠을 지켜 드렸고요. 백 년 동안 헛간 아래 앉아서 내내 책을 읽었답니다. 구운 닭고기가 바싹 말라 버리는 건 막지 못했지만요.」

　「그 닭고기가 돌처럼 딱딱해졌어도 먹을 거예요.」 에드나가 로베르와 함께 집 안으로 들어가며 말했다. 「그런데 정말 파리발 노인과 다른 사람들은 어찌 됐나요?」

　「몇 시간 전에 떠났어요. 부인이 자고 있는 줄 알고는 깨우지 않는 게 낫겠다고 생각한 거죠. 어쨌거나 제가 나서서라도 부인을 깨우지 못하게 했을 겁니다. 제가 여기 왜 있었겠어요?」

　「레옹스가 걱정할 것 같아요!」 에드나가 테이블에 앉으며 걱정했다.

　「당연히 걱정하지 않을 겁니다. 제가 부인과 같이 있는 걸 아니까요!」 로베르가 화덕 위에 놓인 다양한 팬과 뚜껑 덮인 그릇들을 분주히 살피며 대답했다.

　「앙투안 부인과 아들은 어디 있어요?」 에드나가 물었다.

　「저녁 미사를 드리러 갔어요. 아마 친구 몇 명을 방문한 다음에 올 것 같아요. 언제든 준비되면 제가 토니의 배로 부인을 모셔다 드리기로 했어요.」

　로베르는 구운 닭고기가 다시 지글지글 소리를 내며 데워질 때까지 숯불을 뒤적거렸다. 에드나에게 그리 초라하지 않은 식사를 차려 주고, 새로 내린 커피를 함께 마셨다. 앙투안 부인은 다른 요리 없이 달랑 숭어 요리만 해놓았지만, 에드나가 자는 동안 로베르는 섬에서 이것저것 먹을거리를 찾아냈던 것이다. 에드나가 식욕을 되찾아 자기가 장만한 음식을 맛있게 먹자, 로베르는 어린애처럼 기뻐했다.

「지금 바로 떠날까요?」에드나가 와인 잔을 싹 비우고 구운 빵 부스러기를 치우고 나서 물었다.

「해가 지려면 두 시간이나 남았어요.」로베르가 대답했다.

「두 시간 뒤면, 해가 완전히 질 거예요.」

「지라면 지라죠, 누가 신경이나 쓴데요!」

두 사람이 오렌지 나무 아래서 한참을 기다린 후에야, 앙투안 부인이 뒤뚱뒤뚱 숨을 헐떡이며 돌아와 집을 장시간 비워 미안하다고 여러 번 사과했다. 토니는 심지어 돌아오지도 않았다. 수줍은 성격 탓에 어머니 말고는 다른 여자의 얼굴을 보려 들지도 않았기 때문이다.

불타는 태양이 저물어 서쪽 하늘을 금빛과 구릿빛으로 물들이는 동안, 오렌지 나무 아래 머무는 것은 무척 즐거운 일이었다. 잔디 위로 음침하고 기이한 괴물처럼 긴 그림자가 생겼다.

에드나와 로베르는 둘 다 땅바닥에 앉아 있었다. 로베르는 에드나 옆의 땅바닥에 누운 채 가끔 부인의 모슬린 옷자락을 만지작거렸다.

앙투안 부인은 문 옆에 놓인 긴 의자에 자신의 뚱뚱하고 펑퍼짐한 몸을 앉혔다. 오후 내내 수다를 떨어 그녀는 아예 이야기꾼의 말투가 되어 있었다.

하지만 앙투안 부인이 두 사람에게 들려준 이야기들이란! 그 부인이 셰니에르카미나다섬을 떠난 것은 평생 단 두 번, 그것도 아주 단기간뿐이었다. 평생 이 섬에 눌러앉아 뒤뚱거리며 보냈기에, 아는 이야기라고는 야만적인 바라타리아 해적들과 바다의 전설뿐이었다. 밤을 밝혀 주는 달빛과 더불어 밤이 깊어졌다. 에드나는 죽은 사자들의 속삭임과 서로 부딪쳐 짤랑거리는 금화 소리가 들리는 것만 같았다.

에드나와 로베르가 빨간 삼각돛이 달린 토니의 배를 탔을 때, 신비한 정령은 그림자와 갈대밭 사이로 어슬렁거렸고, 바다 위 유령선은 두 사람이 탄 배를 따라잡으려고 속력을 높였다.

14

라티뇰 부인은 퐁텔리에 부인의 품에 그녀의 작은아들 에티엔을 넘겨주면서, 에티엔이 무척 말썽을 부렸다고 말했다. 에티엔이 잠을 자지 않겠다고 한바탕 소란을 피우는 통에 달래느라 혼이 났다고 했다. 큰아들 라울은 이미 두 시간 전에 잠자리에 들어 쿨쿨 자고 있었다.

작은아들은 긴 흰색 잠옷을 입고 있어, 라티뇰 부인이 아이의 손을 잡고 데려올 때 긴 옷자락에 걸려 자꾸 넘어졌다. 아이는 다른 토실토실한 손으로 심술이 난 졸린 눈을 비볐다. 에드나는 흔들의자에 앉아 에티엔을 팔에 안고, 온갖 다정한 애칭을 부르며 어르고 달래 잠을 재웠다.

이제 겨우 9시였다. 아이들 말고는 아무도 잠자리에 들지 않았다.

라티뇰 부인의 말에 따르면, 레옹스는 처음에는 안절부절 못하며 당장 셰니에르로 떠나려 했지만, 파리발 노인이 에드나는 그저 피곤해서 잠이 들었을 뿐이며 토니가 그날 늦게 안전하게 데려다줄 거라고 안심시켜 주어 멕시코만을 건너

가겠다는 생각을 포기했다. 그러고 나서 담보나 증권 거래
소, 주식, 채권, 그리고 라티뇰 부인이 뭔지 기억하지 못하는
일로 평소 만나려던 목화 중개상을 찾아 클라인 호텔로 갔다
고 했다. 늦게까지 남아 있지는 않을 거라고 했단다. 라티뇰
부인은 자신도 더위와 스트레스 때문에 고생 중이라고 말했
다. 소금 한 병과 큰 부채를 손에 들고 있었다. 라티뇰 씨가
혼자 있는 데다가, 남편은 무엇보다도 혼자 있기를 무척 싫
어하기 때문에, 부인은 에드나 곁에 있어 줄 수 없다고 했다.

에티엔이 잠들자 에드나는 아이를 안고 뒷방으로 갔다.
로베르는 따라 들어가 모기장을 올려 아이를 편안히 눕히게
도와주었다. 혼혈 보모는 어디론가 사라졌다. 두 사람이 별
채 밖으로 나오자, 로베르가 작별 인사를 했다.

「아침 일찍부터 오늘 하루 종일 우리가 함께 있었던 거 알
아요, 로베르?」 에드나가 헤어지면서 물었다.

「부인이 잠을 잔 그 백 년만 빼면 하루 종일이죠. 안녕히 계
세요.」

로베르는 에드나의 손을 꼭 잡아 준 뒤 해변 쪽으로 갔다. 다
른 사람들과 합류하지 않고, 혼자 멕시코만 쪽으로 걸어갔다.

에드나는 남편의 귀가를 기다리면서 밖에 머물렀다. 잠을
자거나 집 안에 들어갈 생각이 없었다. 라티뇰 부인과 앉아
있거나 르브룅 부인과 어울릴 생각도 없었다. 본채 앞에서
떠드는 그들의 활기찬 목소리가 들렸다. 에드나는 그랜드 아
일에 머무는 동안 있었던 일들을 마음속으로 되짚어 보았다.
이번 여름이 다른 여름과 어떤 점에서 다른지 그 이유를 알

아내려 애썼다. 현재 자신이 어떤 식으로든 이전의 자신과 다르다는 사실만은 확실했다. 하지만 자신이 세상을 예전과 다른 눈으로 보고 있으며, 자신의 새로운 모습을 알게 되면서 자신을 둘러싼 환경이 새로운 색으로 물들어 바뀌었다는 사실은 미처 깨닫지 못하고 있었다.

에드나는 로베르가 왜 자신을 남기고 떠났는지 알 수 없었다. 종일 자신과 같이 있느라 지쳤을지도 모른다는 생각은 미처 하지 못했다. 자신이 피곤하지 않으니, 로베르도 피곤하지 않을 거라 생각했다. 에드나는 로베르가 떠나 섭섭했다. 자신이 가라고 할 때가 아니면, 로베르가 옆에 있는 게 훨씬 더 당연했던 것이다.

에드나는 남편을 기다리면서, 두 사람이 멕시코만을 건널 때 로베르가 부르던 노래를 나지막이 흥얼거렸다. 〈*Ah! si tu savais*(아! 그대가 알고 있다면)〉로 시작해 절마다 〈*si tu savais*(그대가 알고 있다면)〉로 끝나는 노래였다.[16]

로베르의 목소리에는 가식적인 데가 없었다. 듣기 좋고 진실했다. 목소리와 선율, 모든 후렴구가 자꾸만 맴돌며 떠올랐다.

---

16 아일랜드 작곡자이자 바리톤인 마이클 윌리엄 발프Michael William Balfe는 이런 제목(〈당신이 단지 안다면*Could Thou But Know*〉)으로 된 노래를 작곡했다. 하지만 쇼팽은 이 구절을 후렴으로 만든 것 같다.

15

어느 날 저녁, 평소처럼 에드나가 저녁 식사 시간에 조금 늦게 식당에 들어섰을 때, 사람들의 대화가 다른 때보다 활발하게 오가고 있었다. 몇 사람이 동시에 떠들었고, 빅토르의 목소리는 심지어 어머니의 목소리보다 더 클 정도로 좌중을 압도했다. 수영을 하다 늦게 돌아와 급히 옷을 갈아입은 에드나의 얼굴이 발그레하게 상기되어 있었다. 우아한 흰옷이 받쳐 주는 에드나의 얼굴은 진기한 한 송이 꽃을 연상시켰다. 에드나는 파리발 노인과 라티뇰 부인 사이에 자리를 잡았다.

방에 들어설 때 이미 차려져 있던 수프를 에드나가 막 한 술 뜨려는 순간, 몇 사람이 로베르가 멕시코로 떠난다는 소식을 알려 주었다. 에드나는 숟가락을 내려놓으며 어리둥절한 표정으로 주변을 둘러보았다. 로베르는 오전 내내 함께 지내면서 책도 읽어 주었지만, 멕시코에 간다는 말은 한마디도 없었다. 그러나 오후에는 코빼기도 보지 못했다. 로베르가 본채 2층에 어머니와 함께 있다는 말을 누군가한테 듣기는 했다. 에드나가 해변에 나간 늦은 오후에도 로베르가 없어서 이상하게 여겼지만, 이는 전혀 생각지 못한 일이었다.

에드나는 식탁 맞은편 르브룅 부인 옆에 앉은 로베르를 쳐다보았다. 너무 놀란 나머지 얼굴이 백지장 같았지만, 에드나는 자신의 놀라움을 감출 생각도 하지 않았다. 에드나의 시선을 의식한 로베르는 어색하게 미소 지으며 눈썹을 치켜떴다. 난처하고 불편한 기색이었다.

「언제 떠나요?」 마치 로베르가 거기 없어서 직접 대답할 수 없는 것처럼, 에드나가 누구랄 것도 없이 주변 사람들에게 물었다.

「오늘 밤이래요!」 「바로 오늘 저녁이래요!」 「누가 짐작이나 했겠어요?」 「뭐에 홀렸나 봐요!」 등등. 프랑스어와 영어로 여기저기서 동시에 대답이 날아왔다.

「말도 안 돼요!」 에드나가 외쳤다. 「그랜드 아일에서 멕시코로 가면서 어떻게 이토록 갑자기 떠날 수가 있어요? 마치 클라인 호텔이나 부두, 해변에 가는 것처럼 말이에요.」

「멕시코에 갈 거라고 내내 얘기했잖아요. 몇 년 전부터 줄곧 말했어요!」 쏘아 대는 벌 떼에 맞서 자신을 방어하려는 사람처럼, 로베르가 화난 말투로 이렇게 외쳤다.

르브룅 부인이 나이프 손잡이로 식탁을 두드렸다.

「왜 가려는지, 왜 굳이 오늘 밤에 가려는지 로베르가 직접 그 이유를 설명하게 합시다.」 르브룅 부인이 외쳤다. 「매일 모두가 한꺼번에 떠들어 대니 이 식탁이 점점 더 정신 병원 같아진다니까요. 하느님께서 저를 용서해 주셨으면 좋겠어요.

때론, 빅토르가 말하는 능력을 잃었으면 좋겠다고 바랄 때도 있답니다.」

빅토르는 냉소적으로 웃으며, 그런 신성한 소원을 빌어주셔서 고맙다고 어머니에게 치하한 다음, 그런 소원을 빌면 어머니야 실컷 말할 기회와 자유를 더 얻겠지만, 누구한테도 도움이 되지 않을 거라고 했다.

파리발 노인은 빅토르가 아주 어렸을 때 바다 한가운데 빠뜨려 익사시켰어야 했다는 생각을 말하고야 말았다. 빅토르는 어딜 가나 노인들이 불쾌한 존재라는 건 누구나 아는 사실이니 이런 노인들을 처치하는 게 더 이치에 맞는 일 아니겠느냐고 맞받아쳤다. 이 말에 르브룅 부인은 약간 히스테리를 일으켰고, 로베르는 동생을 심하게 나무랐다.

「별로 설명할 것도 없어요, 어머니.」로베르가 말했다. 그러고는 특히 에드나를 보면서 설명하기 시작했다. 언제 몇 시에 뉴올리언스를 떠나는 증기선을 타야 자신이 베라크루스에서 만나려는 신사를 만날 수 있는데, 오늘 밤 보들레가 야채가 가득 적재된 배를 몰고 출항할 예정이라 그 배를 타면 뉴올리언스에 제때 도착해 베라크루스행 배를 탈 수 있다는 것이었다.

「그런데 언제 이 모든 일을 결정한 건가요?」파리발 노인이 물었다.

「오늘 오후에요.」로베르가 조금 화가 난 듯 대답했다.

「오늘 오후 몇 시예요?」마치 법정에서 범죄자를 심문하듯, 노신사가 집요하게 물었다.

「오늘 오후 4시에요, 파리발 씨.」로베르가 하이 톤으로 당당하게 대답했다. 에드나는 로베르의 이런 모습을 보고 무대에 선 어떤 신사의 모습을 떠올렸다.

에드나는 입맛이 없어서 수프를 거의 억지로 떠먹었다. 그러고는 *court bouillon*(생선 수프) 속 건더기를 포크로 골라냈다.

젊은 연인은 식당 안 모든 사람이 한결같이 입을 모아 열을 올리는 멕시코 이야기 덕을 톡톡히 보았다. 아무도 관심 없는 두 사람만의 관심사를 속삭일 수 있었기 때문이다. 검은 복장의 여인은 멕시코의 기이한 장인이 만든, 특별한 은총[17]이 있다는 묵주를 한 쌍 받았는데, 그 은총이 멕시코 국경 밖에도 미치는지 알 수 없다고 말했다. 성당의 포셀 신부가 그 점을 설명해 주려 했었지만, 그녀는 신부의 설명에 만족하지 못했다고 했다. 그러고는 로베르에게 이 문제에 각별히 관심을 갖고, 그 기이한 멕시코 묵주에 들어 있다는 은총을 받을 만한 자격이 자신에게도 있는지, 꼭 좀 알아봐 달라고 부탁했다.

라티뇰 부인은 로베르에게 멕시코인을 지극히 조심스럽게 대해야 한다고 말했다. 부인의 생각에, 멕시코인들은 배신을 잘하며 복수심도 많기 때문이었다. 부인은 이렇게 멕시코인을 민족 전체로 싸잡아 비난하는 게 잘못된 일이라고 생각하지 않았다. 사실 부인이 개인적으로 알고 있는 멕시코인은

17 저지른 범죄에 대한 벌(연옥에서의 기간)을 감면받는다는 로마 가톨릭교의 신앙.

딱 한 명뿐이었다. 그 멕시코인은 맛있는 타말레를 만들어 파는 무척 친절한 사람이었는데, 부인은 그 멕시코인을 절대 적으로 신뢰했었다. 그런데 어느 날, 그 멕시코인이 아내를 찔러 살해했다는 혐의로 체포되었다. 부인은 훗날 그 멕시코 인이 교수형에 처해졌는지 아니면 살아남았는지 생사를 확 인할 길이 없었다.

기분이 좋아진 빅토르는 어느 겨울 도피네가(街)의 한 레 스토랑에서 코코아를 나르던 멕시코 소녀 이야기를 했다. 그 러나 파리발 노인만이 빅토르의 이야기에 귀를 기울였다. 파 리발 노인은 빅토르의 재미있는 이야기에 발작하듯 웃음을 터뜨렸다.

에드나는 마구 떠들어 대는 사람들의 모습을 보며 모두 미친 것이 아닐까 의아할 정도였다. 자신은 멕시코나 멕시코 인에 관해 딱히 할 말이 없었기 때문이다.

「몇 시에 떠나요?」에드나가 로베르에게 물었다.

「10시에요.」로베르가 대답했다. 「보들레가 달이 뜰 때까 지 기다리고 싶어 해서요.」

「떠날 준비는 됐나요?」

「다 됐어요. 그저 작은 가방 하나만 가지고 가려고요. 나머 지는 뉴올리언스에서 꾸리고요.」

로베르는 어머니가 묻는 몇 가지 질문에 대답하려고 고개 를 돌렸다. 에드나는 블랙커피를 다 마시고 나서 식탁을 떠 났다.

에드나는 곧장 자기 방으로 갔다. 바깥 공기를 쐬고 와서 그런지 작은 별채가 후덥지근하고 답답했지만 개의치 않았다. 정리해야 할 집안일이 백 가지는 되는 것 같았다. 에드나는 옆방에서 아이들을 재우는 게으른 혼혈 보모를 탓하면서 화장대 정리를 시작했다. 의자 등받이 여기저기에 걸쳐 놓은 옷을 모아 옷장과 장롱 서랍에 넣고, 더 편안하고 느슨한 실내복으로 갈아입었다. 여느 때보다 신경 써서 빗질과 솔질을 하면서 머리를 매만졌다. 그러고 나서 방 안으로 들어와 혼혈 보모를 도와 두 아들을 침대에 눕혔다.

그러나 두 아들은 장난치며 이야기하고 싶어 했다. 조용히 누워 자는 것만 아니라면 뭐든 할 태세였다. 에드나는 혼혈 보모에게 저녁 식사를 한 뒤 돌아오지 않아도 된다고 일러 주었다. 그런 다음 앉아서 두 아들에게 동화를 들려주었다. 그 동화를 들은 아이들은 차분해지기는커녕 오히려 흥분해서 잠에서 말짱 깨어났다. 에드나는 자신이 내일 밤 들려주겠다고 약속한 동화의 결말을 아이들이 제멋대로 추측하면서 열심히 떠들도록 내버려 두었다.

어린 흑인 소녀가 르브룅 부인이 전하는 메시지를 전하러 왔다. 로베르 씨가 떠날 때까지 퐁텔리에 부인이 본채로 와서 자기네들과 함께 있어 주면 좋겠다는 내용이었다. 에드나는 이미 *peignoir*(잠옷)으로 갈아입은 데다 상태도 별로 좋지 않았지만, 잠시 뒤에 가겠다고 답을 보냈다. 에드나는 실내복을 벗고 다시 외출복으로 갈아입었다. 하지만 마음을 바꿔 다시 실내복으로 갈아입은 뒤, 별채 문 앞에 나가 앉았다. 덥기도 하고 짜증도 나서 잠시 열심히 부채질을 했다. 라티

놀 부인이 무슨 문제라도 있나 보러 내려왔다.

「저녁 식사 때 너무 시끄러운 데다 혼란스러워서 당황한 것 같아요.」에드나가 답했다. 「게다가 난 깜짝 놀라거나 충격받는 걸 싫어해요. 로베르가 이렇게 갑자기 떠나다니! 어처구니가 없어요. 무슨 죽고 사는 문제라도 되는 것처럼! 아침 내내 나랑 있으면서 떠난다는 말 한마디 없더니.」

「그러게요.」라티뇰 부인이 맞장구를 쳤다. 「내 생각에도 우리 모두를, 특히 당신을 조금도 배려하지 않은 거죠. 다른 어떤 일이 벌어져도 이렇게 놀라진 않았을 거예요. 르브룅 집안 사람들은 전부 엉뚱한 것 같아요. 하지만 로베르가 이럴 줄은 예상 못했어요. 내려오지 않을래요? 자, 같이 가요. 안 가면 매정한 사람으로 보일 거예요.」

「아니에요.」에드나는 조금 시큰둥하게 말했다. 「다시 옷 갈아입기도 귀찮고, 별로 그러고 싶지도 않아요.」

「외출복으로 갈아입을 필요 없어요. 지금도 괜찮아요. 허리에 벨트나 둘러요. 나 좀 봐요!」

「아니에요.」에드나는 강경했다. 「하지만 부인은 가요. 둘 다 안 가면 르브룅 부인이 섭섭해할 거예요.」

라티뇰 부인은 에드나에게 잘 자라고 인사한 뒤 본채로 돌아갔다. 실은 다른 사람들이 떠들어 대는 멕시코와 멕시코인에 관한 활기찬 대화에 자신도 함께하고 싶었던 것이다.

잠시 뒤 로베르가 손가방을 들고 올라왔다.

「어디 편찮으세요?」로베르가 물었다.

「아, 괜찮아요. 곧 떠날 거죠?」

로베르가 성냥불을 켜고 손목시계를 들여다본 뒤 〈20분 뒤에요〉라고 말했다. 갑자기 켜진 환한 성냥불에 주변이 한동안 더 어두워 보였다. 로베르는 아이들이 베란다에 남긴 작은 의자에 앉았다.

　「편한 의자를 가져와요.」에드나가 말했다.

　「괜찮아요.」로베르가 대답했다. 중절모를 썼다가 초조한 듯 다시 벗고는 손수건으로 얼굴을 닦으면서 너무 더운 날씨라고 투덜댔다.

　「여기 부채 있어요.」에드나가 로베르에게 부채를 주면서 말했다.

　「아, 아니에요! 고맙습니다. 부채도 소용없어요. 잠시 부채질하다 멈추면 다시 더워지니까요.」

　「남자들은 늘 그렇게 바보 같은 말만 한다니까요. 부채질에 대해 달리 말하는 남자를 본 적이 없어요. 그곳에 얼마나 오래 머물 거예요?」

　「아마 영원히요. 잘 모르겠어요. 여러 가지 상황에 따라 달라지겠죠.」

　「영원히 떠나는 게 아니라면, 얼마나 오래 있을 거예요?」

　「저도 몰라요.」

　「내가 이러는 게 어불성설이고 가당찮은 일인 줄 알지만, 정말 싫어요. 대체 왜 아침 내내 수수께끼처럼 말 한마디 없이 침묵을 지켰는지 그 이유를 모르겠어요.」

　로베르는 자신을 변호하지도 않고 가만히 침묵을 지켰다. 그러더니 잠시 뒤 그저 이렇게 말했다.

「부인과 이처럼 언짢게 헤어지지 않았으면 좋겠어요. 전에는 제게 이렇게 정떨어졌다는 모습을 보인 적이 없잖아요.」

「나도 언짢게 헤어지고 싶진 않아요.」 에드나가 말했다. 「하지만 정말 모르겠어요? 날마다 만나서 같이 지내는 것에 익숙해졌는데, 당신 행동은 냉정하고 배려심도 없는 것 같아요. 변명조차 않는군요! 맙소사, 내년 겨울에 뉴올리언스에서 당신을 만나면 얼마나 좋을까 생각하면서 함께 지낼 계획도 세우고 있었는데 말이죠.」

「저도 마찬가지예요.」 로베르가 불쑥 말했다. 「아마 그래서······.」 로베르가 갑자기 일어서더니 손을 내밀었다. 「안녕히 계세요, 퐁텔리에 부인. 안녕히 계세요. 부디 저를 완전히 잊진 말아 주세요.」 에드나는 로베르의 손을 꼭 잡고 그를 붙들어 보려 했다.

「거기 도착하면 내게 편지 보낼 거죠, 로베르?」 에드나가 간곡히 부탁했다.

「그럴게요, 고마워요. 안녕히 계세요.」

얼마나 로베르답지 않던지! 그저 피상적으로 조금 아는 사이라도 이런 애원에 〈그럴게요, 고마워요. 안녕히 계세요〉라는 말보다는 분명하게 대답해 주었을 것이다.

로베르는 본채 사람들과 이미 작별 인사를 나눈 모양이었다. 왜냐하면 계단을 내려가 보들레와 바로 합류했기 때문이다. 보들레는 어깨 위에 노를 걸친 채 밖에서 로베르를 기다리고 있었다. 두 사람은 어둠 속으로 사라졌다. 에드나에게는 보들레의 목소리만 들렸다. 로베르는 동행에게 인사 한마디 건네지 않은 모양이었다.

에드나는 엉겁결에 손수건을 깨물었다. 자신을 후벼 파며 찢어질 듯 괴로운 감정을 다른 사람뿐 아니라 자신에게도 애써 참고 감추려 했다. 두 눈에 눈물이 그렁그렁했다.

에드나는 어린 10대 소녀 시절 처음 느꼈던, 그리고 나중에 성숙한 젊은 여성으로서 느꼈던 사랑의 열병을 자신이 앓고 있다는 사실을 그제야 깨달았다. 하지만 이 사실을 깨달았다고 해서 현실이 달라지지는 않았다. 그 새로운 깨달음이 불러일으킨 불안 때문에 더욱 고통스러웠다. 이제 과거는 에드나에게 아무런 의미가 없었고, 마음에 새길 만한 교훈을 주지도 못했다. 미래는 감히 알고 싶지 않은 미지의 세계였다. 현재만이 중요했다. 자신이 매달리던 것을 지금 잃었고, 이제 막 눈뜬 열정이 거부당했다는 확신에 쓰라린 가슴이 미어졌다.

16

「친구가 몹시 보고 싶죠?」어느 날 아침, 라이즈 양이 에드나 뒤를 천천히 따라오며 물었다. 에드나는 방금 전 별채를 떠나 해변으로 가는 길이었다. 마침내 수영하는 방법을 터득한 후, 에드나는 거의 물속에서 시간을 보냈다. 그랜드 아일을 떠날 날이 다가오자, 자신이 아는 한 진정 유일한 즐거움인 수영에 이제 많은 시간을 할애할 수 없을 거라는 생각이 들었던 것이다. 라이즈 양이 다가와서 어깨를 툭 치며 말하자, 에드나의 속마음, 더 정확히 말하자면 에드나가 줄곧 사로잡혀 있던 감정을 메아리처럼 그대로 대변해 주는 것 같았다.

로베르가 떠나자 만사가 찬란한 빛과 색깔, 의미를 잃고 시들해졌다. 에드나의 일상은 예전과 아무것도 달라지지 않았지만, 더는 못 입게 된 빛바랜 옷처럼 자신의 존재가 따분하게 느껴졌다. 에드나는 사방 어디서나 로베르의 흔적을 찾으려 했다. 만나는 사람마다 로베르 이야기를 하도록 화제를 유도하기도 했다. 아침이면 르브룅 부인의 방에 올라가 덜거덕거리는 낡은 재봉틀 소리를 들었다. 그 방에 앉아 로베르가 그랬던 것처럼 재봉틀 소리가 멎을 때마다 부인과 이야기를 나누었다. 에드나는 그 방의 벽에 걸린 그림과 사진을 둘러보다 구석에서 오래된 가족 앨범을 발견했다. 에드나는 큰 관심을 보이며 르브룅 부인에게 자신이 앨범에서 발견한 여러 인물과 얼굴에 대해 설명해 달라고 했다.

그 앨범에는 로베르의 유아 시절, 아기인 로베르를 무릎에 앉히고 찍은 르브룅 부인의 사진도 있었다. 얼굴이 둥근 로베르는 주먹을 입안에 넣은 모습이었다. 아기의 눈만이 로베르의 현재 모습을 떠오르게 해주었다. 킬트를 입고 긴 곱슬머리에 손에 채찍을 들고 있는 다섯 살 때의 사진도 있었다. 그 사진을 보고 에드나는 한바탕 웃었다. 또한 로베르가 처음으로 긴 바지를 입고 찍은 사진을 보고도 웃음을 터뜨렸다. 한편 에드나의 눈길을 끈 또 다른 사진이 있었다. 대학교에 입학하는 로베르가 떠나면서 찍은 것이었다. 집을 떠나기 때문인지 마른 몸에 서글퍼 보이는 얼굴이었지만, 눈에는 열정과 야망, 커다란 기대가 이글거렸다. 하지만 공허함과 혼란스러움을 뒤로한 채 5일 전에 떠난 로베르의 모습을 연상시킬 만한 최근 사진은 없었다.

「아, 로베르는 사진값을 자기 주머니에서 내야 할 때가 되자 사진을 잘 찍지 않았답니다! 돈을 더 현명하게 쓸 줄 알게 된 거죠.」 르브룅 부인이 설명했다. 부인은 아들이 뉴올리언스를 떠나기 전에 엄마에게 쓴 편지를 가지고 있었다. 에드나는 그 편지가 보고 싶었다. 르브룅 부인은 에드나에게 테이블이나 옷장, 아니면 아마 벽난로 위에 있을 테니 잘 찾아

보라고 했다.

편지는 책꽂이 위에 있었다. 에드나에게는 봉투며 그 크기와 모양, 우체국 소인, 필체 등 모든 것이 큰 관심과 매력의 대상이었다. 에드나는 편지를 열기 전 봉투를 자세히 들여다보았다. 그저 간단히 몇 줄 쓴 편지였다. 그날 오후에 뉴올리언스를 떠날 예정이며, 트렁크는 잘 꾸렸고, 자신은 건강하며, 어머니에게 사랑을 전한다면서 숙소에 머무는 모든 손님에게 자신의 안부를 전해 달라는 게 전부였다. 특별히 에드나에게 전하는 말은 없었다. 퐁텔리에 부인이 자기가 읽어 주던 책을 마저 읽고 싶어 한다면 어머니가 방 테이블에 놓인 다른 책들 가운데서 그 책을 찾을 수 있을 거라는 추신이 전부였다. 로베르가 자기 대신 어머니에게 편지를 썼다는 사실에 에드나는 고통스러울 정도로 질투가 났다.

에드나가 로베르를 그리워하는 것을 모두 당연하게 여기는 듯했다. 로베르가 떠나고 난 다음 주 토요일에 돌아온 남편도 로베르가 떠난 걸 섭섭해했다.

「로베르 없이 어떻게 지내고 있소, 에드나?」남편이 물었다.

「로베르가 없으니 아주 따분해요.」에드나가 대답했다. 퐁텔리에 씨가 뉴올리언스에서 로베르를 만났다고 하자, 에드나는 수십 가지 질문을 퍼부었다. 두 사람이 어디서 만났나? 아침에 카롱들레가에서 만났다. 두 사람은 〈안에〉 들어가 같이 한잔하며 시가도 피웠다. 무슨 이야기를 나누었나? 주로 멕시코의 전망에 관해 이야기했는데, 퐁텔리에 씨의 생각에 멕시코의 전망은 앞으로 유망해 보인다. 로베르는 어떻게 보였나? 우울해 보이던가, 즐거워 보이던가, 어떻게 보이던가? 아주 즐거워 보였고, 온통 이번 여행 생각뿐이더라. 퐁텔리에 씨가 보기에, 이는 당연히 낯선 신기한 나라에서 행운과 모험을 추구하는 청년한테 어울리는 태도였다.

에드나는 조급하게 발을 구르며 왜 아이들이 나무 그늘 말고 땡볕에서 계속 노는지 모르겠다고 말했다. 아이들을 제대로 돌보지 않는 혼혈 보모에게 잔소리하며 아래로 내려가더니 땡볕에서 노는 아이들을 그늘로 데려갔다.

에드나는 로베르를 화제 삼아 남편과 이야기하는 게 전혀 이상한 일이라고 생각하지 않았다. 에드나가 로베르에게 느끼는 감정은 남편에게 현재 느끼거나 과거에 느꼈던 감정, 또는 장차 느끼게 될 감정과 전혀 달랐다. 에드나는 평생 자기 생각이나 감정을 감추는 데 익숙했고, 이를 입 밖에 낸 적이 결코 없었다. 또한 입 밖에 내려 노력한 적도 없었다. 그 모든 감정과 생각은 자신에게 속한, 자신만의 것이었다. 에드나는 혼자서 이를 누릴 권리가 있었으며, 이는 그 누구도 아닌 자신과 관련된 것이라 확신하고 있었다. 언젠가 한 번 라티뇰 부인에게 자신은 자녀나 그 누구를 위해서도 희생하지 않겠다고 말한 적이 있었다. 그러고 나서 다소 열띤 논쟁이 벌어졌다. 두 부인은 서로 이해하지 못했고, 서로 다른 외계 언어로 말하는 것 같았다. 에드나는 친구를 애써 진정시키며 이렇게 설명했다.

「본질적이지 않은 거라면 나도 포기할 수 있어요. 아이들을 위해서라면 돈도 포기할 수 있고, 목숨도 바칠 수 있어요.

하지만 나 자신을 포기하진 않을 거예요. 더 또렷하게 설명하긴 어렵군요. 이건 최근에 차츰 이해하고 깨닫기 시작한 거예요.」

「부인이 본질이라고 부르는 게 뭔지, 또한 본질적이지 않다는 게 뭔지 모르겠어요.」 라티뇰 부인이 명랑하게 말했다. 「하지만 여자가 자녀를 위해 목숨을 바칠 수 있으면 된 것 아닌가요. 성경에도 그렇게 쓰여 있고요. 나도 그 이상은 못 할 거예요.」

「어머, 부인이라면 하겠죠!」 에드나가 웃었다.

그날 아침 라이즈 양이 해변으로 가는 에드나를 따라와서 어깨를 툭 치며 그 젊은 친구가 무척 보고 싶지 않으냐고 물었을 때, 에드나는 전혀 놀라지 않았다.

「아, 안녕하세요, 라이즈 양. 당신이군요? 물론 로베르가 그립죠. 수영하러 가나요?」

「여름 내내 물속에 들어가지 않았는데, 여름이 끝나 가는 마당에 무슨 수영이에요?」 라이즈 양이 퉁명스럽게 대답했다.

「미안합니다.」 약간 당황한 에드나가 이렇게 말했다. 왜냐하면 라이즈 양이 수영을 꺼린다는 사실이 한동안 사람들 사이에서 매우 흥미로운 화제였다는 사실을 비로소 기억해 냈기 때문이다. 몇몇 사람은 라이즈 양이 자기 가발이나 머리에 단 제비꽃 조화가 젖을까 봐 두려워하기 때문이라고 했다. 한편 다른 사람들은 예술적 기질을 지닌 사람들이 종종 물을 싫어하는 건 당연한 일이라고 했다. 라이즈 양은 주머니에서 종이에 포장된 초콜릿을 몇 개 꺼내 주었다. 자신에게 별다른 악의가 없음을 보여 주려는 것이었다. 라이즈 양은 기운을 차리려고 초콜릿을 먹는 습관이 있었다. 소량이지만 영양가가 풍부하다고 했다. 르브룅 부인이 차려 주는 식단만으로는 어림도 없으며, 초콜릿 덕분에 굶어 죽지 않는다는 것이었다. 르브룅 부인처럼 뻔뻔하지 않고서야 어떻게 사람들에게 그런 음식을 주면서 돈만 챙기겠는가.

「아들이 떠나 틀림없이 무척 적적할 거예요.」에드나가 화제를 돌리려고 이렇게 말했다. 「게다가 제일 아끼던 아들이잖아요. 그런 아들을 떠나보내기가 아주 힘들었을 거예요.」

라이즈 양이 가소롭다는 듯이 웃었다.

「제일 아끼는 아들이라고! 아이고, 맙소사, 누가 부인에게 그런 말도 안 되는 이야기를 하던가요? 알린 르브룅 부인은 오로지 빅토르만을 위해 산다고요. 빅토르가 이렇게 개망나니가 된 것도 그 부인이 버릇을 잘못 들였기 때문이죠. 그 부인은 아들은 물론 그 아들이 딛고 선 땅조차 숭배할 지경이라니까요. 로베르는 아주 괜찮은 아들이죠. 자기가 번 돈을 몽땅 가족에게 가져다 바치고 자신을 위해서는 거의 한 푼도 쓰지 않으니까요. 아끼는 아들이라니, 내 참! 저도 그 불쌍한 친구가 그립답니다. 로베르가 보고 싶고, 그가 머무는 곳 얘기도 듣고 싶어요. 르브룅 집안에서 한 줌 소금처럼 유일하게 가치 있는 인물이죠. 뉴올리언스에 있을 땐 가끔 날 만나러 오곤 했죠. 그를 위해 피아노 연주하는 게 좋았어요. 그런데 그 빅토르란 놈은 교수형으로 죽여도 과분하다고 할 만하죠. 예전에 로베르가 동생을 죽도록 패지 않았다는 게 이상

할 지경이에요.」

「로베르가 동생에게 엄청난 인내심을 가지고 있다는 생각은 나도 했어요.」 에드나가 말했다. 뭐라도 로베르 이야기를 하게 되어 기뻤던 것이다.

「아! 1년이나 2년 전쯤 로베르가 빅토르를 흠씬 두들겨 팬 적이 있었죠.」 라이즈 양이 말했다. 「어떤 스페인 소녀 때문이었는데, 빅토르가 그 소녀를 자기 차지라고 우겼죠. 어느 날 로베르가 그 소녀랑 이야기하고, 같이 걷거나 수영하고, 아니면 그 소녀의 바구니를 들어 주는 모습을, 뭔지 기억나진 않지만 빅토르가 본 거예요. 빅토르가 너무 무례하게 대드는 바람에 로베르가 그 자리에서 흠씬 두들겨 팼는데, 그러고 나선 한동안 비교적 조용했죠. 다시 얻어터질 때가 된 것 같아요.」

「그 소녀 이름이 마리키타였나요?」 에드나가 물었다.

「마리키타…… . 네, 맞아요, 마리키타. 깜빡 잊었네요. 아, 교활하고 못된 아이예요. 그 마리키타 말이에요!」

에드나는 라이즈 양을 내려다보면서 어떻게 이리 오랜 시간 남의 험담을 들을 수 있었는지 의아했다. 웬일인지 우울하고 비통한 기분이었다. 바닷물에 들어갈 생각이 없었지만 수영복으로 갈아입고, 어린이 텐트 그늘에 라이즈 양을 혼자 남겨 둔 채 물속으로 들어갔다. 여름이 깊어져 바닷물이 더욱 차가워졌다. 에드나는 물에 뛰어들어 수영을 했다. 그 덕분에 스릴도 느끼고 활기도 얻었다. 은근히 라이즈 양이 자기를 기다리지 않았으면 하는 마음으로 물속에 오래 머물렀다.

하지만 라이즈 양은 끝까지 기다려 주었다. 별채로 돌아가면서도 매우 다정하게 대해 주었고, 에드나의 수영복 맵시에 칭찬을 퍼부었다. 음악 이야기도 했다. 에드나에게 뉴올리언스로 자신을 만나러 오라면서, 주머니에서 몽당연필을 주섬주섬 꺼내 작은 쪽지에 주소를 써주었다.

「언제 떠나세요?」 에드나가 물었다.

「다음 주 월요일에요. 부인은요?」

「다음 주에요.」 에드나가 대답했다. 그러고는 덧붙였다. 「즐거운 여름이었죠, 라이즈 양?」

「글쎄요, 모기 떼와 파리발 노인의 쌍둥이만 빼면 그럭저럭 즐거웠어요.」 라이즈 양이 어깨를 으쓱하며 시인했다.

17

퐁텔리에 집안은 뉴올리언스의 에스플러네이드가[18]에 아주 멋진 저택을 소유하고 있었다. 본채만큼 커다란 별채가 하나 더 있고, 정면으로 넓은 베란다가 있었다. 그 베란다의 기둥이 경사진 지붕을 떠받쳤다. 그 저택은 눈부시게 하얀색 칠이 되어 있으며, 블라인드 구실을 하는 창문 바깥쪽 셔터는 녹색이었다. 깔끔하게 정리된 정원에는 사우스루이지애나에서 잘 자라는 온갖 꽃과 식물이 무성하게 자라고 있었다. 실내는 전통적인 스타일로 완벽하게 잘 꾸며져 있었다. 매우 부드러운 카펫과 러그가 바닥에 깔려 있고, 호화롭고 세련된 커튼이 문과 창문마다 달려 있었다. 벽에는 고상한 안목과 취향에 따라 고른 그림들이 걸려 있었다. 날마다 식탁에 오르는 무늬 있는 유리그릇이나 은식기, 두꺼운 다마스크 식탁보는 퐁텔리에 씨보다 너그럽지 못한 남편을 둔 대다

18 가장 배타적인(특권층) 크리올 귀족들이 거주하던 지역. 1830년대 〈프롬나드 푸블리크Promenade Publique〉라 불린 이 지역은 살아 있는 참나무와 종려나무, 목련 나무가 우거진 대궐 같은 저택이 밀집한 거리이다.

수 부인이 부러워하는 것이었다.

뭔가 잘못된 게 없는지 여러 가지 사항을 일일이 살펴보며 집 안 구석구석 돌아다니는 게 퐁텔리에 씨의 취미였다. 그는 자신의 물건들을 아주 소중하게 여겼는데, 이는 자기 소유물이기 때문이었다. 그림이나 작은 조각품, 귀한 레이스 커튼 등 뭐든 구입해 집안 가보들 사이에 두고 감상하면서 무척 즐거워했다.

화요일은 퐁텔리에 부인이 손님을 맞이하는 날[19]이었기에, 화요일 오후만 되면 손님들이 쉴 새 없이 몰려왔다. 귀부인들이 마차나 전차를 타고 오거나, 날씨가 좋은 날이면 가까운 거리에서는 걸어오기도 했다. 방문객의 명함을 받기 위해 작은 은쟁반을 받쳐 든 정장 차림의 꽤 하얀 혼혈 소년이 손님을 맞이하곤 했다. 주름 잡힌 흰 모자를 쓴 하녀가 손님이 원하는 대로 술이며 커피, 코코아를 대접했다. 멋진 오후용 드레스를 차려입은 퐁텔리에 부인은 오후 내내 거실에 앉아 손님을 맞이했다. 저녁이면 신사들이 부인을 대동하고 종종 방문하기도 했다.

이것은 6년 전 퐁텔리에 부인이 남편과 결혼한 뒤, 종교의식처럼 지켜 내려온 주중 행사였다. 주중 저녁이면 에드나는 남편과 가끔 오페라나 연극 공연을 보러 가기도 했다.

퐁텔리에 씨는 아침 9시에서 10시 사이 집을 떠나, 저녁 6시 반이나 7시 조금 넘어서야 집에 돌아왔다. 저녁은 보통 7시 반에 차리곤 했다.

19 일주일에 한 번 여성이 손님을 맞으려고 〈집에〉 있기로 기대되는 날.

그랜드 아일에서 돌아와 몇 주 지난 화요일 저녁, 퐁텔리에 부부는 식탁에 마주 앉았다. 식탁에는 그들 부부뿐이었다. 아이들은 잠자리에 드는 중이었다. 맨발로 도망치는 아이들 소리가 이따금 들리더니, 아이들이 조금 반항하거나 애원하는 탓에 그들을 쫓아다니다가 높아진 혼혈 보모의 목소리가 들려왔다. 그날, 퐁텔리에 부인은 보통 화요일이면 입던 화려한 드레스 대신 집에서 입는 평범한 드레스를 입고 있었다. 수프를 덜고 시중드는 하인에게 수프 그릇을 돌려주면서, 남달리 눈썰미가 뛰어난 퐁텔리에 씨는 아내의 옷차림이 평소와 다르다는 점을 눈치챘다.

「피곤해 보이는구려, 에드나? 누가 왔었소? 방문객이 많았소?」 퐁텔리에 씨가 물었다. 그는 수프 맛을 본 뒤, 후추와 소금, 식초와 겨자 등 닥치는 대로 양념을 모두 집어넣어 간을 맞추었다.

「많은 분이 왔었죠.」 수프를 맛있게 먹던 에드나가 대답했다. 「집에 돌아와서 방문객들의 명함을 봤어요. 외출했었거든요.」

「외출했었다고!」 남편이 소리를 질렀다. 식초를 내려놓고 안경 낀 눈으로 아내를 바라보는 그의 목소리에는 진심으로 놀란 기색이 역력했다. 「아니, 대체 화요일에 무슨 일로 외출했단 말이오? 꼭 외출할 일이 있었소?」

「아무 일도 없었어요. 그냥 나가고 싶어서요.」

「그럼 그럴듯한 변명은 남겨 놨겠지.」 수프에 고춧가루를 뿌리며 남편이 다소 진정한 목소리로 말했다.

「아니요, 변명하라고 시키지 않았어요. 조에게 내가 외출했다고 전하라고만 했어요. 그게 다예요.」

「아니, 여보, 당신도 이젠 사람들이 그런 식으로 행동하지 않는다는 걸 알 만하잖소. 우리가 계속 뒤처지지 않고 따라가려면 사회의 관습 같은 걸 지켜야 해. 오늘 오후에 외출할 생각이었다면, 적당히 핑계를 둘러댔어야지. 이 수프는 정말 못 먹겠군. 여자가 아직 수프도 제대로 못 끓인다는 게 말이되나. 시내에서 배식하는 무료 점심도 이보다는 맛있겠어. 방문객 중에 벨스로프 부인이 있었소?」

「명함 쟁반 좀 가져와 봐, 조. 누가 왔었는지 기억나지 않네요.」

소년이 나갔다가 잠시 후 방문한 귀부인들의 명함이 담긴 작은 은쟁반을 가지고 돌아왔다. 소년은 그 쟁반을 퐁텔리에 부인에게 건네주었다.

「퐁텔리에 씨에게 갖다 드려.」 에드나가 말했다.

조는 주인에게 쟁반을 건네고는 수프 그릇을 가져갔다.

퐁텔리에 씨는 아내를 방문한 손님들의 이름을 훑어보다가 몇몇 사람의 이름을 크게 읽으면서 몇 마디 덧붙였다.

「〈들라시다 집안 따님들.〉 오늘 아침에 이분들 아버님과 큰 선물(先物) 계약을 체결했지. 멋진 아가씨들이야. 이제 벨스로프 딸들은 결혼할 때가 됐지. 〈벨스로프 부인.〉 당신한테 말해 두겠는데, 에드나, 벨스로프 부인은 절대 무시하면 안되는 분이오. 벨스로프는 우리와 열 번 이상 사고파는 거래를 할 거물이오. 그의 사업은 나한테 큰 돈벌이가 되거든. 그 부인한테 편지를 보내 당신이 집을 비운 이유를 설명하는 게 좋겠소. 〈제임스 하이캠프 부인.〉 휴! 맙소사, 하이캠프 부인하고는 되도록 엮이지 않는 게 좋소. 〈라포르세 부인〉, 그 먼 캐롤턴에서 왔었군, 가련한 노파지. 윅스 양, 〈엘리노어 볼턴스 부인〉.」 퐁텔리에 씨는 명함 카드를 옆으로 치웠다.

「세상에!」 속에서 부글부글 화가 치민 에드나가 소리쳤다. 「별일도 아닌데 왜 그렇게 난리예요?」

「난리 치는 게 아니오. 하지만 우린 바로 이런 사소한 일들을 중시해야 한다오. 이런 게 중요하단 말이오.」

생선이 조금 탔다. 퐁텔리에 씨는 그 탄 생선에 손도 대지 않았다. 에드나는 조금 타면 어떠냐고 말했다. 구운 고기도 남편의 기대에 못 미쳤고, 야채 요리도 남편이 좋아하는 식으로 조리되지 않았다.

「이 집에서 적어도 하루에 한 끼 정도는 가장이 먹을 만하고 자존심도 세워 줄 수 있는 식사를 마련할 만큼 생활비는 넉넉하게 주는 것 같은데 말이오.」 퐁텔리에 씨가 말했다.

「언제는 그 요리사가 우리 집 보물이라고 했잖아요.」 에드나가 무심히 대답했다.

「처음 왔을 땐 그랬겠지. 요리사들도 그저 인간이오. 당신이 고용한 다른 사람들처럼 요리사들도 감독해야 하오. 사무실 직원을 돌보지 않고 자기 멋대로 하게 내버려 둔다고 생각해 봅시다. 얼마 못 가 나와 내 사업을 엉망진창으로 만들어 버릴 거요.」

「어디 가세요?」 여러 가지 양념을 잔뜩 집어넣은 수프만 조금 먹고 다른 음식에는 거의 손도 대지 않은 채 식탁에서 일어나는 남편을 보고 에드나가 물었다.

「클럽에 가서 저녁을 먹겠소. 먼저 자요.」 퐁텔리에 씨는 홀로 가서 스탠드에서 모자와 지팡이를 챙겨 들고 밖으로 나갔다.

에드나는 이런 상황에 꽤 익숙했다. 때로는 이런 일들로 속상해하기도 했다. 예전에는 저녁 먹을 생각이 완전히 사라지기도 했다. 가끔은 뒷북치듯 부엌에 가서 요리사를 나무라기도 했다. 한번은 방에 가서 저녁 내내 요리책을 펼치고 마침내 일주일 메뉴를 짜보기도 했다. 그러나 결국 자신이 아무것도 아닌 존재처럼 느껴져서 허무할 뿐이었다.

하지만 그날 저녁, 에드나는 일부러 저녁 식사를 혼자 꾸역꾸역 마쳤다. 붉게 상기된 얼굴에 안에서 타오르는 분노의 불길로 두 눈이 이글거렸다. 저녁 식사를 마친 뒤, 자기 방으로 가서 시중드는 소년에게 혹시 손님이 오면 자신이 아프다고 전하라 일렀다.

에드나의 방은 크고 아름다웠다. 하녀가 나지막이 켜둔 부드럽고 희미한 조명 아래 한 폭의 화려한 그림과도 같은 방이었다. 에드나는 열린 창가에 서서 발아래로 꽃과 나무가 우거진 정원을 내려다보았다. 꽃과 나뭇잎이 짙은 향기를 내뿜으며 어슴푸레 복잡하게 얽혀 있는 그곳에 모든 밤의 신비와 매력이 모여 있는 것 같았다. 에드나는 자기 기분과 같은 그 달콤하고도 어두운 분위기 속에서 자기 자신을 찾고, 또 찾아보려 했다. 하지만 어둠과 머리 위 하늘과 별들에게서 들려오는 소리는 아무런 위로도 되지 못했다. 그 소리는 아무런 약속이나 희망 없이 자신을 비웃는 듯 구슬프게 들렸다. 에드나는 다시 방으로 돌아가 이쪽 끝에서 저쪽 끝까지 쉬거나 멈추지 않고 계속 왔다갔다 했다. 손에 든 얇은 손수건을 갈기갈기 찢어 공처럼 만들어 휙 던져 버렸다. 잠시 걸음을 멈춘 뒤 결혼반지를 빼내 카펫 위에 내동댕이쳤다. 카펫 위에 떨어진 반지를 보고는, 아예 뭉개려고 구두 뒤축으로 짓밟기도 했다. 하지만 작은 신발 뒤축으로는 그 반짝이는 작은 반지에 흠집은커녕 아무런 자국도 남기지 못했다.

화가 더 치민 에드나는 식탁에 놓인 유리 꽃병을 집어 들어 벽난로 타일 위로 던져 버렸다. 뭐라도 부숴 버리고 싶은 심정이었다. 와장창 부서지며 깨지는 소리가 듣고 싶었다.

유리 꽃병이 깨지는 소리에 하녀가 무슨 일인지 놀라서 방으로 달려왔다.

「꽃병이 벽난로에 떨어졌어.」 에드나가 말했다. 「신경 쓰지 마. 내일 아침까지 놔둬.」

「아니, 마님 발에 유리 조각이 박히면 어쩌려고요!」 젊은 하녀가 카펫에 흩어진 꽃병 조각을 주우며 말했다. 「여기 의자 밑에 마님 반지가 있네요.」

에드나는 손을 내밀어 하녀로부터 받은 반지를 다시 손가락에 끼었다.

18

다음 날 아침 퐁텔리에 씨는 사무실로 떠나기 전, 에드나에게 서재에 새로 들여놓을 가구를 구경할 겸 시내에서 만나지 않겠느냐고 물었다.

「새 가구가 별로 필요하지 않을 것 같은데요, 레옹스. 이제 가구는 그만 사세요. 당신은 돈을 너무 낭비하는 것 같아요. 저축 같은 건 생각도 하지 않나요.」

「부자가 되려면 저축할 게 아니라 돈을 벌어야 한다오, 에드나.」 퐁텔리에 씨가 말했다. 그는 아내가 자신과 함께 새 가구를 고를 생각이 없어 보여 서운했다. 아내에게 키스를 하고 나서 안색이 좋지 않으니 잘 쉬라고 말했다. 에드나는 안색이 유난히 창백하고 말도 없었다.

남편이 출근하자 에드나는 앞 베란다에 서서 가까운 격자 울타리에서 자라는 재스민 가지 몇 개를 아무 생각 없이 꺾었다. 재스민 향기를 음미한 다음 흰 실내복 가운의 가슴에 꽂았다. 아이들은 길게 뻗은 보도용 턱을 따라 나무토막과 막대기를 한가득 실은 작은 〈특급 마차〉를 끌면서 놀고 있었다. 혼혈 보모는 짐짓 신나고 민첩한 척 잰걸음으로 아이들을 쫓아다녔다. 길거리에서는 과일 행상이 큰 소리로 과일을 팔고 있었다.

에드나는 똑바로 정면을 쳐다보았지만, 골똘히 생각에 몰두한 표정이었다. 주변 그 무엇에도 관심이 없었다. 거리와 아이들, 과일 행상, 눈앞에 자라는 꽃들이 갑자기 적대적으로 변한 낯선 세계의 일부처럼 보였다.

에드나는 다시 집으로 들어갔다. 어제저녁 실수로 요리를 맛없게 한 요리사에게 따끔하게 한마디 할 생각이었지만, 퐁텔리에 씨가 내키지 않는 그 일을 대신 해주었다. 사실 에드나는 야단을 잘 치지 못하기 때문이었다. 퐁텔리에 씨는 보통 자신이 부리는 사람들을 잘 설득하는 편이었다. 그는 집을 나서면서 자신과 에드나가 그날 저녁, 그리고 아마도 앞으로 며칠간은 제대로 된 저녁 식사를 하게 되리라 확신했다.

에드나는 예전에 그렸던 그림을 들여다보며 한두 시간을 보냈다. 그림들의 단점과 결함이 금방 눈에 들어왔다. 그림을 조금 손보려 했으나, 그럴 기분이 아니었다. 마침내 그럭저럭 봐줄 만한 그림 몇 점을 모았다. 잠시 뒤 옷을 갈아입고 나서 그림을 가지고 집을 나섰다. 외출복을 차려입은 에드나는 근사하고 기품 있는 여인처럼 보였다. 얼굴에선 해변에서 그을린 흔적이 사라지고, 숱 많은 황갈색 머리카락 아래 매끈한 흰 이마가 반짝였다. 얼굴에 주근깨가 몇 개 있고, 작은 반점이 아랫입술 근처에 하나, 그리고 머리카락에 가려 잘 보이지 않는 관자놀이에 하나 더 있었다.

에드나는 거리를 따라 걸으면서 로베르 생각을 했다. 아직도 사랑의 열병에서 헤어나지 못한 상태였다. 로베르에 대한 추억이 얼마나 부질없는 짓인지 깨닫고 그를 잊으려 애썼지만, 그에 대한 생각은 마치 강박관념과도 같이 에드나를 떠나지 않았다. 함께한 시간을 낱낱이 반추하거나, 특별하고 특이한 방식으로 로베르의 성격을 떠올리는 것은 아니었다. 에드나의 생각을 지배하는 것은 바로 로베르라는 존재 자체였다. 그 존재는 때로 망각의 안개 속으로 녹듯 사라졌다가, 알 수 없는 그리움으로 강하게 다시 살아났다.

에드나는 라티뇰 부인을 방문하러 가는 길이었다. 그랜드 아일에서 싹튼 두 사람의 친밀한 우정은 계속 이어져, 뉴올리언스로 돌아온 뒤에도 몇 번 만났다. 라티뇰 집안은 에드나의 집에서 멀지 않은 곳에 살고 있었다. 라티뇰 씨는 거리의 한 모퉁이에서 자기 소유의 약국을 경영했는데, 꾸준히 잘되는 편이었다. 아버지가 하시던 사업을 물려받은 라티뇰 씨는 그 지역에서 꽤 인정받고 있었으며 성실하고 명석하다는 평판이 자자했다. 그의 가족은 약국 바로 위층에 있는 넓은 주택에 살았다. 마차 출입구로 들어가면 주택 입구가 보였다. 에드나가 보기에 그들 부부의 생활 방식은 매우 프랑스적인 동시에 이국적이었다. 집 안 한구석에 넓게 차지한 유쾌하고 큰 살롱에서 라티뇰 집안은 2주에 한 번 친구들을 불러 저녁 음악회를 열거나, 가끔 카드놀이를 하기도 했다. 〈첼로〉를 연주하는 친구도 있었다. 누구는 플루트를, 또 다른 누구는 바이올린을 가져왔으며, 노래 부르는 사람도 있고, 다양한 취미와 기교를 구사하는 피아노 연주자도 있었다. 라티뇰 부부의 음악회는 주변에 널리 알려져, 누구나 초대받으면 큰 영광으로 여겼다.

에드나가 갔을 때 그녀의 친구는 그날 아침 세탁소에서 배달된 옷들을 정리하고 있었다. 라티뇰 부인은 에드나를 보자마자 하던 일을 멈추고 격식 없이 반가이 맞아 주었다.

「시테가 이 일을 나만큼이나 잘한답니다. 사실 이 일은 시테 일이에요.」 라티뇰 부인은 일을 방해해서 미안하다고 사과하는 에드나에게 이렇게 설명했다. 그런 다음 젊은 흑인 여성을 불러 자신이 건네주었던 목록을 꼼꼼히 확인하라고 프랑스어로 지시했다. 특히 지난주에 빠뜨린 라티뇰 씨의 고급 리넨 손수건이 이번에는 있는지 확인해 보라고 당부했다. 그리고 바느질과 수선이 필요한 옷들은 반드시 따로 챙겨 놓으라고 일렀다.

라티뇰 부인은 에드나의 허리를 팔로 감싸 집 정면의 응접실로 데려갔다. 응접실은 시원하고, 벽난로 위 꽃병에 꽂힌 큰 장미의 향기가 향기로웠다.

라티뇰 부인은 그 어느 때보다 집 안에서 제일 아름다워 보였다. 팔이 거의 드러나고 부드러운 흰 목선이 돋보이는 실내복 차림이었다.

「언젠가 부인의 그림을 그릴 날이 올 거예요.」 둘이 앉자 에드나가 미소를 지으며 말했다. 에드나는 둘둘 만 그림을 꺼내 펼쳐 보였다. 「다시 그림을 그려 볼 생각이에요. 뭔가 일을 해보고 싶은 마음이에요. 이 그림, 어떻게 생각하세요?

그림을 다시 시작해 좀 더 전문적으로 배워 볼 만한 가치가 있다고 생각하세요? 한동안 레드포르 씨밑에서 그림 공부를 해볼까 해요.」

에드나는 이 문제에 관한 라티뇰 부인의 의견이 별로 중요하지 않고, 스스로 이미 결심했을 뿐 아니라 그 결심을 굳힌 상태임을 알고 있었다. 하지만 새로운 도전을 하도록 마음을 굳혀 줄 칭찬과 격려의 말을 듣고 싶었다.

「당신은 정말 대단한 재능을 가졌어요!」

「말도 안 돼요!」 에드나는 기분이 좋으면서도 이렇게 부인했다.

「대단하다니까요, 진심이에요.」 라티뇰 부인이 거듭 주장했다. 가까운 거리에서 그림을 한 장 한 장 자세히 살펴보다 고개를 한쪽으로 기울여 조금 멀리서 보기도 했다. 「분명히, 이 바이에른 농부의 그림은 액자에 넣을 만하고요. 이 사과 바구니! 이 그림보다 더 사실적인 그림은 본 적이 없어요. 손을 뻗어 사과 한 개를 집고 싶을 정도라니까요!」

에드나는 자기 그림의 수준을 정확히 알고 있었지만, 친구의 칭찬이 싫지 않았다. 그림 몇 점만 남기고 나머지는 전부 라티뇰 부인에게 선물로 주었다. 라티뇰 부인은 그 그림들의 실제 가치 이상으로 이 선물을 고마워했다. 잠시 뒤 남편이 점심 식사하러 약국에서 올라오자, 라티뇰 부인은 그 그림들을 자랑스럽게 보여 주었다.

라티뇰 씨는 세상의 소금이라 부를 만한 사람이었다. 한없이 명랑했으며, 이 명랑함은 선량하고 두루 관대한 자비심,

상식적인 마음과 조화를 이루었다. 라티뇰 부부의 영어 발음은 독특한 억양 때문에 일부러 주의를 기울여야 알아들을 수 있었다. 에드나의 남편은 외국인의 억양이 전혀 없는 완벽한 영어를 구사했다. 그러나 라티뇰 부부는 서로 상대방의 영어를 잘도 알아들었다. 이 세상에서 남녀가 하나의 인간으로 잘 결합한 부부가 있다면, 이 부부가 확실했다.

에드나는 라티뇰 부부와 식탁에 앉았을 때, 〈채식이면 더 좋을 텐데〉라고 생각했다. 금방 채식이 아니란 걸 알았지만, 엄선된 재료로 만든 소박하지만 맛있는 식사라 모든 점에서 만족스러웠다.

라티뇰 씨는 에드나를 보고 매우 반가워했다. 에드나가 그랜드 아일에서 봤을 때보다 안색이 안 좋아 보인다는 생각에 토닉 한 잔을 권했다. 라티뇰 씨는 이것저것 다양한 주제로 이야기를 했다. 정치 이야기도 하고 뉴올리언스 소식과 동네에 떠도는 소문도 들려주었다. 매우 활기차고 진지하게 말해, 한마디 한마디가 다 중요해 보였다. 그의 아내는 남편이 하는 말마다 깊은 관심을 보였다. 잘 경청하려고 포크를 내려놓은 채 남편이 말만 하면 그 말을 받아 맞장구를 쳤다.

그 집을 나선 에드나는 마음에 위로가 되었다기보다 절망스러운 심정이었다. 그 화목한 가정을 살짝 엿보고 후회나 부러운 마음은 들지 않았다. 그들 부부의 삶은 에드나와 맞지 않는 것이었다. 오히려 그 가정에서 끔찍하고 절망적인 따분함만 보았다. 에드나는 라티뇰 부인에게 일종의 연민을 느꼈다. 맹목적인 만족 이상의 더 고상한 것을 추구해 본 적도 없고, 한순간도 영혼의 고뇌라고는 느껴 본 적이 없고, 삶의 희열을 맛본 적도 없는 무미건조한 존재에게 느끼는 그런 연민 말이다. 에드나는 자신이 생각하는 〈삶의 희열〉의 의미가 무엇일까 막연히 궁금해졌다. 한 번도 추구해 본 적 없는 그 단어가 낯선 인상처럼 그녀의 머리에 스쳐 지나갔다.

19

에드나는 결혼반지를 발로 짓밟고 유리 꽃병을 타일에 집어 던진 자신의 행동이 매우 어리석고 유치하다고 생각하지 않을 수 없었다. 감정의 폭발로 인한 쓸데없는 짓거리를 더 이상 하지는 않았다. 에드나는 자기가 하고 싶은 대로 행동하고, 마음대로 느끼기 시작했다. 화요일마다 하던 집안 행사를 완전히 무시해 버렸고, 자신의 집을 방문한 사람들을 답례로 방문하는 일도 집어치웠다. 한 가정을 도맡아 *en bonne ménagère*(훌륭한 주부)가 되어 보겠다던 헛된 노력도 내팽개치고, 마음 내키는 대로 외출하면서 아주 변덕스럽게 살았다.

아내가 말없이 고분고분 순종하는 한, 퐁텔리에 씨는 점잖은 남편이었다. 하지만 예상치 못한 아내의 낯선 행동이 그로서는 몹시 당황스러웠다. 그야말로 충격적인 행동이었다. 에드나가 아내의 의무를 완전히 무시하자 화가 났다. 퐁텔리에 씨가 자신의 분노를 표출하면, 에드나는 오히려 거만하게 굴었다. 그녀는 절대로 물러서지 않기로 결심했던 것이다.

「가정주부이자 두 아이의 엄마가 가족의 화목을 위해 애써도 부족할 텐데, 날마다 화실에서 살다니 너무 어처구니가 없잖소.」

「나는 그림을 그리고 싶어요.」에드나가 대답했다. 「아마 항상 그럴 것 같진 않지만요.」

「누가 그림을 그리지 말라고 했소? 하지만 가정을 이렇게 엉망진창으로 만들진 말아야 하잖소. 라티뇰 부인을 좀 봐요. 음악을 계속한다고 집 안을 엉망으로 만들진 않잖소. 그리고 화가로서의 당신 재능보다 음악가로서 그 부인의 재능이 더 낫다고 할 수 있지.」

「그 부인이나 저나 음악가나 화가는 아니에요. 살림에 신경 쓰지 않는 건 그림 때문만이 아니에요.」

「그럼 무엇 때문이오?」

「아! 나도 모르겠어요. 나 좀 내버려 둬요, 괴롭히지 말고.」

퐁텔리에 씨는 아내의 정신이 좀 이상해진 것 아닐까 가끔 의심스러웠다. 분명 자신이 알던 이전의 아내가 아니었다. 즉 에드나가 세상 밖으로 나설 때 차려입던 옷처럼 자신을 포장하던 거짓 자아를 매일 벗어던지고 자기 자신이 되려 한다는 사실을 그는 미처 몰랐던 것이다.

남편은 아내가 원하는 대로 혼자 내버려 두고 사무실로 출근했다. 에드나는 집 꼭대기에 마련한 환한 자신의 아틀리에로 올라갔다. 온 힘과 정성을 다해 작업했지만 눈곱만큼도 만족스러운 작품이 아직 없었다. 한동안 온 가족을 그림 작업에 동원했다. 아이들이 모델 노릇을 해주었다. 처음에는 아이들도 재미있게 여겼지만, 그 모델 노릇이 특별히 자기네 즐거우라고 마련된 놀이가 아니라는 걸 깨닫자 곧 흥미를 잃어버렸다. 혼혈 보모는 야만인의 모델로 에드나의 팔레트 앞에서 몇 시간이나 참을성 있게 앉아 있었다. 그사이 가정부가 응접실 청소를 미뤄 둔 채 아이들을 돌봐주었다. 하지만 가정부도 에드나의 모델 노릇에 동원되었다. 에드나는 젊은 가정부의 등과 어깨가 고전적인 선으로 이루어져 있으며, 모자 아래 늘어진 머리카락이 자신에게 영감을 준다고 생각했던 것이다. 그림을 그리는 동안, 에드나는 「*Ah! si tu savais*(아! 그대가 알고 있다면)」이라는 노래를 나지막하게 부르곤 했다.

그 노래 덕분에 에드나는 추억의 세계로 빠져들었다. 바다 물결 소리와 펄럭이던 돛 소리가 다시 들렸다. 멕시코만 위에 뜬 반짝이는 달빛을 볼 수 있었고, 부드럽고 세차게 부는 뜨거운 남풍도 느낄 수 있었다. 뭔지 모를 욕망이 그녀의 몸을 꿈틀대며 지나가는 바람에 붓질하는 손에 힘이 빠지고 뜨거운 눈빛이 되기도 했다.

이유는 모르겠지만, 매우 행복한 시절이었다. 완벽한 어느 남쪽 바닷가에서 보낸 날의 호사스러운 따뜻함과 햇볕, 색깔과 향기가 자신의 존재와 온통 하나가 된 듯하자, 에드나는 살아 숨 쉬는 것에 감사했다. 그럴 때면 혼자서 알지 못하는 낯선 곳을 즐겁게 찾아다녔다. 꿈꾸기 좋은 양지바르고 나른한 구석을 여러 군데 찾아냈다. 그리고 누구한테도 방해받지 않고 혼자 꿈을 꾼다는 게 얼마나 행복한 일인지 새삼 깨달았다.

이유는 알 수 없지만 불행하다고 생각한 날들도 있었다.

그럴 때면 기쁨과 슬픔, 삶과 죽음에 아무런 의미가 없어 보였다. 인생이란 기이한 아수라장 같고, 피할 길 없는 종말을 향해 맹목적으로 꿈틀꿈틀 기어가는 벌레와도 같았다. 그런 날이면 에드나는 그림을 그릴 수도 없었고, 맥박이 뛰고 피를 뜨겁게 하는 공상을 할 수도 없었다.

20

에드나가 라이즈 양을 찾아 나선 것은 바로 기분이 이럴 즈음이었다. 라이즈 양과 마지막으로 이야기를 나누었을 때 자신에게 남겼던 다소 불쾌한 인상을 잊지는 않았다. 그럼에도 불구하고 라이즈 양을 만나고 싶었다. 무엇보다 그녀의 피아노 연주가 듣고 싶었다. 이른 오후, 에드나는 그 피아니스트를 찾아 나섰다. 불행히도 에드나는 라이즈 양이 주소를 적어 준 쪽지를 어딘가에 잘못 두거나 잃어버린 모양이었다. 뉴올리언스 주소록을 뒤져서야 라이즈 양이 조금 떨어진 비앙빌가에 살고 있다는 사실을 알아냈다. 하지만 에드나의 수중에 들어온 주소록은 1년 이상 지난 것이었다. 알아낸 주소로 찾아갔더니, 그 *chambers garnies*(임대용 아파트)에는 점잖은 물라토 혼혈 가족이 세 들어 살고 있었다. 6개월 넘게 그 집에 살고 있다는 그 가족은 라이즈 양에 관해 아는 것이 아무것도 없었다. 사실 그들은 다른 이웃도 몰랐다. 그곳에 사는 사람들은 모두 신분이 고귀하신 분들 같다고 에드나에게 장담했다. 에드나는 그 집에 머무르며 푸폰 부인과 고귀한 신분 이야기나 할 경황이 없었기에, 서둘러 이웃 식료품 가게로 갔다. 라이즈 양이 그 건물 주인에게는 주소를 남겼을 거라고 생각했기 때문이다.

그 건물 주인은 별로 알고 싶지 않지만 알고 싶은 것 이상으로 라이즈 양을 잘 안다고 했다. 사실 그는 라이즈 양에 관해, 또는 그녀와 관련된 일이라면 전혀 알고 싶지 않았다. 이제까지 비앙빌가에 살았던 주민 가운데 라이즈 양이 가장 불쾌하고 인기 없는 여성이었다는 것이다. 그는 라이즈 양이 이곳을 떠나 다른 동네로 이사해서 하늘에 감사했고, 어디로 갔는지 몰라서 또한 감사했다.

예상치 못한 난관에 직면하자 라이즈 양을 만나고 싶다는 에드나의 열망은 열 배나 더 활활 타올랐다. 르브룅 부인이라면 알려 줄지 모르겠다는 생각이 들었다. 라티뇰 부인은 그 피아니스트와 별로 친하지 않았고 그녀를 전혀 알고 싶어 하지 않았기 때문에, 라티뇰 부인에게 물어봐야 아무 소용없다는 걸 에드나는 알고 있었다. 예전에 라이즈 양 이야기를 할 때 라티뇰 부인은 그 동네 모퉁이의 식료품 주인만큼이나 단호하게 반감을 나타냈던 것이다.

에드나는 11월 중순이 되었으니 르브룅 부인이 뉴올리언스로 돌아왔을 거라는 사실을 알고 있었다. 또한 르브룅 가족이 샤르트르가에 거주한다는 사실도 알고 있었다.

문 앞과 낮은 창문들에 끼운 쇠창살 때문에 르브룅 씨 집은 감옥처럼 보였다. 그 쇠창살은 옛 *régime*(정권)[20]의 유물

20 스페인 통치 시대(1766~1803).

이라서 아무도 그 쇠창살을 떼어 낼 생각을 하지 못했다. 그 집 옆으로는 정원을 둘러싼 높은 울타리가 있었다. 도로 쪽으로 열리는 대문은 굳게 잠겨 있었다. 에드나는 이 옆문에 달린 벨을 누르고 누군가 자신을 맞아 주길 기다렸다.

에드나에게 문을 열어 준 사람은 빅토르였다. 앞치마에 손을 닦으면서 흑인 여자가 빅토르 뒤를 따라 나왔다. 두 사람이 나타나기 전에, 에드나는 두 사람의 언쟁 소리를 들었다. 그 흑인 여자는 자기가 맡은 임무는 자기가 할 권리가 있으며, 벨 소리가 울리면 나가는 것도 자기 임무 중 하나라고 당당히 주장했던 것이다.

빅토르는 퐁텔리에 부인을 보자 깜짝 놀라면서도 반가워했다. 그는 놀라움과 기쁨을 감추지 않았다. 그는 짙은 눈썹에 잘생긴 열아홉 살 청년으로 어머니 쪽을 많이 닮았지만, 어머니보다 열 배나 성격이 급했다. 그는 퐁텔리에 부인이 어머니를 뵙고 싶어 한다고 알리라고 흑인 여자에게 지시했다. 그 여자는 해야 할 자기 일을 다 하게 허락받지 못했으니 그 지시를 따를 수 없다면서 중단했던 정원 잡초 뽑는 일을 다시 하기 시작했다. 빅토르는 한바탕 욕설을 퍼부었다. 하도 말이 안 되는 소리를 속사포처럼 빨리 쏟아 내 에드나는 무슨 말인지 하나도 알아들을 수가 없었다. 어쨌거나 빅토르의 책망은 효력이 있었다. 그 여자가 괭이를 내려놓고 구시렁대며 집 안으로 들어갔기 때문이다.

에드나는 집 안에 들어가고 싶지 않았다. 집 옆 베란다에는 의자와 등나무 가구, 그리고 작은 테이블이 놓여 있어 아주 좋았다. 오래 걷느라 피곤해서 에드나는 흔들의자에 앉아 조용히 흔들거리면서 실크 양산의 주름을 펴기 시작했다. 빅토르가 자기 의자를 끌고 와서 에드나 옆에 앉았다. 빅토르는 자기가 집에 없어 제대로 훈련시키지 못한 탓이라며 즉시 그 흑인 여자의 무례한 행동을 해명했다. 바로 전날 아침 섬을 떠나왔는데, 다음 날 다시 섬으로 돌아가야 한다고 했다. 겨우내 섬에 머무르면서 그 별장을 질서 있게 유지하고, 다음 여름에 손님 맞을 준비를 하고 있다고 했다.

하지만 사람이라면 누구나 가끔 휴식을 취할 필요가 있다고 퐁텔리에 부인에게 하소연하면서 뉴올리언스에 와야 할 핑계를 가끔 만들어 낸다고 했다. 그런데 바로 전날 저녁, 그럴 시간을 얻어 냈다는 것이다! 그는 어머니가 알면 안 된다고 속삭였다. 간밤을 회상하며 그의 얼굴이 환해졌다. 물론 퐁텔리에 부인은 여자이고 그런 일을 이해하지 못하니 속속들이 다 말할 생각은 없지만, 그가 지나갈 때 창문 틈으로 자기를 엿보며 웃는 소녀 때문에 모든 일이 시작되었다는 것이다. 아! 아름다운 소녀였다! 당연히 그는 미소로 화답했고 올라가서 소녀와 이야기했다. 퐁텔리에 부인이 혹여 빅토르가 그런 기회를 놓칠 사람이라고 여겼다면 잘못 생각한 것이다. 자기도 모르게 에드나는 그 젊은이 덕분에 덩달아 즐거워졌다. 에드나가 꽤 재미있어하며 즐거워한다는 사실이 얼굴에 드러났는지, 빅토르는 점점 더 대담해졌고, 퐁텔리에 부인은 잠시 농도 짙은 호색 이야기를 듣고 있는 자신의 모습을 깨달았지만, 때맞춰 르브룅 부인이 나타났다.

르브룅 부인은 아직도 여름에 늘 입던 흰옷 차림이었다. 부인은 두 눈을 반짝이며 퐁텔리에 부인을 요란하게 환영했다. 퐁텔리에 부인, 안으로 들어가시겠어요? 시원한 음료 좀 드실래요? 왜 진작 오시지 않았어요? 친애하는 퐁텔리에 씨와 귀여운 두 아들도 잘 지내죠? 퐁텔리에 부인은 이렇게 따뜻한 11월을 보셨나요?

빅토르는 어머니가 앉은 의자 뒤에 있는 긴 고리버들 의자에 비스듬히 기댔다. 에드나의 얼굴이 잘 보이는 자리였다. 그는 에드나와 이야기하는 동안 그녀에게서 건네받은 양산을 위로 치켜올리고, 의자에 등을 기댄 채 머리 위에서 양산을 빙빙 돌렸다. 르브룅 부인은 도시로 돌아오니 너무 지겹다고 투덜댔다. 지금은 사람들도 거의 만나지 않으며, 빅토르가 하루이틀 섬에서 나와도 자기 볼일로 바빠 아들과 같이 지낼 시간이 없다고 했다. 그러자 긴 의자에 앉은 그 젊은 이는 몸을 비틀며 에드나에게 장난스럽게 윙크했다. 어쨌거나 에드나는 마치 범죄의 공모자라도 된 듯한 기분이어서, 그에게 엄격하고 못마땅한 표정을 지어 보이려 했다.

로베르가 보낸 짧막한 두 통의 편지가 있다고 두 사람이 말했다. 어머니가 그 편지들을 찾아오라고 시키자, 빅토르는 찾을 만한 가치도 없는 편지라고 말했다. 그는 편지 내용을 낱낱이 다 기억한다고 했다. 정말 시험이라도 치르는 것처럼, 빅토르는 편지 내용을 줄줄이 읊었다.

한 통은 베라크루스에서, 다른 한 통은 멕시코시티에서 보낸 것이었다. 로베르는 사업 진행에 필요한 모든 일을 도

맡고 있는 몽텔 씨를 만났다. 지금까지는 그가 뉴올리언스를 떠날 때보다 재정 상태가 썩 좋지 않지만, 앞으로는 훨씬 나아질 전망이었다. 로베르는 멕시코시티와 건물, 사람들과 그들의 습관, 거기서 발견한 생활 모습에 관해 썼다. 가족에게 사랑을 전하기도 했다. 어머니에게는 수표를 동봉했고, 아는 모든 친구에게 안부를 전해 달라고 했다. 이게 편지 두 통의 내용 전부였다. 에드나는 자기에게 전하는 메시지가 있었더라면 자신도 그것을 받았을 텐데라고 생각했다. 집을 떠날 때의 절망적인 기분에 다시 사로잡혔다. 그제야 라이즈 양을 찾으러 왔다는 사실이 생각났다.

르브룅 부인은 라이즈 양이 사는 곳을 알고 있었다. 부인은 에드나에게 주소를 알려 주었다. 같이 가서 오후 시간을 보낼 수 없어 유감이지만, 나중에 라이즈 양을 방문하겠노라고 했다. 이미 꽤 저문 오후였다.

빅토르는 에드나를 길까지 배웅하며, 마차까지 가는 동안 양산을 들어 씌워 주었다. 빅토르는 아까 오후에 했던 자신의 이야기는 누구한테도 말하면 안 되는 비밀임을 명심해 달라고 신신당부했다. 에드나는 웃으며 빅토르를 조금 놀린 뒤에야, 좀 더 품위 있고 점잖게 행동했어야 한다고 후회했다.

「퐁텔리에 부인이 얼마나 예뻐 보이던지!」 르브룅 부인이 아들에게 말했다.

「기가 막히게 아름답던데요!」 빅토르가 인정했다. 「도시 분위기 덕분에 부인이 멋져졌나 봐요. 어쨌거나 예전에 알던 사람 같지 않더라고요.」

21

　어떤 사람들은 라이즈 양이 아파트 꼭대기 층을 택한 이
유를 거지와 행상인, 방문객의 접근을 막기 위해서라고 주장
하기도 했다. 작은 앞방에는 창문이 많았다. 창문은 대부분
지저분했지만, 늘상 열려 있어 그리 큰 문제가 되지 않았다.
열린 창문 너머로 강 위에 뜬 초승달과 돛대, 미시시피강을
오가는 증기선들의 커다란 굴뚝이 보였다. 웅장한 피아노 한
대 때문에 아파트가 꽉 찬 것 같았다. 옆방은 침실이었고, 마
지막 세 번째 방에 가스스토브가 있어 동네 식당에 내려가기
귀찮을 때는 직접 요리를 해먹을 수도 있었다. 그럴 때면 그
방에서 식사를 했다. 그녀는 백 년쯤 사용한 듯 때 묻고 닳은,
낡고 희귀한 서랍장에 자신의 소지품을 보관하고 있었다.
　에드나가 라이즈 양의 현관문을 두드리고 들어가자, 창문
옆에 서서 낡은 모직 부츠에 헝겊을 덧대어 수선하고 있는
라이즈 양의 모습이 눈에 들어왔다. 그 자그마한 음악가는
에드나를 보자 환하게 웃음을 지었다. 얼굴과 온몸의 근육으
로 웃는 웃음이었다. 오후 햇살을 받으며 서 있는 그녀의 모

습은 놀라울 정도로 초라해 보였다. 초라한 레이스가 달린 제비꽃 조화가 아직도 옆머리에 꽂혀 있었다.

「이제야 저를 기억해 내셨군요.」 라이즈 양이 말했다. 「〈아, 부인이 날 찾아올 리가 없지〉라고 생각하고 있었거든요.」

「제가 왔으면 했나요?」 에드나가 미소를 지으며 물었다.

「그런 생각을 많이 하진 않았어요.」 라이즈 양이 대답했다. 두 사람은 벽에 바짝 붙여 놓은 딱딱한 작은 소파에 앉았다. 「그래도 이렇게 와주셔서 기뻐요. 마침 물을 끓여 커피 마시려던 참이었어요. 커피 한 잔 드세요. 그런데 *la belle dame*(아름다운 부인)께서는 어떻게 지내셨나요? 어쩜 그렇게 늘 아름답죠! 항상 건강하고! 항상 만족스러워 보여요!」 라이즈 양은 마르고 억센 손으로 에드나의 손을 잡았다. 느슨하게 잡은 그 손가락에서는 온기가 느껴지지 않았고, 손등과 손바닥의 느낌이 달랐다.

「그래요.」 라이즈 양이 계속 말했다. 「〈부인은 절대로 오지 않을 거야. 다른 사교계 부인네들이 그렇듯 별생각 없이 약속한 거지. 오지 않을 거야〉라고 가끔 생각했죠. 부인이 정말로 날 좋아한다고는 생각하지 않았으니까요, 퐁텔리에 부인.」

「당신을 좋아하는지 좋아하지 않는지 잘 모르겠어요.」 몸집이 자그마한 그 여자를 난감한 표정으로 내려다보면서 에드나가 대답했다.

라이즈 양은 퐁텔리에 부인의 솔직한 대답이 마음에 들었다. 감사의 표시로 가스스토브가 있는 방으로 가서 약속대로 커피를 대접했다. 에드나는 커피와 같이 나온 비스킷이 반가왔다. 르브룅 부인의 집에서 다과를 거절했더니 배가 고프기 시작했던 것이다. 라이즈 양은 가까이 있는 작은 탁자에 쟁반을 올려놓고 딱딱한 소파에 다시 앉았다.

「당신 친구한테서 편지를 한 통 받았어요.」 라이즈 양이 에드나의 컵에 크림을 조금 넣고 건네면서 말했다.

「제 친구요?」

「네, 당신 친구 로베르요. 멕시코시티에서 제게 편지를 보냈더라고요.」

「당신한테 편지를 썼다고요?」 멍하게 커피를 저으며 에드나가 놀라서 되물었다.

「네, 저한테요. 그럼 안 되나요? 너무 휘저어 커피를 식게 하지 말고 어서 드세요. 하지만 부인한테 보낸 거나 다름없어요. 처음부터 끝까지 퐁텔리에 부인 얘기뿐이거든요.」

「좀 보여 주세요.」 젊은 부인이 간청했다.

「안 돼요, 편지란 발신인과 수신인만의 일이니까요.」

「처음부터 끝까지 제 얘기라고 하지 않았던가요?」

「부인에 관해 쓴 건 맞지만, 부인한테 보낸 건 아니죠. 〈퐁텔리에 부인을 만났나요? 어떻게 보이던가요?〉라고 묻더군요. 〈퐁텔리에 부인 말대로〉, 또는 〈퐁텔리에 부인이 예전에 말한 대로〉, 〈퐁텔리에 부인이 방문한다면, 내가 제일 좋아하는 쇼팽의 즉흥 환상곡을 연주해 주세요. 여기서 하루이틀 전에 그 곡을 들었는데, 당신 연주만 못해요. 그 곡이 부인한테 어떤 영향을 미칠지 궁금하군요〉 등등, 마치 우리가 사교계에서 계속 만난다고 생각하는 것 같아요.」

「편지 좀 보여 줘요.」

「아, 안 돼요.」

「답장 보냈나요?」

「아니요.」

「편지 좀 보여 줘요.」

「안 돼요, 거듭 말하지만 안 돼요.」

「그럼 즉흥곡을 연주해 줘요.」

「늦었어요. 몇 시까지 귀가해야 하나요?」

「시간은 상관없어요. 좀 무례한 질문 같군요. 즉흥곡을 연주해 줘요.」

「하지만 본인 이야기는 하나도 안 했잖아요. 요즘 어떻게 지내세요?」

「그림을 그려요.」 에드나가 웃었다. 「화가가 되려는 중이에요. 한번 상상해 보세요!」

「아! 화가라고요! 허세를 부리는군요, 부인.」

「허세라고요? 제가 화가가 될 수 없다고 생각하세요?」

「그런 말을 해도 될 만큼 부인을 잘 알진 못해요. 부인의 재능이나 기질이 어떤지도 모르고요. 화가가 되려면 여러 가지 많은 자질이 필요하죠. 절대적인 재능이 있어야 하는데, 그건 노력으로 얻을 수 없어요. 게다가 화가로 성공하려면 용감한 영혼을 지녀야죠.」

「용감한 영혼이라는 게 무슨 뜻이죠?」

「용감한, *ma foi* (정말) 용감한 영혼요. 거침 없이 저항하는 영혼 말이에요.」

「편지 좀 보여 주고 즉흥곡을 연주해 줘요. 제가 얼마나 끈질긴 사람인 줄 아시겠죠. 이런 끈질긴 자질도 예술에 중요하지 않나요?」

「부인에게 사로잡힌 멍청한 노파한테는 중요하죠.」라이즈 양이 깔깔대며 이렇게 대답했다.

그 편지는 에드나가 방금 커피 잔을 올려놓은 작은 탁자 서랍 속, 손만 뻗으면 닿는 지척에 있었다. 라이즈 양은 서랍을 열어 맨 위에 있는 편지를 꺼내 에드나의 손에 건네주고 말없이 일어나 피아노 앞으로 갔다.

라이즈 양은 부드러운 간주곡을 연주했다. 즉흥적으로 연주하는 곡이었다. 그녀는 피아노 앞에 구부정하게 앉았다. 몸의 선과 각도는 기형적인 모습으로 우아하지 못했다. 알아채지 못하는 사이 간주곡은 점차 쇼팽 즉흥 환상곡의 첫 부분인 부드러운 단조로 녹아들어 갔다.

에드나는 즉흥 환상곡이 언제 시작되고 언제 끝났는지 몰랐다. 소파 구석에 앉아 희미한 불빛 아래에서 로베르의 편지를 읽고 있었다. 라이즈 양은 쇼팽에서 시작해 가끔 떨리는 이졸데의 사랑의 노래[21]로 넘어갔다가, 가슴 아픈 영혼이 그리워하는 즉흥곡으로 다시 돌아갔다.

그 작은 방에 그림자가 짙어졌다. 음악은 기이하고 환상적인 선율을 자아냈다. 때로는 격렬하고, 집요하고, 애절하

21 불행한 중세 전설에 토대를 둔 바그너의 오페라 「트리스탄과 이졸데」. 이졸데의 아리아로 유명한 이 노래는 그녀가 죽은 연인에게 작별 인사를 하고 연인의 팔에 안겨 스스로 죽을 때 부른다.

고, 간절하게 감미롭기도 했다. 그림자가 한층 더 깊어졌다. 방 안이 음악으로 가득 찼다. 음악이 밤을 뚫고 지붕 위로 올라가 초승달 모양의 강에 흘러 떠돌다가, 더 높은 밤하늘의 깊은 침묵 속으로 사라졌다.

한밤중 내면에서 깨어난 낯선 새로운 목소리를 듣고 그랜드 아일에서 그랬듯이, 에드나는 마구 흐느껴 울었다. 약간 흥분한 상태로 일어나서 떠나려 했다. 「나중에 다시 방문해도 될까요, 라이즈 양?」 에드나가 현관에서 물었다.

「오고 싶으면 언제든 오세요. 조심하세요, 계단과 층계참이 어두워요. 넘어지지 말고요.」

라이즈 양은 다시 집 안으로 들어가 촛불을 켰다. 로베르의 편지가 바닥에 뒹굴고 있었다. 그녀는 몸을 구부려 편지를 집었다. 구겨진 편지는 온통 눈물범벅이었다. 라이즈 양은 편지를 바로 펴서 봉투에 집어넣고는 테이블 서랍에 도로 넣었다.

22

어느 날 아침, 퐁텔리에 씨는 시내로 가는 길에 오랜 친구이자 집안 주치의인 망들레 박사의 집에 들렀다. 그 의사는 과거 자신이 이룬 업적에 만족해 반쯤 은퇴한 상태였다. 그는 실력보다 지혜로 명성을 떨치고 있었으며 실제 의료 행위는 보조 의료진과 더 젊은 의사들에게 맡긴 상태여서, 사람들은 상담이 필요한 경우에만 그를 찾곤 했다. 끈끈한 우정으로 이어진 몇몇 가족에게만 의술이 필요할 경우 의사로서 돌봐 주고 있었다. 퐁텔리에가도 이런 집안 중 하나였다.

퐁텔리에 씨는 열린 서재 창문 너머로 독서 중인 그 의사의 모습을 보았다. 그의 집은 도로에서 꽤 멀리 떨어진 쾌적한 정원 한가운데 있어, 그 노신사의 서재 창가는 늘 조용하고 평화로웠다. 그는 책을 많이 읽는 편이었다. 퐁텔리에 씨가 들어서자, 그는 이렇게 이른 아침에 대체 누가 무례하게 자신을 방해하는지 의아해하며 안경 너머 못마땅한 얼굴로 쳐다보았다.

「아, 퐁텔리에 씨! 설마 어디 편찮아서 오신 게 아니길 바랍니다. 이리 와서 앉으세요. 아침부터 무슨 일로 오셨나요?」 그는 숱 많은 백발에 약간 뚱뚱한 노인이었다. 작고 푸른 눈은 나이 탓에 총기를 꽤 잃었지만, 아직도 사람을 꿰뚫어 보는 통찰력이 있었다.

「아, 아프지 않아요, 선생님. 제가 이래 봬도 꽤 강단 있는 체질인 건 선생님도 아시잖아요. 우리 크리올 혈통의 퐁텔리에 집안에서는 병이 제풀에 나아서 마침내 떠나 버리거든요. 상담하러 왔습니다. 사실 상담이랄 것도 없지만, 에드나 얘기를 하러 왔어요. 어디가 아픈지 모르겠어요.」

「퐁텔리에 부인이 아프다고요?」 박사가 깜짝 놀랐다. 「저런, 부인을 봤는데요. 1주 전쯤이었던 것 같군요. 커널가를 걷고 있었는데, 아주 건강해 보였어요.」

「네, 맞아요. 겉으론 멀쩡하죠.」 퐁텔리에 씨가 몸을 앞으로 굽혀 두 손으로 지팡이를 돌리면서 말했다. 「하지만 행동이 이상해졌어요. 이상해요, 예전의 아내 같지가 않아요. 도저히 아내를 이해할 수 없어서, 선생님이라면 도와주실 거라 생각했어요.」

「어떻게 행동하는데요?」 의사가 물었다.

「글쎄요, 설명하기가 쉽지 않군요.」 퐁텔리에 씨가 의자에 등을 기대며 말했다. 「집 안이 엉망진창이 돼도 전혀 상관하지 않아요.」

「글쎄, 여자라고 다 같진 않죠, 퐁텔리에 씨. 우리가 반드시 고려할 문제는…….」

「저도 알아요. 그래서 설명하기 어렵다고 말씀드렸잖아

요. 저는 물론 사람들이나 온갖 일을 대하는 태도가 완전히 바뀌었어요. 선생님도 아시다시피 제 성질이 급하긴 하지만, 여자, 특히 아내랑 싸우거나 아내한테 무례하게 굴고 싶진 않거든요. 하지만 자꾸 그렇게 되고, 바보같이 군 다음엔 만배나 악마처럼 나쁜 존재가 된 기분이 들어요. 아내 때문에 너무 괴로워요.」 퐁텔리에 씨가 초조하게 말을 이었다. 「아내가 머릿속에 여성의 영원한 권리에 대한 무슨 사상을 갖게 되었나 봐요. 아시겠지만, 우린 아침 식사 때나 겨우 얼굴을 보는 형편이랍니다.」

노신사는 숱 많은 눈썹을 치켜뜬 채 두꺼운 아랫입술을 내밀고 두툼한 손가락 끝으로 의자 팔걸이를 톡톡 두드렸다.

「평소에 아내를 어떻게 대하셨나요, 퐁텔리에 씨?」

「맙소사! *Parbleu*(어떻게 대했냐고요)!」

그러자 의사가 미소를 지으며 물었다. 「혹시 아내분께서 최근에 지적인 척하는 여성들,[22] 아주 고상하며 잘난 척하는 여성들과 어울리지 않았나요? 제 아내 말로는 그런 신여성들이 있다더군요.」

「바로 그게 문제예요.」 퐁텔리에 씨가 의사의 말을 가로채며 대답했다. 「아내는 누구랑도 어울리지 않아요. 집에서 매주 하던 화요 모임도 집어치웠고, 알고 지내던 지인들도 팽개친 채 전차를 타고 혼자 돌아다니다 밤늦게 돌아온답니다.

---

22 미국에서는 19세기 후반에 여성 클럽이 번창했다. 이 클럽들은 정치적 조직의 무대일 뿐 아니라, 여성 교육의 원천이었다. 의사의 말에 나타나 있듯, 이 클럽 운동이 몇몇 지역에서는 조롱을 받기도 했다.

진짜 아내가 이상해졌어요. 그게 싫기도 하지만, 솔직히 걱정됩니다.」

이것은 노의사에게 새로운 문제였다. 「유전적인 문제는 없나요?」 의사가 진지하게 물었다. 「집안 조상 중에 특이한 점은 없었나요?」

「아, 전혀 없어요! 아내는 유서 깊고 독실한 켄터키 장로교 집안 출신이랍니다. 제가 듣기로 장인어른은 일요일 예배 때마다 한 주간 지은 죄를 속죄하곤 하셨답니다. 장인어른은 내가 여태 보았던 가장 아름다운 켄터키 농장을 말 그대로 경마로 날려 버렸죠. 이런 일도 있었어요. 마거릿 아시죠? 마거릿은 철저한 장로교 신자예요. 그리고 막내 처제는 좀 여우같이 약았죠. 그건 그렇고, 막내 처제는 2주 후에 결혼한답니다.」

「부인을 결혼식에 보내세요.」 다행히 해결책을 찾은 듯 의사가 외쳤다. 「얼마 동안 친정 식구들과 지내게 해주세요. 그럼 도움이 될 겁니다.」

「제가 아내한테 바라는 게 바로 그거예요. 아내는 결혼식에 가지 않겠대요. 결혼이란 지상에서 가장 슬픈 광경 중 하나라나요. 아내가 남편한테 그따위 말이나 하다니요!」 지금도 그 일을 생각하면 다시 화가 난다는 듯 씩씩대며 퐁텔리에 씨가 소리쳤다.

「퐁텔리에 씨,」 잠시 생각한 뒤 의사가 말했다. 「당분간 아내를 내버려 두세요. 귀찮게 하지 말고, 아내 때문에 속썩이지도 마세요. 여자란 매우 독특하고 섬세한 존재랍니다. 가령 퐁텔리에 부인처럼 예민하고 섬세한 여성은 특히 별나죠. 그런 여성을 잘 다루려면 훌륭한 심리학자가 필요합니다. 당신이나 저처럼 평범한 사람이 그런 별난 여성을 다루려고 하면, 결과가 엉망이 될 겁니다. 여자들은 대부분 감정적이고 변덕이 심해요. 당신이나 제가 알 필요도 없는 원인이나 이유들로 곧 사라질 변덕이죠. 하지만 내버려 두면 별일 없이 지나갈 겁니다. 부인을 저한테 한 번 보내시죠.」

「아! 전 그렇게 못 해요. 적당히 둘러댈 핑계가 없거든요.」 퐁텔리에 씨가 자신 없어 하며 말했다.

「그럼 제가 부인을 찾아뵈어야겠네요.」 의사가 말했다. 「*En bon ami*(그냥 친구로서) 저녁 먹으러 한번 들를게요.」

「꼭 그렇게 해주세요.」 퐁텔리에 씨가 간곡히 부탁했다. 「언제 오실래요? 목요일 어떤가요. 목요일에 오실래요?」 퐁텔리에 씨가 떠나려고 일어서면서 물었다.

「목요일 좋습니다. 아내가 목요일에 선약을 잡았을지도 몰라요. 선약이 있으면 알려 드리죠. 그렇지 않으면 목요일에 뵙겠습니다.」

퐁텔리에 씨가 떠나기 전에 고개를 돌려 다음과 같이 말했다.

「조만간 사업차 뉴욕에 갑니다. 아주 큰 거래가 있는데, 현장에 가서 직접 처리하려고요. 말씀만 하시면 한몫 끼워 드릴게요, 의사 선생님.」 퐁텔리에 씨가 말하며 웃음을 지었다.

「고맙지만 사양하겠습니다.」 의사가 대답했다. 「그런 모험이라면 당신처럼 아직 삶에 대한 열정이 피 끓는 혈기왕성한 젊은이들한테 맡겨야죠.」

「제가 하려는 말은,」 퐁텔리에 씨가 문고리를 잡은 채 말을 이었다. 「제가 상당 기간 집을 비우게 될 것 같습니다. 에드나를 데려가는 게 좋을까요?」

「부인이 가고 싶어 한다면 좋지요. 그렇지 않다면 여기 있게 하세요. 부인 뜻을 거스르지 마세요. 장담하건대, 부인의 지금 감정은 곧 지나갈 겁니다. 한 달이나 두 달, 석 달까지 걸릴지 모르겠지만, 곧 지나갈 겁니다. 인내심을 가지고 기다리세요.」

「그럼, *à jeudi*(목요일까지) 안녕히 계세요.」 퐁텔리에 씨가 떠나면서 말했다.

의사는 퐁텔리에 씨와 이야기를 나누는 동안 〈혹시 부인에게 남자가 있는 건 아닐까?〉라고 묻고 싶었지만, 크리올 사람을 너무나 잘 알고 있기에 그런 실수를 하지는 않았다.

그는 읽던 책을 계속 읽는 대신 정원을 내다보면서 한동안 골똘히 생각에 잠겼다.

23

에드나의 아버지가 뉴올리언스에 와서 에드나의 가족과 며칠 동안 함께 지냈다. 에드나는 아버지에게 아주 따뜻하거나 깊은 애정을 느끼지는 않았지만, 몇 가지 비슷한 취향 덕분에 함께 있을 때면 곧잘 지냈다. 아버지의 방문은 반가운 변화여서, 덕분에 그녀의 감정이 새로운 방향으로 바뀌는 것 같았다.

아버지는 딸 재닛을 위한 결혼 선물도 사고, 결혼식 때 멋지게 보이기 위해 옷을 한 벌 사러 온 것이었다. 퐁텔리에 씨는 이미 처제에게 줄 선물을 골라 두었다. 그와 가까이 지내는 사람들은 모두 그런 문제에서 그의 취향을 믿고 맡겼기 때문이다. 종종 까다로운 의상 문제에 대한 그의 제안은 장인에게 큰 도움이 되었다. 그러나 지난 며칠 동안 노신사를 모시는 일은 에드나가 맡았고, 아버지와 함께 지내면서 에드나는 새로운 감정을 느끼게 되었다. 아버지는 남부 동맹군의 대령을 지냈으며, 대령에 어울리는 군인의 태도를 아직도 지니고 있었다. 부드러운 백발과 콧수염은 강인한 구릿빛 얼굴을 더욱 돋보이게 했다. 그는 키가 크고 호리호리한 몸매에 어깨 심이 넓은 코트를 입고 있었는데, 이 코트 때문에 어깨와 가슴이 실제보다 더 넓고 건장해 보였다. 에드나는 아버지와 함께 있으면 무척 눈에 띄어 둘이 산책을 나가면 많은 시선을 끌었다.

아버지가 도착하자마자, 에드나는 아버지에게 자신의 화실을 보여 주고 아버지의 모습을 그렸다. 아버지는 이 모든 일을 아주 진지하게 받아들였다. 딸의 재능이 지금보다 열 배 훌륭하다 해도, 그는 이 사실에 놀라지 않았을 것이다. 그는 딸들에게 미술의 대가가 될 만한 재능의 씨앗을 물려주었으니, 딸들의 성공 여부는 오로지 그들의 노력 여하에 달려 있다고 믿고 있었기 때문이다.

에드나가 연필 스케치를 하는 동안, 아버지는 지난 시절 코앞에 대포를 마주했을 때처럼 꼼짝도 하지 않고 꼿꼿이 앉아 있었다. 아이들은 어머니의 밝은 화실에 그렇게 꼿꼿이 앉아 있는 할아버지의 모습에 놀라 입을 벌렸지만, 그는 이런 손자들의 방해가 달갑지 않았다. 손자들이 가까이 다가오면, 자신의 표정과 팔, 또한 반듯한 어깨선이 흐트러지는 게 싫어 발로 바닥을 굴러 손자들을 멀찌감치 쫓아냈다.

에드나는 아버지를 즐겁게 해드리고 싶어서 라이즈 양에게 아버지를 만나러 오라고 초대했다. 아버지에게 라이즈 양의 피아노 연주를 들려주겠다고 약속했던 것이다. 그러나 라이즈 양은 이 초대를 거절했다. 그래서 두 사람은 라티뇰 씨 집에서 열리는 *soirée musicale*(음악회)에 함께 참석했다. 라티뇰 부부는 대령을 극진히 대접하며 귀빈으로 모셨고, 다음 일요일이나 대령이 정하기만 하면 언제든 같이 저녁 식사를 하자고 바로 약속했다. 라티뇰 부인은 눈짓과 몸짓, 그리고 입에 발린 찬사로 매우 매력적이며 순진한 태도로 애교를 부려, 대령은 어깨심 덕분에 30년은 더 젊어진 기분이었다. 에드나는 라티뇰 부인에게 감탄했지만, 이해할 수는 없었다. 자신에게는 그런 애교를 부릴 재간이 전혀 없었기 때문이다.

Soirée musicale(음악회)에서 에드나가 눈여겨본 남자가 한두 명 있긴 했다. 하지만 그 남자들의 관심을 끌려고 새끼 고양이처럼 아양을 떨거나, 그들에게 자신을 어필하기 위해 고양이나 여자의 간계를 쓸 마음은 전혀 없었다. 그들의 인격에 호감을 갖는 정도였다. 그녀는 속으로 그 남자들을 골랐고, 음악이 잠시 멈춘 사이 그 남자들이 다가와 이야기 나눌 기회가 생기자 좋아했을 따름이다. 거리에서 가끔 낯선 눈길을 받았던 기억이 나기도 했고, 때로는 마음이 흔들리기도 했다.

퐁텔리에 씨는 이 음악회에 가지 않았다. 그는 그런 soirée musicale(음악회)를 bourgeois(부르주아)적인 취미로 여겨, 클럽에 가기를 더 좋아했다. 그는 라티뇰 부인에게 그녀의 soirée(음악회)에서 연주되는 음악은 너무 〈고상〉해서 자기처럼 교양이 부족한 사람으로선 이해하기 어렵다고 말했다. 그의 변명에 라티뇰 부인의 기분이 우쭐해졌다. 그러나 라티뇰 부인은 퐁텔리에 씨의 클럽 출입이 마음에 들지 않았다. 솔직한 성격 탓에 에드나에게 이렇게 말했다.

「퐁텔리에 씨가 저녁마다 집에 잘 붙어 있지 않아서 유감이에요. 이런 말을 해도 될지 모르겠지만, 남편이 집에 더 많이 계시면, 부부가 더 다정해질걸요.」

「아! 아니에요!」 에드나가 멍한 표정으로 말했다. 「남편이 집에 있으면 난 뭘 해야 하나요? 함께 있어도 우린 별로 할 말이 없을 거예요.」

그 문제라면 아버지와도 할 말이 별로 없었다. 하지만 아버지는 그녀의 화를 돋우지는 않았다. 오래가지는 않겠지만, 아버지와 함께 있으면 즐겁다는 사실을 이번에 깨달았다. 그리고 생전 처음 아버지를 속속들이 알게 된 기분이었다. 에드나는 아버지의 시중을 들고 아버지가 원하는 대로 뭐든 해주느라 분주했다. 아버지를 돌보는 일이 즐겁기도 했다. 그녀는 하인이나 손주 대신 아버지의 시중을 직접 들었다. 남편은 이를 보고 자신이 한 번도 의심해 본 적 없는 부녀간의 깊은 애정 표현이라 여겼다.

대령은 하루에도 토디를 여러 차례 마셨지만, 자세가 흐트러지는 법이 없었다. 독주 제조라면 거의 전문가 수준이었다. 스스로 독주를 고안해 만들었고, 그 독주에 멋진 이름을 붙이기도 했다. 에드나에게 독주 제조에 필요한 다양한 재료를 사 오라고 하기도 했다.

목요일에 망들레 박사는 퐁텔리에 씨 가족과 식사를 하면서, 퐁텔리에 씨가 자신에게 말했던 퐁텔리에 부인의 병적인 증상을 도무지 찾아내지 못했다. 에드나는 기분이 좋아 보였고, 어떤 면에서 빛나 보이기까지 했다. 에드나는 아버지를

모시고 경마장에 다녀왔다. 저녁 식탁에 앉았을 때 부녀는
온통 그날 오후에 갔던 경마 생각뿐이었고, 경마 이야기만
했다. 박사는 경마장이라면 아는 바가 없었다. 그는 르콩트
경마장이 번창하던 소위 〈좋았던 그 옛날〉의 경마라면 추억
이 좀 있었다. 그래서 대화에서 소외되고 현대 감각이 전혀
없는 사람처럼 보이지 않으려고 이 추억을 끄집어냈다. 그러
나 박사는 대령을 감동시키지 못했다. 어설프게 한물간 옛날
얘기로는 대령에게 좋은 인상을 줄 수 없었다. 에드나는 아
버지의 마지막 모험에 판돈을 대주었는데, 둘 다 매우 만족
스러운 결과를 얻었다. 게다가 부녀는, 대령이 아주 매력적
인 인상을 받은 인물도 만났다. 알세 아로뱅과 함께 있던 모
티머 메리먼 부인과 제임스 하이캠프 부인이 부녀와 합석해,
대령이 매우 즐겁고 활기찬 시간을 보내게 해주었다.

풍텔리에 씨는 경마에 취미가 없었다. 특히 그 푸른 켄터
키 농장의 운명을 생각하면, 기분 전환용 소일거리로도 경마
를 오히려 말리고 싶은 심정이었다. 그는 완곡하게 경마에
대한 반대 의견을 내비쳤지만, 결국 장인어른의 분노와 반감
만 불러일으켰다. 이에 두 사람 간에 논쟁이 벌어지자, 에드
나는 아버지를 열렬히 지지했고 의사 선생은 중립을 지켰다.

박사는 자신의 짙은 눈썹 아래로 안주인을 유심히 관찰해
미묘한 변화를 눈치챘다. 그녀는 자신이 알던 생기 없던 여
성에서 지금 이 순간 활기 넘치는 존재로 바뀌어 있었다. 그
녀의 말투는 다정하고 활력이 넘쳤다. 시선이나 몸짓에는 억
눌린 흔적이 없었다. 그녀는 따스한 햇볕 아래 깨어난 아름

답고 날렵한 동물을 연상시켰다.

저녁 식사는 훌륭했다. 클라레[23]는 따뜻했고 샴페인은 시원했다. 좋은 음식의 영향으로 깨질 듯 험악하던 분위기도 와인 향기 속에 스르르 녹았다.

퐁텔리에 씨는 취기가 오르자 옛 추억의 회상에 잠겼다. 농장에서 신나게 놀던 일이며 어린 시절 이버빌에서 지낸 일들이 떠올랐다. 그 시절 친한 흑인 친구들과 어울려 주머니쥐를 잡고, 피칸 나무를 흔들고, 콩새를 쏘고, 빈둥거리는 장난꾸러기처럼 숲과 들판을 쏘다니며 놀던 일들을 이야기했다.

평소 유머 감각도 없고 분위기 파악도 못하던 대령은 어둡고 힘든 시절의 우울한 이야기를 늘어놓았다. 그 이야기 속에서 그는 항상 중심인물로 독보적인 역할을 도맡았다. 의사 선생이 골라서 한 이야기도 별로 행복한 이야기는 아니었다. 그는 사랑을 갈구하던 한 여성에 관해 새롭고도 흥미로운 이야기를 했다. 이 여성은 사랑이 시들해지자 새로운 미지의 길을 찾아 나섰지만, 매우 불안한 시절을 보낸 뒤 원래 자리로 돌아왔다는 것이다. 이 이야기는 의사 생활을 오래 하면서 알게 된 수많은 인생사 중 소소한 일화였다. 그러나 에드나에게 특별한 인상을 남기지 못한 것 같았다. 에드나도 아는 이야기를 하나 했다. 어느 날 밤 통나무배를 타고 연인과 함께 노를 저어 떠났지만 다시 돌아오지 못한 여자의 이야기였다. 두 연인은 바라타리아 군도에서 길을 잃었는데, 지금까지 아무도 두 사람의 소식을 듣거나 흔적을 찾지 못했

23 프랑스 보르도 지방의 적포도주.

다고 했다. 그러나 이것은 순전히 지어낸 이야기였다. 에드
나는 앙투안 부인이 들려준 이야기라고 했지만, 이 말 또한
사실이 아니라 꾸며 낸 것이었다. 아마도 이 이야기는 에드
나가 꾸고 싶은 꿈이었을 것이다. 그러나 한마디 한마디가
너무나 실감 나서 듣는 사람들에게는 실화처럼 들렸다. 그들
은 남부의 밤의 뜨거운 열기를 느낄 수 있었고, 달빛이 반짝
이는 물결을 헤치며 전진하던 통나무배가 멀리 사라지는 소
리와 바닷물이 고인 웅덩이의 갈대숲에서 놀라 날아오르는
새들의 날갯짓을 들을 수 있었다. 모든 일을 잊고 딱 붙어 앉
아 미지의 세계로 정처 없이 흘러가는 창백한 두 연인의 얼
굴이 보이는 것만 같았다.

삼페인은 시원했고, 그 은은한 향기는 그날 밤 에드나의
기억에 환상적인 재주를 부렸다.

환한 불빛과 부드러운 등불을 뒤로하고 밖으로 나오자,
이미 쌀쌀하고 어두운 밤이었다. 의사 선생은 깜깜한 어둠
속에 집으로 돌아가면서 구식 외투를 단단히 여몄다. 그는
누구보다 인간을 잘 알고 있었다. 세상 사람의 눈에 잘 보이
지 않는 인간 내면의 삶을 잘 알고 있었다. 그는 퐁텔리에 씨
의 초대에 응한 것을 후회했다. 나이가 들어 감에 따라 휴식
과 마음의 평안이 필요해졌다. 그는 타인의 비밀에 끼어들고
싶지 않았다.

「부디, 아로뱅만 아니라면.」 의사 선생은 걸어가면서 이렇
게 중얼거렸다. 「제발, 알세 아로뱅만은 아니길.」

24

에드나는 여동생의 결혼식에 참석하지 않겠다는 문제를
두고 아버지와 열띤 논쟁을 벌였다. 퐁텔리에 씨는 자신의
영향력이나 남편의 권위를 내세우며 간섭하지 않았다. 망들
레 박사의 조언에 따라 아내가 하고 싶은 대로 하게 내버려
뒀다. 대령은 부모를 사랑하거나 존중하지도 않고 언니로서
여동생을 아끼거나 여자답게 배려하지도 않는다고 딸을 비
난했다. 대령의 억지 주장은 설득력이 없었다. 그는 에드나
가 아무런 변명도 하지 않았다는 사실을 망각한 채, 재닛은
어떤 변명도 용납하지 않을 거라고 주장했다. 또한 재닛이
다시는 언니와 말도 하지 않을 것이며, 마거릿도 말을 섞지
않을 거라고 확신했다.

마침내 아버지가 결혼 예복과 신부에게 줄 선물, 어깨에
넣을 심, 읽을 성경, 자신이 제조한 토디를 챙겨 다시 요란하
게 욕을 하며 떠나자, 에드나는 아버지한테서 벗어나 내심
기뻤다.

퐁텔리에 씨도 곧 장인어른을 뒤따라갔다. 뉴욕으로 가는

길에 처제의 결혼식에 들러, 이해할 수 없는 에드나의 행동을 돈과 애정으로 할 수 있는 모든 수단을 동원해 속죄할 생각이었다.

「자네는 너무 물러, 너무 무르다니까, 레옹스.」 대령이 주장했다. 「권위와 강압이 필요한 법이라네. 꼼짝 못하게 단단히 눌러야지. 그게 아내를 다루는 유일한 방법이야. 내 말 명심하게.」

대령은 아마도 자신이 과거에 그런 식으로 아내를 죽음으로 몰아넣었다는 사실을 모르는 모양이었다. 퐁텔리에 씨는 막연히 그런 의심을 했지만, 이제 와서 그런 말을 해봐야 다 부질없다는 생각이 들었다.

남편이 떠날 때는 친정아버지가 떠날 때처럼 그리 고마운 마음이 아니었다. 비교적 긴 장기 출장을 떠날 날이 다가오자, 남편의 배려 깊은 여러 가지 행동과 수차례 보여 준 열렬한 애정을 생각하고 가슴이 뭉클하며 깊은 애정도 느꼈다. 남편이 건강하게 잘 지낼지 걱정되었다. 비슷한 상황에서 라티뇰 부인이 하듯, 에드나는 남편의 옷을 챙기고 두꺼운 속옷까지 빠짐없이 부산하게 준비했다. 떠날 때는 남편을 다정한 친구라 부르면서 눈물을 보이기까지 했다. 머잖아 외로워져서 자신이 뉴욕에 머무는 남편에게 가게 될 거라 믿었다.

그러나 마침내 홀로 있게 되자 눈부신 평화가 찾아왔다. 아이들도 떠나고 없었다. 시어머니가 직접 와서 혼혈 보모와 함께 손자들을 이버빌로 데려갔기 때문이다. 연로한 시어머니는 레옹스가 집에 없는 동안 며느리가 손자들을 제대로 돌보지 못할까 봐 걱정이라는 말은 차마 하지 못했다. 사실 그렇게 생각하지는 않았다. 그녀는 손자들이 보고 싶었다. 손자들에게 좀 지나치게 집착하는 편이었다. 자기 손자들은 모두 〈도시 아이들〉처럼 되지 않았으면 했다. 손자들을 데려가고 싶을 때면 늘 그렇게 말하곤 했다. 그녀는 손자들에게 개울과 들판, 숲, 젊은이들한테 무척 값진 자유로운 시골 생활을 알려 주고 싶어 했다. 손자들도 그들의 아버지가 그만한 어린 시절에 알고 누렸던 삶을 조금이나마 맛보게 해주고 싶었던 것이다.

마침내 혼자가 되자, 에드나는 진심으로 큰 안도의 한숨을 내쉬었다. 이전에는 몰랐지만 매우 달콤한 감정이 찾아왔다. 마치 처음 보는 것처럼 이 방에서 저 방으로 집 안을 구석구석 돌아다녔다. 전에는 한 번도 앉거나 흔들어 보지 않은 것처럼, 여러 의자와 거실에 앉아 보기도 했다. 그리고 집 밖을 거닐면서 창문과 셔터가 안전하게 제대로 잠겨 있는지 살피고 확인했다. 꽃들은 새로 알게 된 친구들 같았다. 친밀감을 느끼면서 꽃들에게 다가가 그 속에서 편안함을 느꼈다. 정원 산책로가 축축해서 에드나는 하녀를 시켜 고무 샌들을 가져오게 했다. 그리고 거기 머물면서, 몸을 구부려 화초 주변 땅을 파고 정리하며 시든 잎을 골라내기도 했다. 아이들의 강아지가 뛰쳐나와 에드나의 길을 방해하려 들었다. 에드나는 강아지를 나무라다 웃으며 같이 놀아 주었다. 정원에는 향기가 진동했고, 밝은 오후 햇살에 정원이 너무나 아름다워 보였다. 에드나는 눈에 띄는 화사한 꽃을 모두 꺾어 들고 강아지와 함께 집으로 들어갔다.

심지어 주방도 전에는 몰랐지만 갑자기 흥미로운 장소가 되었다. 에드나는 요리사에게 지시를 내리러 주방으로 들어갔다. 앞으로는 정육점에서 고기를 이전보다 훨씬 조금만 가져올 것이며, 빵과 우유, 식료품도 여느 때 먹던 양의 반으로 줄여야 한다고 말했다. 그리고 퐁텔리에 씨가 없는 동안 자신도 할 일이 많을 것이니, 신경 써서 식품 저장실을 책임 있게 도맡아 달라고 당부했다.

그날 저녁, 에드나는 혼자서 저녁을 먹었다. 식탁 중앙에 둔 나뭇가지 모양의 촛대에 꽂힌 초 몇 개만으로도 불빛은 충분했다. 에드나가 앉아 있는 주변을 밝히는 원 모양의 불빛 빼고는 커다란 식당이 어두컴컴하고 으슥했다. 에드나의 특별 지시로 요리사는 맛있는 저녁 식사를 마련했다. 적당히 구워 아주 부드러운 안심이었다. 와인 맛이 훌륭했고, 마롱 글라세[24]는 에드나가 원하던 바로 그 맛이었다. 편한 실내복 차림으로 식사하는 것도 무척 즐거웠다.

에드나는 레옹스와 아이들 생각에 조금 감상적인 기분이 들어 지금쯤 뭘 하고 있을까 궁금하기도 했다. 강아지에게 고기를 한두 점 주면서 에티엔과 라울 이야기를 다정하게 해주었다. 강아지는 여주인의 이러한 환대에 놀라고 기뻐 어쩔 줄 몰라 하며 재빨리 컹컹 몇 번 짖고 활기차게 감사한 마음을 전했다.

에드나는 저녁 식사를 한 후 서재에 앉아 졸릴 때까지 에

24 설탕에 졸여 윤기 나는 밤.

머슨의 책을 읽었다. 그동안 자신이 독서에 게을렀음을 깨닫고, 앞으로는 원하는 대로 시간을 자유로이 쓸 수 있으니 교양을 쌓는 일에 다시 힘써 보리라 다짐했다.

상쾌하게 샤워한 뒤 에드나는 잠자리에 들었다. 깃털 이불을 덮고 편히 눕자, 전에는 느끼지 못했던 편안함이 온몸을 감쌌다.

25

어둡고 우중충한 날이면, 에드나는 그림을 그릴 수 없었다. 자신의 기분을 부드럽게 달래 주고 누그러뜨릴 태양이 필요했다. 그녀는 그림을 그리면서 이제 더 이상 헤매지 않고 자신의 길을 찾아 자신 있고 편한 마음으로 작업하는 단계에 이른 것 같았다. 야망이나 뭔가 이뤄 보겠다는 욕심도 없이 그저 그림 그리는 작업 자체가 좋았다.

비가 오거나 울적한 날이면, 그랜드 아일에서 사귄 친구들을 만나 어울렸다. 그러지 않을 때는 집 안에 있으면서 마음의 안정과 평화를 위해 이제 너무도 익숙해져 버린 감정을 달랬다. 그것은 절망적인 감정은 아니었다. 하지만 어떤 약속도 지키지 못한 채 삶이 덧없이 흘러가는 것만 같은 기분이었다. 어떤 날은 자신의 청춘이 속삭이는 새로운 약속에 이끌리고 속아 귀를 기울이기도 했다.

에드나는 다시 경마장에 갔으며, 그러고 나서 또 한 번 방문했다. 어느 화창한 오후, 알세 아로뱅이 하이캠프 부인과 함께 사륜마차를 타고 에드나 집으로 찾아왔다. 하이캠프 부인은 세속적이지만 가식이 없고 날씬하며 지적인 40대 금발 여성이었다. 그녀는 무심한 듯한 태도에 파란 눈으로 사람을 빤히 응시하는 버릇이 있었다. 딸이 하나 있었는데, 이를 핑계로 사교계의 젊은 남자들과 어울려 다녔다. 알세 아로뱅은 이렇게 어울리는 남자 중의 하나였다. 알세 아로뱅은 경마장과 오페라, 극장, 사교 클럽에 자주 드나들었다. 그는 늘 눈웃음을 짓곤 했다. 눈을 들여다보며 유쾌한 목소리를 들으면 누구나 덩달아 유쾌해지는 그런 인물이었다. 태도가 조용한 편이었지만 가끔은 조금 무례하기도 했다. 너무 심오한 사색이나 감정으로 부담을 주지 않는, 유쾌한 얼굴에 출중한 외모의 청년이었다. 그는 사교계 남자답게 보수적인 옷차림을 하고 다녔다.

아로뱅은 경마장에서 아버지와 함께 온 에드나를 만난 뒤, 그녀를 몹시 흠모하게 되었다. 전에도 다른 자리에서 에드나를 만난 적이 있었지만, 그날 인사를 나누기 전까지는 다가가기 힘든 인물이었다. 하이캠프 부인이 에드나에게 자키 클럽[25]에 함께 가서 경마를 보자고 권한 것은 바로 아로뱅이 바람을 잡았기 때문이었다.

에드나만큼 경주마를 잘 아는 경마 선수는 몇 명 있겠지만, 일반인 중에서 에드나보다 경주마를 더 잘 아는 사람이 없다는 것은 분명한 사실이었다. 에드나는 두 사람 사이에 경마의 권위자처럼 앉아 있었다. 그녀는 아로뱅의 허세를 비

25 뉴루이지애나 자키 클럽. 수백 명의 뉴올리언스 최고의 저명인사와 부자들에게만 회원권을 준 사교 클럽이다.

웃고, 하이캠프 부인의 무지에 안타까워했다. 어린 시절 에드나에게 경주마는 친구이자 가까운 벗이었다. 마구간의 분위기와 울타리에 둘러싸인 푸른 들판의 공기가 그녀의 기억 속에서 되살아나 코끝을 맴도는 듯했다. 매끈한 거세마들이 앞을 지나갈 때, 에드나는 자기도 모르게 아버지와 같은 말투로 말하고 있었다. 그녀는 경마에 거금을 걸었고, 그날 행운의 여신은 그녀 편이었다. 경마의 열기로 그녀의 뺨과 눈이 붉게 빛나고, 술에 취한 듯 뜨거운 열기가 그녀의 피와 뇌로 퍼졌다. 사람들은 고개를 돌려 그녀를 쳐다보았다. 몇 명은 내기에서 이길 수 있는 〈단서〉를 얻으려고 모호한 그녀의 말에 귀를 쫑긋 세웠다. 아로뱅도 그 열기에 휩싸여 마치 자석에 끌리듯 그녀에게 빨려들어 갔다. 하이캠프 부인은 눈썹을 치켜뜬 채 무심히 응시하며 여느 때처럼 미동도 없었다.

에드나는 두 사람의 강권에 못 이겨 하이캠프 부인의 집에서 저녁 식사를 했다. 아로뱅도 그 집에 남아 자신의 사륜마차를 집으로 보내 버렸다.

저녁 식사는 분위기를 띄우려는 아로뱅의 유쾌한 노력을 빼면 조용하고 별로 재미가 없었다. 하이캠프 부인은 딸이 경마에 오지 못한 것을 아쉬워하며, 딸이 경마장 대신 〈단테 독서〉 모임에 가느라 놓친 소식을 딸에게 열심히 전해 주었다. 그 소녀는 제라늄 잎을 코에 대고 아무 말도 하지 않았지만, 다 알고 있다는 듯 어정쩡한 표정이었다. 하이캠프 씨는 대머리에 평범한 남자였고, 누가 말을 시켜야만 입을 열었다. 그는 별로 반응을 보이지 않는 편이었다. 반면 하이캠프 부인은 남편에게 온갖 예의를 지키며 세심하게 배려했다. 그녀는 식탁에서 남편에게 주로 이야기를 건넸다. 그들은 저녁 식사 후에 서재의 조명 아래 앉아 함께 저녁 신문을 읽었다. 젊은 사람들은 근처 응접실로 자리를 옮겨 이야기를 나누었다. 하이캠프 양은 피아노 앞에 앉아 그리그[26]의 곡을 몇 개 연주했다. 그녀는 작곡가의 냉담함은 모두 이해했지만, 서정성은 전혀 이해하지 못한 것 같았다. 에드나는 음악을 들으면서, 자신이 음악을 듣고 싶은 마음을 다 잊어버린 게 아닐까 의아하지 않을 수 없었다.

에드나가 귀가할 시간이 되자, 하이캠프 씨는 슬리퍼 신은 자신의 발을 내려다보면서 건성으로 에드나를 바래다주겠다고 말했다. 에드나를 집까지 데려다준 사람은 바로 아로뱅이었다. 마차를 타고 가는 거리가 꽤 길었다. 그들이 에스플러네이드가에 도착했을 때는 꽤 늦은 시각이었다. 아로뱅은 성냥이 다 떨어졌으니 담배에 불 좀 붙이게 잠깐 집 안에 들어가도 되느냐고 물었다. 그는 성냥갑에 성냥을 다 채웠지만, 담배를 피우지는 않았다. 에드나가 조만간 그와 경마장에 가겠다는 말을 듣고서야 그는 에드나의 집을 떠났다.

에드나는 피곤하거나 졸리지 않았다. 다시 배가 고팠다. 왜냐하면 하이캠프 부인의 저녁 식사는 질적으로는 훌륭했지만 양이 많지 않았기 때문이다. 에드나는 식품 보관실을 뒤져 그뤼에르 치즈 한 조각과 크래커 몇 조각을 꺼냈다. 그

---

26 Edvard Grieg(1843~1907). 노르웨이 작곡가이자 지휘자. 「페르귄트 모음곡」으로 유명하다.

러고는 아이스박스에서 발견한 맥주병을 땄다. 에드나는 매우 들뜨고 흥분된 상태였다. 난로 속 불을 뒤적이고 크래커를 먹으면서 자기도 모르게 환상곡의 선율을 흥얼거렸다.

에드나는 뭔가 일이 벌어지기를 바랐다. 무슨 일이라도 상관없었다. 무슨 일이 벌어지길 바라는지 자신도 정확히 몰랐다. 같이 경마 이야기를 하게 30분만 더 있다 가라고 아로뱅을 붙잡지 않은 게 후회되었다. 그녀는 경마에서 딴 돈을 세어 보았다. 그러고 나자 할 일이 없어 잠자리에 들었지만, 마음의 동요가 그치지 않아 몇 시간이나 뒤척였다.

한밤중에야 에드나는 남편에게 정기적으로 쓰던 편지를 깜빡 잊은 일이 생각났다. 오늘 오후에 자키 클럽에서 있었던 일을 내일 편지에 써야겠다고 마음먹었다. 그러나 말똥말똥한 정신으로 누워 생각한 편지 내용은 그녀가 내일 써야겠다는 편지와 전혀 다른 내용이었다. 아침에 하녀가 깨웠을 때, 에드나는 꿈을 꾸고 있었다. 꿈속에서 하이캠프 씨는 커널가의 악기점 입구에서 피아노를 연주하고 있었고, 한편 하이캠프 부인은 에스플러네이드가로 가는 마차 안에서 알세 아로뱅에게 이렇게 말했다.

「저렇게 훌륭한 재능을 아무도 몰라주다니 정말 안타까운 일이죠! 하지만 난 가야 해요.」

며칠 후 알세 아로뱅이 마차를 타고 다시 에드나를 방문했을 때, 하이캠프 부인은 동행하지 않았다. 아로뱅은 하이캠프 부인도 데리러 갈 거라고 말했으나, 부인은 아로뱅이 데리러 온다는 연락을 받은 적이 없었기에 집에 없었다. 부인의 딸은 〈전통민속학회〉 지부 회의에 참석차 막 나서는 참이어서, 그들과 동행할 수 없음을 아쉬워했다. 아로뱅은 난감한 표정으로 같이 갈 만한 사람이 있느냐고 에드나에게 물었다.

에드나는 스스로 멀리하던 사교계 인사들과 다시 어울린다는 게 내키지 않았다. 라티뇰 부인이 떠올랐지만, 그 아름다운 친구는 해가 진 뒤 남편과 동네 주변을 산책하는 것 말고는 집을 떠나는 법이 없었다. 라이즈 양은 경마장에 가자고 제안한다면 비웃을 게 뻔했다. 르브룅 부인이라면 외출은 좋아하겠지만, 웬일인지 르브룅 부인은 내키지 않았다. 그래서 두 사람, 에드나와 아로뱅 단둘이 경마장에 가게 되었다.

그날 오후, 에드나는 아주 신났다. 오르내리는 열처럼 다시 흥분했다. 에드나는 친근하고 허물없이 말해 어렵잖게 아로뱅과 가까워졌다. 그의 태도에는 사람을 쉽게 믿도록 만드는 힘이 있었다. 그는 예쁘고 매력적인 여성이 있으면 친해지는 데 필요한 사전 작업을 늘 무시하곤 했다.

아로뱅은 에드나의 집에 남아 함께 저녁 식사를 했다. 식사 후에도 남아 난로 옆에 앉아 있었다. 두 사람은 함께 웃고 떠들었다. 그리고 떠날 시간이 다가오자, 아로뱅은 몇 년 전에 에드나를 알았더라면 자기 삶이 얼마나 달라졌을지 모르겠다고 말했다. 과거에 자신이 얼마나 사악하고 못된 소년이었는지 솔직하게 털어놓았다. 그러고는 열아홉 살 때 파리 외곽에서 결투하다 사브르 칼에 벤 손목의 흉터를 보여 주려고 느닷없이 소매를 걷어 올렸다. 에드나는 아로뱅의 하얀 손목 안쪽에 난 붉은 흉터를 살피느라 그의 손을 잡았다. 다소 돌발적인 충동 때문에 에드나는 손가락으로 아로뱅의 손을 꽉 잡았다. 아로뱅은 손바닥의 살을 파고드는 에드나의 날카로운 손톱을 느꼈다.

에드나는 황급히 자리에서 벌떡 일어나 벽난로 쪽으로 걸어갔다.

「상처나 흉터를 보면 늘 울렁거리고 토할 것 같아요.」에드나가 말했다. 「보지 말걸 그랬나 봐요.」

「죄송해요.」아로뱅이 에드나 뒤로 다가가서 말했다. 「불쾌할 거라고는 생각하지 못했어요.」

아로뱅은 에드나 곁에 바싹 다가와 서 있었다. 점차 사라져 가고 있는 에드나의 옛 자아는 그의 뻔뻔한 눈빛에 거부감을 느꼈지만, 지금 에드나 안에 깨어나고 있는 모든 감각들은 그의 눈빛에 빨려 들어갔다. 에드나의 표정에서 이를 감지한 아로뱅은 작별 인사를 하지 않고 미적대면서 그녀의 손을 잡고 놓아주지 않았다.

「다시 경마장에 가실 거죠?」아로뱅이 물었다.

「아니요.」에드나가 대답했다. 「경마라면 이제 할 만큼 했어요. 딴 돈을 몽땅 잃고 싶지도 않고요. 날씨가 좋아지면 그림 작업을 해야 해요. 이제는…….」

「그렇군요, 작업하셔야죠, 물론. 그림을 보여 주겠다고 약속하셨죠. 언제 오전에 화실로 가도 될까요? 내일은 어때요?」

「안 돼요.」

「그럼 모레는요?」

「아니, 안 돼요.」

「아, 오지 말라고 하지 마세요! 그림이라면 좀 알아요. 어쩌면 제가 드리는 한두 가지 제안이 도움이 될지도 모르잖아요.」

「아니요. 안녕히 가세요. 작별 인사를 하고 나서 왜 안 가시는 거죠? 저는 당신을 좋아하지 않아요.」에드나는 매우 흥분한 어조로 말하며 손을 빼려 애썼다. 에드나는 자기 말에 위엄과 진정성이 없다고 느꼈다. 또한 아로뱅도 이를 눈치채고 있다는 것을 알았다.

「제가 싫다니 유감이군요. 불쾌하게 해서 미안합니다. 제가 어떻게 부인을 화나게 했나요? 무슨 잘못을 했지요? 저를 용서해 주실 수는 없나요?」그러고는 절대로 입술을 떼지 않겠다는 듯 몸을 숙여 에드나의 손등에 입을 맞추었다.

「아로뱅 씨,」에드나가 항의했다. 「오늘 오후에 흥분해서 그런지 지금은 평소의 저답지 않네요. 제 태도 때문에 뭔가 오해하신 모양입니다. 부디 지금 가주셨으면 합니다.」에드나가 감정 없이 단조로운 말투로 말했다.

아로뱅은 테이블에 놓인 모자를 집어 들고 선 채 에드나로부터 시선을 돌려 꺼져 가는 벽난로 불을 바라보았다. 그러고는 잠시 침묵을 지켰다.

「부인의 태도 때문에 오해한 건 아닙니다, 퐁텔리에 부인.」마침내 아로뱅이 입을 열었다. 「제 감정을 주체하지 못해서 그런 거죠. 저도 어쩔 수 없었어요. 이렇게 부인 곁에 있으면서, 어떻게 그러지 않을 수 있겠어요? 없던 일로 하고 신경쓰지 마세요. 아시다시피 가시라면 가잖아요. 오지 말라시면,

오지 않을게요. 다시 오라시면, 아! 오게 해주실 거죠?」

아로뱅은 간절한 눈빛으로 에드나를 보았으나, 그녀는 아무런 대답이 없었다. 태도가 너무나 간절해서 가끔 알세 아로뱅 자신마저 속아 넘어갈 지경이었다.

에드나는 아로뱅의 태도가 진심인지 아닌지 신경 쓰거나 생각하지 않았다. 혼자 남은 그녀는 아로뱅이 열렬히 키스를 퍼부었던 손등을 무심히 내려다보았다. 그런 다음 벽난로 선반에 머리를 기댔다. 마치 순간적인 열정에 빠져 부정을 저지르다, 황홀경에서 온전히 헤어나지 못한 채 자신이 얼마나 큰 잘못을 저질렀는지 깨달은 여인이 된 것 같았다. 〈그 사람은 어떻게 생각할까?〉라는 생각이 막연히 마음에 스쳤다.

에드나는 남편이 아니라, 로베르 르브룅을 생각한 것이었다. 이제 남편은 에드나에게 사랑 없이 결혼한 사람처럼 느껴졌다.

에드나는 촛불을 켜 들고 방으로 올라갔다. 분명히 알세 아로뱅은 그녀에게 아무런 의미도 없는 존재였다. 그러나 그의 존재와 태도, 따뜻한 시선, 그리고 무엇보다 그녀의 손등에 남긴 입술의 촉감은 마치 마약처럼 커다란 영향을 미쳤다.

피곤한 에드나는 잠이 들었고, 이따금 허망한 꿈을 꾸었다.

26

알세 아로뱅은 에드나에게 진심이 묻어나는 사과 편지를
정성껏 써서 보냈다. 에드나는 편지를 받고 당황했다. 좀 더
냉정하고 차분해지자, 아로뱅의 행동을 진지하고 극적으로
받아들인 자신이 어리석어 보였기 때문이다. 그날 일을 진지
하게 받아들인 것은 자신의 자의식 탓이라 확신했다. 그의
사과 편지를 무시한다면, 이는 사소한 일에 지나치게 중대한
의미를 부여하는 것처럼 보일 것이다. 너무 진지한 답장을
보낸다면, 자신이 한순간 그의 영향에 쉽게 굴복했다는 인상
을 줄지도 모른다. 결국 자신의 손등에 키스한 그의 행동은
그리 중요한 문제가 아니지 않은가. 에드나는 아로뱅이 사과
편지를 보낸 것이 짜증스러웠다. 그래서 자기가 옳다고 생각
하는 대로 가벼운 장난조로 답장을 보내, 방문하고 싶거나
시간 여유가 있으면 언제든 작업실에 와도 좋다고 했다.

아로뱅은 즉각적인 반응을 보였다. 사람의 마음을 무장 해
제시키는 순진한 모습으로, 에드나의 집에 나타난 것이다. 그
리고 그날 이후 단 하루도 에드나가 아로뱅을 만나지 않거나

생각하지 않고 지나간 날이 없었다. 그는 만날 온갖 구실을 무궁무진하게 만들어 냈다. 그러고는 에드나의 뜻에 기꺼이 따르며 말없이 흠모하는 태도를 보였다. 때로 냉정했다가 금방 다정해지는 에드나의 기분을 늘 맞춰 줄 준비가 되어 있었다. 에드나도 그런 아로뱅에게 점차 익숙해졌다. 두 사람은 조금씩 친하고 다정해지다 점차 급속도로 가까워졌다. 그는 처음에는 깜짝 놀랄 만한 이야기로 가끔씩 에드나의 얼굴을 붉히게 만들었다. 그러나 에드나의 내면에 불안하게 꿈틀대는 동물적 본능을 자극해 마침내 그녀로 하여금 즐기게 했다.

에드나의 혼란스러운 감정을 가라앉히는 데는 라이즈 양을 방문하는 일이 최고였다. 라이즈 양의 성격에 짜증 나는 구석이 없지는 않았지만, 이 여성은 신성한 예술로 에드나의 영혼을 건드려 자유로이 해방시켜 주는 것 같았다.

짙은 안개가 무겁게 내려앉은 어느 날 오후, 에드나는 지붕 바로 밑에 있는 피아니스트의 집으로 계단을 올라갔다. 옷이 습기로 젖어 있었다. 방에 들어가면서 한기 때문에 에드나의 몸이 움츠러들었다. 라이즈 양은 연기가 좀 나지만 방을 그다지 따뜻하게 덥히지 못하는 녹슨 난로를 부지깽이로 쿡쿡 쑤시고 있었다. 그녀는 그 난로에 코코아 냄비를 데우려 했다. 에드나가 들어섰을 때, 방 안은 칙칙하고 우중충해 보였다. 벽난로 위 먼지에 뒤덮인 베토벤의 흉상이 에드나를 노려보았다.

「아! 여기 햇빛이 나타났네요!」 난로 앞에 쪼그리고 있던 라이즈 양이 무릎을 펴면서 외쳤다. 「이제 집 안이 아주 환하고 따뜻해지겠는데요. 불은 그냥 놔둬도 되겠어요.」

라이즈 양이 난로 뚜껑을 쾅 닫고 다가와서 에드나의 눅눅해진 외투를 벗겨 주었다.

「몸이 차군요. 슬퍼 보여요. 코코아가 곧 따뜻해질 거예요. 차라리 브랜디를 마시겠어요? 지난번에 감기 나으라고 가져다준 그 브랜디에 손도 안 댔거든요.」라이즈 양은 목에 두른 빨간 플란넬 목도리 때문에 목이 뻣뻣해서 말을 하려면 고개를 옆으로 기울여야 했다.

「브랜디를 조금 마실게요.」장갑과 덧신을 벗으며 에드나는 덜덜 떨었다. 에드나는 남자처럼 술잔을 들어 벌컥벌컥 마셨다. 그런 다음 불편한 소파에 몸을 던지며 말했다. 「라이즈 양, 에스플러네이드가에 있는 집에서 딴 데로 이사하려고요.」

「아!」피아니스트는 놀라거나 특별한 관심을 보이지 않으며 이렇게 외쳤다. 라이즈 양에게는 놀랄 일이 아무것도 없는 것 같았다. 라이즈 양은 머리에 꽂았다 느슨해진 제비꽃 다발을 다시 단단하게 고정하려 했다. 에드나는 라이즈 양을 소파에 끌어당겨 앉히고는, 자기 머리카락에서 핀을 하나 빼서 그 초라한 조화를 원래 있던 자리에 고정해 주었다.

「놀라지 않으세요?」

「조금요. 어디로 가는데요? 뉴욕으로? 이버빌로? 미시시피에 있는 아버지한테로? 어디로요?」

「그저 두 발짝 떨어진 곳이에요.」에드나가 웃으며 대답했다. 「길모퉁이 돌아 방 네 개짜리 작은 집으로요. 지나갈 때마다 아늑해서 들어가 쉬고 싶었던 편안해 보이는 집인데,

마침 임대로 나왔더라고요. 대저택 간수하는 것도 지긋지긋해요. 어쨌든 내 집 같았던 적이 한 번도 없거든요. 상당한 골칫거리예요. 하인도 너무 많이 거느려야 하고요. 하인 부리는 것도 지쳤어요.」

「그게 진짜 이유는 아니죠, *ma belle*(아름다운 부인). 나한테 거짓말해 봐야 소용없어요. 부인의 이유가 뭔지는 모르지만, 사실대로 실토하지 않는군요.」

에드나는 반박하거나 변명하려 들지 않았다. 「그 집이나 그 집에 들어가는 돈은 내 돈이 아니잖아요. 그것만으로도 충분한 이유가 되지 않나요?」

「다 남편 돈이죠.」라이즈 양이 어깨를 으쓱하고 못마땅한 듯 눈썹을 치켜뜨며 대답했다.

「아! 정말 당신을 속일 수가 없군요. 이제 다 말씀드릴게요. 순전히 변덕 때문이에요. 아버지가 제게 보내 주는, 돌아가신 엄마 유산이 조금 있어요. 이번 겨울에 경마에서 돈을 많이 딴 데다 제가 그린 그림도 팔리기 시작했어요. 레드포르 씨가 제 그림을 점점 마음에 들어 해요. 제 그림에서 점점 힘과 개성이 보인대요. 스스로 판단할 순 없지만, 이제 편하고 자신 있게 그림을 그리게 된 것 같아요. 어쨌든 말씀드린 대로 레드포르 씨를 통해 그림을 많이 팔았어요. 작은 집에선 돈이 거의 안 들고 하인 한 명만 데리고도 살 수 있어요. 가끔 저를 위해 일해 주던 셀레스틴 노파도 함께 지내면서 집안일을 해주겠대요. 자유와 독립이라도 얻은 것처럼, 정말 만족스러운 생활이 될 거예요.」

「남편은 뭐라던가요?」

「남편한테는 아직 말하지 않았어요. 오늘 아침에 생각한 거거든요. 분명 제가 미쳤다고 생각하겠죠. 어쩌면 당신도 그럴 거고요.」

라이즈 양은 천천히 고개를 저었다. 「나는 아직도 당신이 말하는 이유가 수긍되지 않아요.」 라이즈 양이 말했다.

에드나 자신도 그 이유가 수긍되지 않았다. 그러나 잠시 말없이 앉아 있자, 그 이유가 머릿속에 저절로 떠올랐다. 남편한테서 벗어나려면 그의 풍족한 그늘에서 벗어나야겠다는 생각이 본능적으로 들었다. 남편이 돌아오면 일이 어떻게 될지 알 수 없었다. 설명하고 이해시켜야 할 것이다. 어쨌든 잘될 거라 생각했다. 하지만 어떤 일이 벌어지든 다시는 자신이 아닌 타인의 속박을 받지 않겠다고 결심했다.

「옛집을 떠나기 전에 멋진 만찬을 베풀까 해요!」 에드나가 외쳤다. 「라이즈 양도 꼭 와야 해요. 먹고 마시는 거라면 뭐든 다 준비할게요. 한 번쯤은 함께 노래하며 웃고 즐겨야죠.」 그러고 나서 에드나는 자신의 존재 깊이 저 밑바닥에서 올라오는 한숨을 내쉬었다.

지난번에 에드나가 방문한 이후 로베르의 편지를 받았다면, 말하지 않아도 라이즈 양이 먼저 보여 줄 것이다. 에드나가 편지를 읽는 동안, 라이즈 양은 피아노 앞에 앉아 기분 내키는 대로 연주를 해줄 것이다.

작은 난로에서 요란한 소리가 났다. 난로가 빨갛게 달아올라 주석 주전자 안에 든 코코아가 부글부글 끓었다. 에드나는 앞으로 나아가 난로 뚜껑을 열었다. 그러자 라이즈 양이 일어나 베토벤의 흉상 밑에서 편지 한 통을 꺼내 에드나에게 건네주었다.

「또 다른 편지가 이렇게나 빨리!」 기쁨에 가득 찬 눈으로 에드나가 외쳤다. 「말해 줘요, 라이즈 양. 로베르는 제가 자기 편지를 읽는다는 걸 알까요?」

「전혀 모를 거예요! 안다면 화내면서 절대로 나한테 편지를 보내지 않을 겁니다. 로베르가 부인한테도 편지를 쓰던가요? 한 줄도 안 썼죠. 부인한테 연락하던가요? 한마디도 안 했죠. 그건 당신을 사랑하기 때문이에요. 불쌍한 바보 같으니라고. 그는 당신을 잊으려 애쓰고 있어요. 부인은 그의 말에 귀를 기울일 수도, 그의 사람이 될 자유도 없으니까요.」

「그럼 왜 그 사람 편지를 저한테 보여 주는 거죠?」

「부인이 보여 달라고 간청하지 않았던가요? 내가 부인을 거부할 수 있나요? 아! 부인은 나를 속일 수 없어요.」 라이즈 양은 자신이 아끼는 피아노로 가서 연주하기 시작했다. 에드나는 바로 편지를 읽지 않았다. 그냥 손에 들고 앉아 있었다. 한편 음악이 영혼의 어두운 구석을 따뜻하고 환하게 밝혀 주는 빛처럼 에드나의 온몸에 파고들었다. 음악은 에드나에게 기쁨과 환희를 감당할 마음을 준비시켰다.

「아!」 에드나가 편지를 바닥에 떨어뜨리면서 외쳤다. 「왜 저한테 말해 주지 않았나요?」 에드나는 다가가서 건반 위 라이즈 양의 손을 꼭 잡았다. 「아! 잔인하고 짓궂어요! 왜 저한테 말해 주지 않았어요?」

「그가 돌아온다는 소식요? 대단한 소식도 아니잖아요, *ma foi*(세상에). 진작 돌아오지 않은 게 이상하죠.」

「그런데 언제요, 언제 온대요?」 에드나가 조급하게 외쳤다. 「언제 온다는 말은 없잖아요.」

「〈조만간〉이라고 했잖아요. 나도 부인이 아는 만큼밖에 몰라요. 편지에 적힌 게 다예요.」

「하지만 왜요? 왜 오는 거죠? 아, 혹시 제가…….」 에드나는 바닥에서 편지를 집어 들고 이리저리 들춰 보며 이유를 찾았지만, 아무런 언급도 없었다.

「내가 젊고, 어떤 남자를 사랑한다면,」 라이즈 양이 말했다. 라이즈 양은 피아노 의자에서 몸을 돌려 무릎 사이에 깡마른 두 손을 낀 채 편지를 들고 바닥에 앉아 있는 에드나를 내려다보았다. 「그 남자는 *grand esprit*(고귀한 정신)를 지닌 사람이어야 할 것 같아요. 원대한 목표와 그 목표에 도달할 능력이 있는 사람 말이에요. 동료들의 존경을 받을 만큼 높은 지위에 있는 사람이어야 할 거예요. 내가 젊어 사랑에 빠진다면, 평범한 사람에게는 헌신할 가치가 없을 것 같아요.」

「이젠 거짓말을 하고 저를 속이려 드는군요, 라이즈 양. 아니면 사랑에 빠져 본 적이 없어서 아무것도 모르거나요.」 에드나가 무릎을 세우고 라이즈 양의 일그러진 얼굴을 들여다보면서 말을 이었다. 「여자가 사랑하는 이유를 알면서 사랑에 빠진다고 생각하세요? 사랑할 사람을 고르던가요? 마음속으로 〈저 사람한테 가! 저 사람은 대통령이 될 만한 유능한 정치인이니 저 사람이랑 사랑에 빠져야 해〉라고 생각하는 줄 아세요? 아니면 〈명성이 자자한 이 음악가한테 내 마음을 줄 거야〉라거나 〈세계 금융 시장을 주무르는 이 금융가가 좋겠어〉라거나?」

「일부러 제 말을 왜곡하는군요, *ma reine*(여왕 마마). 로베르를 사랑하세요?」

「물론이죠.」에드나가 말했다. 처음으로 이 사실을 인정하자, 에드나의 얼굴이 화끈거리며 군데군데 붉어졌다.

「왜죠?」그녀의 친구가 물었다.「사랑하면 안 되는 사람인데, 왜 그를 사랑하죠?」에드나가 무릎으로 기어 라이즈 양 앞으로 다가왔다. 라이즈 양은 에드나의 붉게 상기된 얼굴을 두 손으로 감쌌다.

「왜냐고요? 그 사람 머리카락은 갈색이고, 관자놀이 옆으로 자랐으니까요. 그 사람이 눈을 떴다 감았다 깜빡이고, 코는 약간 삐뚤어져 있으니까요. 입술이 두 개고 사각 턱이며, 어릴 때 야구를 너무 열심히 해서 새끼손가락을 똑바로 펴지도 못하니까요. 왜냐하면⋯⋯.」

「짧게 말해, 로베르를 사랑하기 때문이라는 거죠.」라이즈 양이 웃었다.「그 사람이 돌아오면 어떻게 할 셈인가요?」라이즈 양이 물었다.

「어떻게 할 거냐고요? 아무것도요. 살아 있다는 게 기쁘고 행복하겠죠.」

에드나는 로베르가 돌아온다는 생각만으로도 살아 있다는 게 이미 기쁘고 행복했다. 몇 시간 전만 해도 기분을 우울하게 만들었던 우중충한 하늘이 거리를 따라 집으로 돌아가는 길에는 그녀를 상쾌하고 기운 나게 만들어 주었다.

에드나는 사탕 가게에 들러 이버빌에 있는 아이들에게 보낼 큰 봉봉 캔디 한 박스를 주문했다. 그러고는 카드에 다정한 말도 적고 여러 번 키스를 한 다음 상자 안에 넣어 보냈다.

그날 저녁 식사하기 전에, 에드나는 남편에게 다정한 편지를 썼다. 그 편지에서 조만간 길모퉁이 작은 집으로 이사할 생각이고, 떠나기 전에 작별 만찬을 베풀 것이며, 당신이 집에 있었더라면 메뉴를 같이 정하고 손님 접대도 도와줬을 텐데 그러지 못해 유감이라고 했다. 에드나의 편지는 밝고 유쾌하며 생기가 넘쳤다.

27

「무슨 일이세요?」 아로뱅이 그날 저녁에 물었다. 「이렇게 행복해하는 건 처음 봤어요.」 그때 에드나는 피곤해서 벽난로 앞 긴 소파에 등을 기대고 있었다.

「곧 해가 날 거란 일기예보 못 들었어요?」

「글쎄, 그게 이유가 될 수도 있겠네요.」 아로뱅이 수긍했다. 「밤새 여기 앉아 있어도 제게 다른 이유는 말해 주지 않을 것 같군요.」 그는 낮은 의자에 걸터앉아 에드나의 이마에 흘러내린 머리카락을 살며시 어루만지며 말했다. 에드나는 머리카락을 스치는 아로뱅의 손가락 감촉이 좋아서 눈을 지그시 감았다.

「요즘,」 에드나가 말했다. 「한동안 마음을 추스르며 생각을 좀 해보려고요. 내가 어떤 성격의 여자인지 알아보려고 해요. 솔직히 내가 어떤 여자인지 나도 잘 모르겠어서요. 내가 아는 모든 사회적 규범에 비춰 보면, 난 아주 사악하다고 할 만한 여자예요. 하지만 어떤 면에서는 잘 모르겠어요. 내가 그런 여자라고 스스로 납득할 수가 없어요. 그래서 이 문제를 생각해 보려고요.」

「그러지 마세요. 그게 무슨 소용 있어요? 부인이 어떤 여성인지 말씀해 드릴 수 있는데, 왜 쓸데없이 그런 생각을 하세요.」 아로뱅은 에드나의 따뜻하고 부드러운 뺨과 단단한 턱까지 이따금 손가락으로 어루만졌다. 에드나의 턱은 살이 조금 올라 이중 턱이 되어 가고 있었다.

「아, 알아요. 당신은 내가 사랑스럽다고 말하겠죠. 모두 다 매력적이라고 하겠죠. 그런 수고 할 필요 없어요.」

「아니에요, 그런 말은 하지 않을 겁니다. 물론 거짓말은 아니겠지만요.」

「혹시 라이즈 양을 아세요?」 에드나가 뜬금없이 물었다.

「그 피아니스트요? 안면은 있죠. 그분의 피아노 연주를 들은 적이 있거든요.」

「라이즈 양은 가끔 농담처럼 아리송한 말을 해요. 처음에는 그냥 지나쳤다가 나중에 곱씹어 보게 만들죠.」

「예를 들면요?」

「글쎄, 가령 오늘 헤어질 때, 내 날개가 얼마나 튼튼한지 보겠다고 팔로 나를 안고는 어깻죽지를 만져 보더니 이렇게 말하는 거예요. 〈전통과 편견이라는 평원 위로 날아오르려는 새는 강한 날개를 가져야 해요. 약한 새들이 상처 입고 지쳐 날개를 퍼덕이며 다시 지상으로 낙하하는 모습은 서글픈 광경이에요.〉」

「부인은 어디로 날아오르려고요?」

「굳이 날아오를 생각은 하지 않았어요. 라이즈 양의 말은 반밖에 이해하지 못하겠어요.」

「그분 정신이 좀 이상하다고 하던데요.」

「제가 보기엔 놀라울 만큼 정상이던데요.」 에드나가 대답했다.

「아주 무뚝뚝하고 불쾌한 분이라고 들었어요. 당신 얘기를 하고 싶은데 왜 자꾸 그 여자분 이야기를 꺼내는 거죠?」

「아! 원한다면 내 이야기를 해봐요.」 에드나가 머리 뒤로 손깍지를 끼며 외쳤다. 「하지만 당신이 내 얘기를 하는 동안 난 딴 생각하게 내버려 둬요.」

「오늘 밤은 부인이 하는 생각에 질투가 나는군요. 부인의 생각 덕분에 평소보다 좀 다정해 보이긴 하네요. 하지만 어떤 면에서는 마치 저와 함께 있지 않고 부인의 생각이 여기저기 헤매고 있는 것 같아요.」 에드나는 그저 아로뱅을 바라보며 미소를 지었다. 그의 눈이 아주 가까이 다가왔다. 아로뱅은 소파로 몸을 기울여 한 손으로 에드나의 머리카락을 어루만지며 다른 팔을 에드나 쪽으로 뻗었다. 두 사람은 말없이 상대방의 눈을 들여다보았다. 아로뱅이 몸을 앞으로 기울여 키스하자, 에드나는 아로뱅의 머리를 안아 그의 입술을 자기 입술에 포겠다.

그것은 평생 처음 그녀가 진짜 본능적으로 반응한 키스였다. 키스는 불타는 횃불처럼 욕망에 불을 붙였다.

28

아로뱅이 떠난 밤, 에드나는 조금 울었다. 이는 에드나를
엄습한 많은 감정 중 일부분에 불과했다. 자신이 조금 무책임
하게 행동했다는 생각이 강하게 들었다. 예상치 못하고 익숙
하지 못한 상황이 남긴 충격도 있었다. 그녀가 물질적으로 편
히 살도록 남편이 마련해 준 모든 살림이 남편 대신 자신을
노려보며 비난하는 것 같았다. 이제 마음속에 샘솟는 로베르
에 대한 사랑에 더욱 빨리, 더 격렬하고 더 압도적으로 사로
잡히면서 로베르에게 비난받을 것 같은 기분이 들었다. 무엇
보다 이제야 비로소 알 것 같았다. 뭔가 이해한 듯한 기분도
들었다. 눈앞을 가리던 뿌연 안개가 걷혀, 삶이란 것이, 그 괴
물처럼 아름다우면서도 잔인한 것이, 그럼에도 불구하고 얼
마나 소중한 것인지 조금은 알 수 있을 것 같았다. 혼란스러
운 감정이 밀려왔지만, 수치심이나 후회 따위는 없었다. 그저
고통스러운 실망감이 아련히 남아 있었다. 그녀의 욕망에 불
을 지핀 것은 이 사랑의 키스가 아니었고, 그녀의 입술에 생
명의 잔을 가져다준 것도 이 사랑은 아니었기 때문이다.

29

이사에 대해 이러쿵저러쿵하는 의견이나 바람을 피력하는 남편의 답장을 기다릴 사이도 없이, 에드나는 지금 사는 에스플러네이드가의 집을 떠나 근처의 작은 집으로 서둘러 이사하려고 했다. 안절부절못하면서도 모든 행동이 온통 이사 준비로 수렴되어 있었다. 생각한 것을 바로 행동에 옮기느라 심사숙고하거나 쉴 틈이 없었다. 아로뱅과 저녁을 보낸 다음 날 아침, 에드나는 일찌감치 새로운 거처로 짐을 옮겨 새 보금자리를 마련하려고 준비를 서둘렀다. 집 안에 머무는 동안, 마치 당장 이곳을 떠나라고 재촉하는 수천 개의 숨죽인 목소리가 들려오는 금지된 사원 입구에 발을 잘못 들였다가 떠나지 못하고 있는 사람이 된 것 같은 기분이었다.

에드나는 이 집에서 자기 소유라 생각되는 것, 즉 남편이 아니라 자기 돈으로 마련한 집안 살림은 몽땅 새집으로 옮겨달라고 했다. 이 밖에 살림에 꼭 필요한 간단하고 자질구레한 생필품은 자기 돈으로 마련했다.

오후에 아로뱅이 집에 들렀을 때, 에드나는 소매를 걷어 올린 채 하녀와 함께 일하고 있었다. 멋지고 씩씩한 모습이었다. 먼지를 피해 빨간 실크 수건을 머리에 아무렇게나 질끈 동여맨 낡은 파란 작업복 차림이었지만, 유난히 아름다웠다. 아로뱅이 들어섰을 때, 그녀는 벽에 붙인 그림을 떼어 내려고 높은 사다리에 올라가 있었다. 현관문이 열려 있어 아로뱅은 별다른 인사 없이 안으로 쑥 들어섰던 것이다.

「내려와요!」 아로뱅이 말했다. 「죽을 작정이에요?」 에드나는 겉으로 무심하게 그를 맞이하면서 하던 일에 몰두해 있는 척했다.

만약 아로뱅이 자기를 비난하듯 감상적인 눈물을 흘리고 있는 에드나의 처량한 얼굴을 보게 될 거라 예상했다면, 에드나의 현재 모습은 그를 꽤 놀라게 했을 것이다.

아로뱅은 지금 자신이 대면한 이런 상황에 쉽고 자연스럽게 대처하듯, 자신의 예상대로 어떤 긴급 상황이 일어나도 대처할 수 있도록 만반의 준비를 갖춘 상태였다.

「제발 내려와요.」 아로뱅이 사다리를 잡고 에드나를 올려다보며 사정했다.

「안 돼요.」 에드나가 대답했다. 「엘런은 겁이 많아서 사다리에 못 올라가요. 조는 〈비둘기 집〉에서 일하고 있고요. 엘런은 새집을 그렇게 부르고 있죠. 너무 작아서 비둘기 집처럼 보인다나요. 그러니 누군가는 이 일을 해야만 한다고요.」

아로뱅이 코트를 벗으면서 자기가 하겠다고 나섰다. 엘런이 아로뱅에게 작업모를 하나 가져다주었다. 작업모를 눌러 쓴 아로뱅의 우스꽝스러운 모습이 거울에 비치자, 터져 나오는 웃음을 참느라 하녀의 얼굴이 일그러졌다. 아로뱅의 부탁에 모자 끈을 묶어 주던 에드나도 웃음을 참을 수 없었다. 사다리에 올라간 아로뱅은 그림과 커튼을 몽땅 떼어 내고, 에드나의 지시대로 벽에 걸린 장식도 다 떼어 냈다. 일을 다 마친 아로뱅은 모자를 벗더니 손을 씻으러 밖으로 나갔다.

아로뱅이 다시 돌아왔을 때 에드나는 작은 탁자에 앉아 깃털 총채로 한가로이 카펫 먼지를 털고 있었다.

「더 시킬 일 없나요?」 아로뱅이 물었다.

「없어요.」 에드나가 대답했다. 「나머진 엘런이 알아서 할 거예요.」 아로뱅과 단둘이 있는 게 어색해서, 에드나는 젊은 하녀에게 이것저것 일을 시켜 그 하녀가 거실에 남아 있도록 했다.

「저녁 만찬은 어떻게 할 셈이에요?」 아로뱅이 물었다. 「그 거사, *coup d'état*(쿠데타) 말이에요.」

「모레 하려고요. 왜 〈쿠데타〉라고 부르죠? 아! 정말 멋진 만찬이 될 거예요. 최고로 멋진 것만 동원하려고요. 크리스털과 금은 식기, 세브르 도자기, 꽃과 음악, 흠뻑 취하게 만들 넉넉한 샴페인 등. 비용은 레옹스한테 청구할 거예요. 청구서를 보고 남편이 뭐라고 할지 궁금하군요.」

「그러면서 왜 〈쿠데타〉라고 부른 이유를 묻는 거죠?」 코트 차림의 아로뱅이 에드나 앞에 서서 넥타이가 제대로 매였느냐고 물었다. 에드나는 넥타이 끝만 보면서 괜찮다고 대답해 주었다.

「엘런 말대로 나도 그렇게 부르자면, 〈비둘기 집〉에는 언제 갈 거예요?」

「모레, 저녁 만찬이 끝나면요. 거기서 잘 생각이에요.」

「엘런, 물 한 잔 가져다줄래요?」 아로뱅이 부탁했다. 「이런 말 해도 될지 모르겠지만, 커튼에 묻었던 먼지 때문에 목이 타네요.」

「엘런이 물을 가져오면,」 에드나가 일어서며 말했다. 「작별 인사하고 보내 드릴게요. 이 먼지도 털어야 하고, 생각하고 해야 할 일이 산더미 같아요.」

「우린 언제 다시 만나죠?」 하녀가 방을 나가자, 에드나를 붙잡고 싶은 마음에 아로뱅이 물었다.

「물론 저녁 만찬 때죠. 당신도 초대했어요.」

「그 전에는 안 될까요? 오늘 밤이나 내일 아침, 아니면 내일 오후나 밤에는요? 아니면 모레 아침이나 오후는 어때요? 굳이 말 안 해도 그게 얼마나 긴 시간인지 모르세요?」

아로뱅은 홀까지 에드나를 쫓아가 계단 밑에 서서, 얼굴의 반만 자기 쪽으로 돌린 채 계단을 올라가는 에드나의 모습을 지켜보았다.

「그 전엔 안 되겠는데요.」 에드나가 말했다. 하지만 자신을 내려다보며 미소 짓는 그녀의 두 눈동자 덕분에, 아로뱅은 기다릴 용기를 얻는 동시에 더 기다려야 하는 고통도 느껴야 했다.

30

에드나는 저녁 식사를 거창한 연회라 불렀지만, 실은 신중하게 고른 손님 몇 명만 참석하는 조촐한 파티였다. 둥근 마호가니 식탁에 열두 명가량 둘러앉는 모임이 될 것으로 예상되었다. 하지만 라티뇰 부인의 *souffrante*(몸이 안 좋아) 참석하지 못할 거라는 말을 깜빡 잊었고, 참석하지 못해 유감이라는 르브룅 부인의 막판 전언은 전혀 예상하지 못한 통첩이었다. 결국 참석 인원이 열 명으로 줄어들어, 그럭저럭 아늑하고 편안한 자리가 되었다.

초대된 손님 중에 메리먼 부부가 있었다. 메리먼 부인은 아담한 체구에 활발하고 예쁜 30대 여성이었다. 그녀의 남편은 유쾌하긴 하지만 조금 천박한 구석이 있었다. 그러나 다른 사람들의 재치 있는 농담에 잘 웃어 인기가 많았다. 하이캠프 부인은 메리먼 부부와 함께 왔다. 물론 알세 아로뱅도 왔다. 라이즈 양도 초대에 응했다. 에드나는 라이즈 양에게 머리에 꽂을 제비꽃 생화 한 다발에 검은색 레이스를 장식해서 보냈다. 혼자 참석한 라티뇰 씨는 아내가 참석하지 못한 이유를 늘어놓았다. 마침 뉴올리언스에 와 있던 빅토르 르브룅도 기분 전환 겸 기꺼이 초대에 응했다. 이제 10대 소녀에서 막 벗어난 메이블런트 양도 왔다. 그녀는 오페라글라스를 통해 주변 사람들을 유심히 관찰했다. 그녀는 사람들 사이에서 매우 지적인 여성이라 여겨졌는데, 실제로도 그렇다고들 했다. *Nom de guerre*(가명으로) 글을 쓴다는 소문도 있었다. 그녀와 동행한 구버네일이라는 신사는 일간 신문사와 관련된 인물이었다. 그 신사는 관찰력이 뛰어나고 말이 별로 없고 무난해 보인다는 점 외에 이렇다 할 만한 특징이 없었다. 그리고 에드나 자신이 만찬에 참석한 열 번째 손님이었다. 8시 30분이 되자, 손님들이 식탁에 모여 앉았다. 아로뱅과 라티뇰 씨가 여주인 양옆에 자리를 잡았다.

하이캠프 부인은 아로뱅과 빅토르 르브룅 사이에 앉았다. 그 옆으로 메리먼 부인과 구버네일 씨, 메이블런트 양, 메리먼 씨가 차례로 앉았고, 라이즈 양은 라티뇰 씨 옆에 자리를 잡았다.

줄무늬 레이스 밑에 깔린 연노란색 새틴 식탁보 덕분에 그야말로 화려한 분위기가 연출되었다. 커다란 놋쇠 촛대에 꽂힌 양초들이 노란 실크 가리개 아래에서 부드럽게 타올랐다. 화병에 한가득 담긴 노란 장미와 붉은 장미의 향기가 실내에 진동했다. 에드나의 말대로, 금식기와 은식기며 크리스털 유리잔이 여자들이 손에 낀 영롱한 보석처럼 반짝였다.

오늘 행사를 위해 평소 쓰던 딱딱한 의자 대신 집 안 곳곳에서 제일 푹신하고 화려한 의자들을 옮겨 왔다. 몸집이 아담한 라이즈 양은 유아용 의자처럼 쿠션이 여러 개 놓인 높다란 의자에 앉았다.

「새로 구입한 거예요, 에드나?」 메이블런트 양이 에드나의 이마 바로 위 머리에서 화려하게 빛나는 다이아몬드 장식에 오페라글라스를 들이대며 물었다.

「네, 새거예요, 아주 신상품이죠. 남편이 보내 준 선물이랍니다. 오늘 아침 뉴욕에서 도착했어요. 실은 오늘이 제 생일이거든요. 스물아홉 살 생일이죠. 조금 있다 제 건강을 위해 축배를 들어 주세요. 우선 칵테일로 시작할까요? 저희 아버지께서 제 여동생 재닛의 결혼을 기념해서 직접 조제하신, 이런 경우 〈조제〉했다고 해도 되겠죠, 메이블런트 양? 여튼 저희 아버지께서 조제하신 칵테일이랍니다.」

손님들 앞에 석류석처럼 붉은 작은 칵테일 잔이 놓여 있었다.

「그럼 이 모든 걸 고려하면,」 아로뱅이 말했다. 「대령님이 낳은 가장 매력적인 여인의 생일에, 직접 조제하신 칵테일로 우선 대령님의 건강을 위해 건배하는 것도 나쁘지 않겠네요.」

이 재치 있는 농담에 메리먼 씨가 껄껄 웃음을 터뜨렸다. 진심에서 우러나온 이 웃음이 주위에 퍼지면서 만찬 내내 유쾌한 분위기가 이어졌다.

메이블런트 양은 앞에 놓인 칵테일을 마시는 대신 그냥 감상하게 해달라고 간곡히 부탁했다. 그 영롱한 색상이란! 이 칵테일 빛깔은 여태 본 그 어떤 색과도 비교할 수 없고, 석류석을 연상케 하는 이 붉은색은 표현하기 힘들 정도로 진기하다며 거듭 감탄했다. 그녀는 대령님을 예술가라고 부르더니, 저녁 내내 그렇게 불렀다.

라티뇰 씨는 *mets*(메인 요리)와 *entre-mets*(디저트), 하녀의 시중과 장식, 만찬 손님 등 모든 것을 진지하게 받아들일 준비가 되어 있었다. 라티뇰 씨는 전갱이 요리를 먹다가 고개를 들어, 〈레이트너와 아로뱅 변호사 사무실〉을 차린 레이트너와 어떤 관계냐고 아로뱅에게 물었다. 그 젊은이는 레이트너가 자신의 절친한 친구라고 말했다. 그 친구가 회사용 편지지 머리에 아로뱅의 이름을 넣어 장식하는 것과, 퍼디도 가에 걸려 있는 사무실 간판에도 그의 이름을 넣도록 허락해주었다고 설명했다.

「꼬치꼬치 캐묻는 사람이나 단체가 워낙 많아서 요즘엔 직업이 없어도 있는 척하는 게 편하거든요.」아로뱅이 말했다.

라티뇰 씨는 아로뱅을 잠시 쳐다보다가, 라이즈 양에게 고개를 돌려 작년 겨울에 마련된 기준에 맞춰 볼 때 교향악단 수준이 만족스러우냐고 물었다. 라이즈 양은 프랑스어로 대답했다. 에드나는 라이즈 양의 프랑스어 대답이 이 상황에서는 좀 무례하게 들렸지만, 라이즈 양다운 대답이라고 생각했다. 라이즈 양은 그 교향악단이라면 마음에 들지 않는 것 투성이이며, 뉴올리언스 음악가라면 개인이든 단체든 모욕적인 말밖에 해줄 말이 없다고 했다. 사실 라이즈 양은 앞에 놓인 산해진미에 온통 관심이 쏠려 있는 것 같았다.

꼬치꼬치 캐묻는 사람들에 대한 아로뱅의 이야기에, 메리먼 씨는 기억을 더듬어 예전에 세인트 찰스 호텔에서 만난 웨이코 출신의 남자 이야기를 했다. 하지만 메리먼 씨의 이야기는 늘 뭔가 빠진 듯 재미가 없었기 때문에, 그의 아내는 남편이 이야기를 다 마치게 놔두지 않았다. 이번에도 제네바 친구에게 보내려고 몇 주 전에 구입한 책의 저자가 누군지 기억하느냐는 질문으로 남편의 이야기를 중간에서 끊어 버렸다. 메리먼 부인은 구버네일 씨와 〈책〉 이야기를 나누면서 최근 문학계의 화두에 대한 그의 의견을 알아내려고 했다. 메리먼 씨는 웨이코 출신 남자 이야기를 메이블런트 양에게 마저 할 수 있었다. 메이블런트 양은 무척 재미있고 재치 있는 이야기인 양 들어 주었다.

하이캠프 부인은 나른하게 앉아 있었지만, 왼쪽에 앉은 빅토르 르브륑의 거침없고 활기찬 입담에 은근히 관심을 보였다. 자리를 잡고 난 뒤 부인의 관심은 한시도 빅토르에게서 떠난 적이 없었다. 빅토르가 하이캠프 부인보다 예쁘고 명랑한 메리먼 부인에게 고개를 돌리면, 하이캠프 부인은 짐짓 태연한 척하면서도 그가 자신에게 다시 관심을 보이기를 기다렸다. 이따금 만돌린 연주가 들렸지만, 연주는 대화를 방해한다기보다 기분 좋은 반주처럼 흥을 돋우어 주었다. 바깥 분수대에서 흘러넘치는 물소리가 부드럽고 단조롭게 들려왔고, 그 소리가 열린 창문을 통해 풍겨 오는 진한 재스민 향기와 더불어 방 안으로 들어왔다.

에드나가 입은 새틴 드레스의 황금빛이 양옆으로 늘어진 풍성한 주름을 따라 반짝였다. 어깨를 감싼 레이스가 부드럽게 흘러내렸다. 드레스의 색깔은 에드나의 피부와 같은 색이었는데, 혈색은 없지만 이따금 건강한 몸에서 때로 보이는 무수한 생명체가 내는 빛이 어우러진 색이었다. 높은 등받이 의자에 기대어 팔걸이에 팔을 올리자, 에드나의 모습과 태도에서 어떤 기품이 풍겼다. 마치 아래를 굽어보며 홀로 선 여왕의 분위기 같았다.

하지만 손님들 사이에 앉아 있으려니 예전부터 늘 느끼던 권태감이 몰려들었다. 그토록 자주 그녀를 괴롭혔던 무력감이 자유의지와 무관한 강박관념처럼 엄습해 자신의 존재를 큰 소리로 알리고 있었다. 마치 귀에 거슬리는 불협화음이 울려 퍼지는 거대한 동굴에서 나오는 서늘한 기운 같았다. 이윽고 사랑하는 사람이 떠올라 그리움이 물밀듯이 몰려왔다. 그러나 그 그리움을 충족시킬 길이 없다는 사실에 에드나는 안타깝고 절망스러운 심정이었다.

시간이 지나면서 신비한 끈에 연결된 듯, 손님들은 즐거운 연대감을 느끼며 함께 웃고 즐거워했다. 그런데 라티뇰 씨가 이 즐거운 분위기를 맨 먼저 깨뜨렸다. 10시가 되자 그는 양해를 구하며 일어섰다. 부인이 집에서 기다린다는 것이었다. 부인이 별 이유도 없이 출산을 두려워하는 데다 *bien souffrante*(몸이 많이 불편하니) 남편이 곁에 있어 줘야 마음이 안정된다는 것이었다.

라이즈 양도 라티뇰 씨를 따라 일어났다. 라티뇰 씨는 라이즈 양을 마차로 집까지 바래다주겠다고 나섰다. 라이즈 양은 잔뜩 포식했다. 맛있고 진한 와인도 실컷 마셨다. 그래서 와인 때문에 취기가 올랐는지, 식탁을 떠나면서 기분 좋게 다른 손님들에게 고개 숙여 인사를 했다. 라이즈 양은 에드나의 어깨에 입을 맞추면서 이렇게 속삭였다. 「*Bonne nuit, ma reine, soyez sage*(안녕히 계세요, 여왕 마마, 지혜롭게 처신하세요).」 라이즈 양은 자리에서 일어나 쿠션에서 내려오느라 몸의 균형을 조금 잃었지만, 친절하게도 라티뇰 씨가 그녀의 팔을 잡아 주었다.

하이캠프 부인은 노란 장미와 붉은 장미로 화관을 만들었다. 부인은 빅토르의 까만 곱슬머리에 자신이 만든 화관을 살짝 씌워 주었다. 화려한 의자에 깊이 기댄 빅토르는 손에 든 샴페인 잔을 불빛에 비춰 보는 중이었다.

마술사의 지팡이로 탁 건드린 것처럼, 장미 화관 덕분에 빅토르가 아름다운 동양의 화신이 되었다. 으깬 포도색처럼 붉은 뺨에 몽롱한 눈동자가 희미한 불빛처럼 가물가물했다.

「*Sapristi*(세상에)!」 아로뱅이 감탄해 마지않았다.

하지만 하이캠프 부인은 자신이 만든 그림에 다시 최후의 손질을 했다. 부인은 이른 저녁 어깨에 둘렀던 하얀 실크 스카프를 의자 뒤에서 집어 들었다. 우아하게 접은 그 스카프를 빅토르의 몸에 둘러 고전적인 검은색 만찬복을 가렸다. 빅토르는 부인이 자신에게 뭘 해도 개의치 않는 듯, 흰 이를 조금 드러내며 미소만 지었다. 그러면서 눈을 가늘게 뜨고 샴페인 잔에 영롱하게 반사되는 불빛을 줄곧 응시했다.

「아! 말보다 물감으로 그림을 그릴 수 있다면!」 메이블런트 양이 이렇게 외쳤다. 그러고는 마치 꿈인 양 넋을 잃고 빅토르를 바라보았다.

황금 땅 위에 붉은 피로 그린
　　욕망의 강렬한 이미지가 새겨져 있네.

구버네일이 나직이 읊조렸다.

평소 말 많고 수다스럽던 빅토르가 와인을 마시고 나자 말없이 조용해졌던 것이다. 마치 몽상에 빠진 듯 호박 구슬 사이에서 뭔가 즐거운 환상을 보고 있는 것 같았다.

「노래 좀 불러 봐요.」 하이캠프 부인이 간청했다. 「우리에게 노래 좀 불러 줄래요?」

「그냥 놔둬요.」 아로뱅이 끼어들었다.

「한창 폼 잡고 있잖아요.」 메리먼 씨가 거들었다. 「폼 잡게 내버려 둬요.」

「완전히 취한 것 같아요.」 메리먼 부인이 웃었다. 그러더니 그 젊은이가 앉은 의자로 몸을 숙여 빅토르의 손에서 와인 잔을 빼앗아 그의 입술에 가져다 댔다. 빅토르는 와인을 천천히 마셨다. 빅토르가 잔을 다 비우자, 부인은 그의 잔을 식탁에 내려놓고 앙증맞은 고운 손수건으로 그의 입술을 닦아 주었다.

「좋아요, 부인을 위해 한 곡조 부르죠.」

빅토르가 의자에서 하이캠프 부인 쪽으로 몸을 돌리며 말했다. 그는 머리 뒤에 양손을 깍지 끼고 천장을 올려다보며 마치 음악가가 악기를 조율하듯 목소리를 다듬으려고 나지막이 콧노래를 불렀다. 그런 다음 에드나를 바라보면서 노래하기 시작했다.

Ah! si tu savais(아! 그대가 알고 있다면)!

「그만!」 에드나가 외쳤다. 「그 노래 하지 말아요. 그 노래
는 듣고 싶지 않아요.」 에드나가 유리잔을 식탁에 탕 하고 내
려놓는 바람에 와인 잔이 병에 부딪혀 깨졌다. 아로뱅의 두
다리 위로 와인이 쏟아졌고, 하이캠프 부인의 검은 드레스에
도 조금 튀었다. 빅토르는 예의를 다 잊어버렸는지, 아니면
여주인의 말을 진담으로 여기지 않는지 그냥 웃으면서 계속
노래를 불렀다.

Ah! si tu savais(아! 그대가 알고 있다면)
Ce que tes yeux me disent(그대가 내게 두 눈으로 말하는
것은) ─

「아! 그만해요! 제발 그만하라니까요.」 에드나가 이렇게
소리치면서 의자를 박차고 일어났다. 그러더니 빅토르의 등
뒤로 가서 그의 입을 손으로 틀어막았다. 빅토르는 자기 입
술을 틀어막은 에드나의 부드러운 손바닥에 키스를 했다.
「네, 알았어요, 부르지 않을게요, 퐁텔리에 부인. 진담인
줄 미처 몰랐어요.」 빅토르는 애교를 부리며 에드나를 쳐다
보았다. 그의 촉촉한 입술이 에드나의 손에 기분 좋게 짜릿
한 여운을 남겼다. 에드나는 빅토르의 머리에서 장미 화관을
집어 멀리 던져 버렸다.
「빅토르, 그만하면 충분히 폼 잡았어요. 하이캠프 부인에

게 스카프를 돌려줘요.」

하이캠프 부인은 빅토르의 머리에서 직접 스카프를 벗겼다. 메이블런트 양과 구버네일 씨는 문득 떠날 시간이 되었음을 깨달았다. 메리먼 부부도 벌써 시간이 이렇게 되었냐면서 깜짝 놀랐다.

하이캠프 부인은 떠나기 전, 자기 딸을 보러 오라면서 빅토르를 초대했다. 빅토르를 만나 프랑스어로 대화하고 프랑스 노래를 함께 부른다면 딸이 무척 좋아할 거라고 했다. 빅토르는 기회가 되면 조속한 시일 내 하이캠프 양을 꼭 만나러 가겠다고 했다. 빅토르는 아로뱅에게 지금 떠날 거냐고 물었고, 아로뱅은 아니라고 대답했다.

만돌린 연주자들은 이미 떠났다. 넓고 아름다운 거리에 깊은 적막만이 흘렀다. 에드나의 집을 나서 뿔뿔이 헤어지는 손님들의 목소리가 고요한 밤과 어울리지 않는 불협화음처럼 울려 퍼졌다.

31

「그럼?」다른 손님들이 다 떠난 뒤, 에드나와 함께 남은 아로뱅이 물었다.

「그럼.」에드나가 아로뱅의 말을 그대로 따라 하며 일어섰다. 그러고는 너무 오래 앉아 있어 굳은 근육을 풀려고 두 팔을 쭉 뻗었다.

「이제 뭘 하려고요?」아로뱅이 물었다.

「하인들도 모두 돌아갔어요. 음악 연주자들이 떠날 때 같이 갔죠. 가도 된다고 했거든요. 이제 이 집 문을 걸어 잠그고, 천천히 비둘기 집으로 걸어가야죠. 나머진 내일 아침에 셀레스틴에게 정리하라고 하면 돼요.」

아로뱅은 주변을 살피며 램프를 몇 개 끄기 시작했다.

「2층은요?」아로뱅이 물었다.

「괜찮은 것 같아요. 어쩌면 문이 한두 개 열려 있을지도 모르니 다시 점검하는 게 좋겠네요. 양초 들고 좀 살펴봐요. 그리고 내려오면서 중간 방 침대 밑에 둔 망토와 모자 좀 가져다주세요.」

아로뱅은 촛불을 들고 위로 올라가고, 에드나는 문과 창문을 닫기 시작했다. 담배 연기와 와인 냄새가 아직 진동하는데 문을 닫는 게 꺼림칙하긴 했다. 아로뱅이 에드나의 망토와 모자를 가지고 내려와 그녀의 몸에 걸쳐 주었다.

문단속을 마치고 램프 불을 다 끈 뒤, 두 사람은 현관으로 나왔다. 아로뱅이 에드나 대신 갖고 있던 열쇠로 현관문을 잠그고 그 열쇠를 챙겼다. 에드나가 계단을 내려가는 동안 그는 옆에서 부축해 주었다.

「재스민 가지 좀 가져갈래요?」 재스민 나무 옆을 지날 때 꽃이 만발한 가지 몇 개를 꺾으면서 아로뱅이 물었다.

「아니요, 아무것도 필요 없어요.」

에드나는 아무 말 없이 우울해 보였다. 한 팔로 아로뱅이 내민 팔을 끼고, 다른 손으로는 새틴 드레스 옷자락을 들어 올렸다. 고개를 숙이니 그녀의 노란 가운 옆에 바짝 붙어 걸어가는 아로뱅의 검은 다리 실루엣이 보였다. 멀리 어디선가 기차의 기적 소리와 함께 자정을 알리는 종소리가 들렸다. 가까운 〈비둘기 집〉까지 걸어가는 동안, 거리에는 두 사람뿐이었다.

굳게 잠긴 대문과 다소 방치된 작은 *parterre*(화단) 뒤로 〈비둘기 집〉이 보였다. 정면의 작은 베란다 위로 긴 창문과 현관문이 열려 있고, 그 현관문이 응접실로 이어져 있었다. 이 현관문 외에 옆쪽으로는 출입구가 없었다. 뒷마당에 달랑 하나뿐인 하인들 방에 늙은 셀레스틴이 기거하고 있었다.

에드나는 외출하기 전 탁자 위의 램프를 켜두었다. 이

집은 에드나가 솜씨를 발휘한 덕분에 제법 지낼 만한 안락한 분위기였다. 테이블 위에 책이 몇 권 놓여 있었고, 안락의자도 가까이 있었다. 바닥에 새로 깐 양탄자 위에는 러그가 한두 장 얹혀 있었다. 벽에는 세련된 그림 몇 장이 걸려 있었다. 그런데 응접실에 꽃이 그득했다. 에드나는 깜짝 놀랐다. 에드나가 없는 동안 아로뱅이 꽃을 보내 셀레스틴에게 여기저기 장식하도록 했던 것이다. 에드나의 침실은 응접실 바로 옆방이었고, 복도만 지나면 식당과 주방이 나왔다.

에드나는 매우 불편한 기색으로 자리에 앉았다.

「피곤하세요?」 아로뱅이 물었다.

「네, 춥고 비참한 기분이에요. 팽팽하게 높이 감겼다가 안에서 줄이 탁 끊어진 것 같은 느낌이에요.」 에드나가 맨손으로 머리를 감싸더니 탁자에 기댔다.

「쉬고 싶고,」 아로뱅이 말했다. 「조용히 있고 싶겠죠. 이만 가볼게요. 제가 가야 푹 쉬죠.」

「그래요.」 에드나가 대답했다.

아로뱅은 에드나 옆에 서서 자석처럼 강하게 당기는 부드러운 손길로 에드나의 머리카락을 어루만졌다. 그의 손길에 뭔지 모르게 몸이 편안해졌다. 그가 에드나의 머리카락을 계속 쓰다듬었다면, 에드나는 그대로 잠이 들었을지도 모른다. 아로뱅은 목덜미에서부터 위로 에드나의 머리카락을 쓰다듬었다.

「아침이 되면 기분이 한층 나아질 거예요.」 아로뱅이 속삭였다. 「지난 며칠 동안 너무 무리했잖아요. 오늘 저녁 만찬이 최후 결정타였고요. 굳이 그런 만찬을 베풀지 않아도 됐을 텐데요.」

「맞아요.」에드나가 인정했다. 「바보 같은 짓이었어요.」

「아니에요, 즐거웠어요. 하지만 만찬 때문에 당신이 지쳤죠.」아로뱅의 손이 에드나의 아름다운 어깨를 더듬었다. 아로뱅은 자신의 손길에 에드나의 몸이 움찔하는 것을 감지했다. 그는 에드나 옆에 앉아 어깨에 가볍게 키스를 했다.

「가시는 줄 알았는데요.」에드나가 떨리는 목소리로 말했다.

「작별 인사는 하고 가야죠.」

「잘 가요.」에드나가 중얼거렸다.

아로뱅은 대답 대신 에드나를 계속 애무했다. 아로뱅의 간절한 구애에 에드나가 굴복한 뒤에야 그는 작별 인사를 하고 떠났다.

32

퐁텔리에 씨는 지금 사는 집에서 나가 다른 집으로 옮기려는 아내의 계획을 알자, 그녀를 나무라며 이 계획에 절대로 반대한다는 편지를 바로 보냈다. 에드나는 여러 가지 이유를 둘러댔지만, 퐁텔리에 씨는 이를 타당하게 여기지 않았다. 퐁텔리에 씨는 아내가 무모하게 충동적으로 행동하지 않기를 바랐다. 무엇보다 다른 사람들이 뭐라고 수군댈지 생각해 보라고 당부했다. 하지만 이렇게 경고하면서도 스캔들 같은 것은 꿈에도 생각하지 않았다. 아내나 자기 이름이 연루된 스캔들은 단 한 번도 생각해 본 적이 없었다. 그저 자신의 경제력과 관련된 체면만 걱정될 뿐이었다. 퐁텔리에 부부가 재정적으로 곤란해져서 지금보다 *ménage*(살림)를 줄여야 한다는 소문이 날 수도 있었다. 이렇게 되면 장차 하려는 사업에 막대한 타격이 될 수도 있었다.

하지만 퐁텔리에 씨는 최근 이랬다저랬다 하던 아내의 변덕을 기억하고는 아내가 자기 결심을 충동적으로 바로 실행할지도 모른다고 우려했다. 그래서 여느 때처럼 상황을 잽싸

게 파악한 뒤 뛰어난 사업적 수완과 기지를 발휘해 일을 신속하게 처리했다.

아내의 이사에 반대하는 퐁텔리에 씨의 편지에는 그가 유명한 건축가에게 보낸 편지 한 통이 함께 들어 있었다. 이 편지에는 그가 오랫동안 생각해 왔으며 잠시 집을 비운 사이 진행했으면 하는 개보수 사항, 즉 자기 집의 리모델링에 관한 상세한 지시 사항이 적혀 있었다.

믿을 만한 전문 포장업자와 이사업자가 가구와 카펫, 그림 등 옮길 만한 물건을 전부 안전한 장소로 옮겼다. 거의 눈 깜짝할 사이 퐁텔리에 씨의 집은 장인들의 손에 맡겨졌다. 아늑한 작은 방을 하나 더 꾸밀 계획이었다. 벽을 프레스코화로 바꾸고, 다른 방은 단단한 원목 바닥재로 리모델링할 생각이었다.

게다가 퐁텔리에 부부는 여름휴가를 해외에서 보낼 계획이며, 에스플러네이드가에 위치한 그 아름다운 저택은 대대적인 리모델링을 거쳐 부부가 귀국한 뒤 입주할 예정이라는 짤막한 기사가 어느 일간지에 실렸다. 퐁텔리에 씨는 이런 식으로 체면을 유지했던 것이다!

에드나는 남편의 수완에 감탄해 그의 뜻에 반대하려 들지 않았다. 퐁텔리에 씨가 꾸민 상황이 당연하게 받아들여지자, 에드나는 차라리 일이 이렇게 된 것이 다행이다 싶기도 했다.

에드나는 〈비둘기 집〉이 좋았다. 편한 가정집 분위기도 있었지만, 에드나가 스스로 그 집에 매력을 더해 집 안이 따뜻한 햇살처럼 환했다. 사회적 지위는 낮아졌지만, 정신적으로는 그만큼 높아진 기분이었다. 일상의 의무에서 벗어나고자 한 걸음 한 걸음 내디딜 때마다 자기 존재가 더 강해지고 딛고 선 범위도 넓어졌다. 이제는 오로지 자신만의 눈으로 세상을 바라보게 되었다. 삶의 저변을 더 깊이 들여다보고 이해하게 되었다. 이제 자신의 영혼이 이끄는 대로 살 뿐, 〈세상의 평판을 의식하며〉 사는 데 만족할 수 없었다.

얼마 후, 정확히 말하자면 며칠 뒤, 에드나는 이버빌로 가서 두 아들과 한 주를 보냈다. 상큼한 2월이었고, 대기에는 머잖아 다가올 여름에 대한 기대가 충만했다.

두 아들을 다시 보니 얼마나 반갑던지! 두 아들이 앙증맞은 두 팔로 엄마에게 대롱대롱 매달릴 때 에드나는 너무 좋아서 눈물이 흘러내렸다. 아이들은 엄마의 빛나는 뺨에 탱탱하고 발그스레한 뺨을 비비댔다. 에드나는 보는 것만으로 부족해 굶주린 눈빛으로 두 아들의 얼굴을 뚫어지게 쳐다보았다. 두 아들이 엄마한테 해주고 싶어 한 이야기가 얼마나 많던지! 돼지와 소, 그리고 노새 이야기까지! 글루글루 등을 타고 물방앗간에 갔던 일이며, 재스퍼 삼촌이랑 호수에서 낚시한 일, 리디 집의 흑인 꼬마들과 함께 피칸 열매를 주운 일, 그들의 급행 마차를 타고 나무토막을 운반한 일 등. 에스플러네이드가 집에서 색칠한 나무토막을 끌고 다니는 것보다, 늙은 절름발이 하녀 수지가 진짜 불을 피울 수 있게 나무토막을 나른 일이 천배나 더 재미있었던 것이다!

에드나는 두 아들과 함께 돼지와 암소도 보고, 사탕수수를 자르는 흑인들도 보고, 피칸 나무를 쳐서 열매도 따고, 마을 뒤편의 호수에서 물고기도 잡았다. 일주일 내내 아이들과 지내면서 아이들에게 온갖 정성을 쏟고, 두 아들의 존재 덕분에 마음이 벅찼다. 에스플러네이드가의 집에는 지금 인부들이 잔뜩 몰려와서 망치질과 못질, 대패질을 하느라 집 안이 온통 시끄럽다는 이야기를 아이들은 숨죽이고 들었다. 아이들은 자기들 침대가 어디 놓일지, 흔들 목마는 어찌 됐는지, 조는 어디서 자며, 엘런은 어디 갔는지, 요리사는 어디 있는지 등등 궁금한 것투성이였다. 하지만 무엇보다 아이들은 골목 모퉁이의 그 작은 집을 보고 싶어 안달이었다. 그 집에 놀 만한 장소가 있나? 옆집에는 사내아이들이 사나? 성격상 늘 비관적인 라울은 옆집에 여자애들만 살 거라고 확신했다. 자기들은 어디서 자며, 아빠는 어디서 주무시나? 에드나는 요정들이 다 알아서 해결해 줄 거라는 말로 아이들을 안심시켰다.

에드나의 시어머니는 며느리의 방문을 반기며 극진히 돌봐 주었다. 그리고 에스플러네이드 저택이 리모델링으로 엉망이라는 소식을 듣고 아주 좋아했다. 손자들을 무한정 데리고 있을 구실과 명분이 생겼기 때문이다.

두 아들을 떠날 때가 되자, 에드나는 마음이 찢어질 듯 고통스러웠다. 아이들의 목소리와 자기 뺨에 비비대던 뺨의 감각이 생생하게 남아 있었다. 돌아오는 내내 추억 속에 맴도는 감미로운 노래처럼 아이들의 존재가 아른거렸다. 하지만 뉴올리언스에 도착할 무렵, 아이들의 노래는 그녀의 영혼에 더 이상 들리지 않았다. 에드나는 다시 혼자가 되었던 것이다.

33

에드나가 라이즈 양의 집에 들를 때면 그 자그마한 음악가는 피아노 레슨 중이거나, 소소한 생필품을 사느라 종종 집을 비우곤 했다. 집 열쇠는 늘 현관 근처 아무도 모르는 비밀 장소에 숨겼는데, 에드나는 그 열쇠가 어디 있는지 알고 있었다. 그래서 라이즈 양이 집에 없으면, 대부분 집 안에 들어가 라이즈 양의 귀가를 기다리곤 했다.

어느 날 오후, 라이즈 양 집을 찾아가 문을 두드렸으나 아무런 대답이 없었다. 그래서 여느 때처럼 문을 열고 집 안으로 들어갔다. 예상대로 아파트는 비어 있었다. 에드나는 하루 종일 무척 분주했다. 이렇게 친구를 찾아온 이유는 쉴 만한 휴식처가 필요한 데다 로베르 이야기를 하고 싶어서였다.

그날 아침, 에드나는 캔버스 앞에 앉아 그림을 그렸다. 이탈리아 청년의 인물화를 연습했는데, 내내 모델도 없이 그림을 그렸다. 하지만 자질구레한 집안일이며 다른 사교적인 일 때문에 그림이 몇 번이나 중단되었다.

라티뇰 부인은 임신 때문에 무거워진 몸으로 에드나를 찾아왔다. 일부러 사람들의 눈을 피해서 왔다고 했다. 그녀는 최근에 에드나가 자신에게 너무 무심하다고 투덜댔다. 게다가 그 작은 집이 어떻게 생겼는지, 그 작은 집을 어떻게 관리하는지 궁금해 안달이 나 있었다. 저녁 만찬에서 나눈 이야기도 마저 듣고 싶어 했다. 지난번 만찬 때 라티뇰 씨가 너무 일찍 일어났기 때문이다. 남편이 떠난 뒤 무슨 일이 더 없었느냐고 물었다. 에드나가 보내 준 샴페인과 포도는 무척 맛있었다고 했다. 요즘 통 입맛이 없었는데, 보내 준 음식 덕분에 입맛이 살아났다는 것이다. 도대체 이 작은 집에서 어떻게 퐁텔리에 씨와 두 아들을 살게 할 셈이냐? 그런 다음 라티뇰 부인은 자신의 진통이 시작되면 꼭 오겠노라는 약속을 에드나한테서 받아 냈다.

「언제든 달려갈게요, 낮이든 밤이든.」 에드나가 부인에게 다짐했다.

떠나기 전, 라티뇰 부인이 말했다.

「어찌 보면 부인은 어린애 같아요. 세상살이에 필요한 생각을 못하는 것 같거든요. 서운하게 여기지 말고 내 말 좀 들어 봐요. 여기서 혼자 살려면 좀 조심하라고 말해 주고 싶어요. 누구 오라고 해서 같이 지내면 어떨까요? 라이즈 양이라면 오지 않을까요?」

「아니, 라이즈 양은 오지 않을 거예요. 나도 라이즈 양과 늘 같이 지낼 생각은 없어요.」

「저, 내가 이런 말을 하는 이유는, 세상이 얼마나 험한지 알잖아요. 벌써부터 아로뱅이 부인 집에 드나든다고 말이 많은 모양이에요. 물론 아로뱅 씨의 평판이 그렇게 나쁘지 않다면야 별문제 없겠죠. 남편 말로는 아로뱅이 관심을 보인다는 사실만으로도 여자의 평판을 망칠 수 있다네요.」

「그 사람이 여자 마음을 사로잡았다고 떠들고 다닌대요?」 에드나가 자기 그림을 실눈으로 보며 담담하게 물었다.

「아니요, 그런 것 같진 않아요. 그런 점에서는 나름 괜찮은 사람이죠. 하지만 남자들 사이에선 그 사람의 인품이 어떻다고 꽤 유명한가 봐요. 내가 또 언제 올 수 있을지 모르겠군요. 오늘은 아주, 아주 불쑥 찾아온 거예요.」

「계단 조심해요!」 에드나가 외쳤다.

「날 버려두지 말아요.」 라티뇰 부인이 애원했다. 「그리고 아로뱅 이야기나 누가 오게 해서 함께 지내란 말도 신경 쓰지 말고요.」

「당연히 신경 안 써요.」 에드나가 웃었다. 「하고 싶은 말은 언제든 다 해요.」 두 사람은 헤어지며 작별 키스를 나누었다. 라티뇰 부인은 그리 멀지 않은 곳에 살고 있어서, 에드나는 현관에 선 채 거리를 따라 걸어가는 부인의 모습을 잠시 지켜보았다.

그날 오후, 메리먼 부인과 하이캠프 부인이 〈만찬 초대에 대한 답례〉로 방문했다. 에드나는 두 부인이 굳이 그런 격식을 차릴 필요가 없다고 생각했다. 앞으로 며칠 뒤 저녁에 메리먼 부인 집에서 하게 될 카드놀이에 에드나를 초대하러 왔던 것이다. 일찍 와서 저녁 식사를 같이 하자고 초대받았고, 메리먼 씨나 아로뱅 씨가 에드나를 집까지 바래다줄 거라고 했다. 에드나는 썩 내키진 않았으나 가겠다고 했다. 에드나는 가끔 하이캠프 부인이나 메리먼 부인과 함께 있으면 피곤했던 것이다.

그날 늦은 오후, 에드나는 쉴 만한 피난처를 찾아 헤매듯 혼자 라이즈 양의 집을 찾아가 그녀를 기다렸다. 초라하고 검소한 작은 방의 분위기 덕분에 마음이 한결 차분해졌다.

창문에 앉은 에드나의 눈에 저 멀리 강과 건물 지붕들이 보였다. 창틀마다 화분이 가득 놓여 있었다. 에드나는 앉아서 그 화분의 시든 로즈 제라늄 이파리를 떼어 냈다. 날씨도 따뜻하고, 강에서 부는 산들바람이 무척 상쾌했다. 에드나는 모자를 벗어 피아노 위에 올려놓았다. 계속 시든 잎들을 떼어 내고 모자 핀으로 화초 주변의 땅을 팠다. 한번은 라이즈 양이 귀가하는 소리를 들은 것도 같았다. 하지만 어린 흑인 소녀가 들어왔다. 그 소녀는 들고 온 작은 세탁물 보따리를 옆방에 두고 다시 나갔다.

피아노 앞에 앉은 에드나는 펼쳐진 악보 가운데 몇 소절을 한 손으로 쳐보았다. 그렇게 30분이 훌쩍 지나갔다. 아래층에서 사람들이 오가는 소리가 이따금 들렸다. 선곡한 아리아 연주에 점점 재미를 붙일 무렵, 다시 문 두드리는 소리가 들렸다. 에드나는 문이 닫힌 줄 알면서 누가 이렇게 두드릴까 잠시 궁금했다.

「들어오세요.」 에드나가 문 쪽으로 고개를 돌리며 말했다. 그런데 집 안에 들어온 사람은 바로 로베르 르브룅이었다. 에드나는 일어나려 했다. 하지만 로베르를 본 순간의 흥분을 감추고 일어날 재주가 없었다. 그래서 의자에 털썩 주저앉아 〈어머, 로베르!〉라고 외마디소리를 질렀다.

로베르가 들어와 에드나의 손을 부여잡았다. 무슨 말을 해야 할지, 어떻게 행동해야 할지 그도 정신이 없는 것 같았다.

「퐁텔리에 부인! 대체 이런 일이! 아, 무척 좋아 보이네요! 라이즈 양은 집에 없나 봐요? 여기서 이렇게 만나다니 정말 뜻밖입니다.」

「언제 돌아왔어요?」 에드나가 손수건으로 얼굴을 닦으며 떨리는 목소리로 물었다. 피아노 의자에 앉은 에드나의 모습이 불편해 보였다. 그래서 로베르는 에드나에게 창가 의자에 앉으라고 권했다. 로베르가 피아노 의자에 걸터앉는 사이, 에드나는 아무 생각 없이 창가로 자리를 옮겼다.

「그저께 돌아왔어요.」 로베르가 피아노 건반에 팔을 올리며 대답했다. 그 바람에 귀에 거슬리는 불협화음이 들렸다.

「그저께라니!」 에드나가 큰 소리로 되뇌었다. 이해할 수 없다는 듯 〈그저께〉라고 속으로 되뇌었다. 로베르가 도착하면 먼저 자기부터 찾을 거라고 상상하고 있었기 때문이다. 그런데 그저께부터 같은 하늘 아래 있었다니. 게다가 오늘도 우연히 마주쳤을 뿐이다. 〈불쌍한 바보 같으니라고, 그 사람은 당신을 사랑하고 있어요〉라는 라이즈 양의 말은 틀림없이 거짓말인 모양이었다.

「그저께라고요.」 에드나는 화분에서 제라늄 가지를 꺾으면서 이렇게 반복했다. 「그럼 오늘 여기서 만나지 못했다면, 언제…… 그러니까 날 만나러 온 게 아니란 말이죠?」

「물론 부인을 찾아뵈었어야 했죠. 하지만 일이 너무 많아서…….」로베르는 라이즈 양의 악보를 초조하게 넘겼다. 「어제부터 전에 다니던 회사에 다시 나가기 시작했어요. 알고 보니 이곳에도 그곳만큼 기회가 많더라고요. 말하자면 언젠가 돈 벌 기회가 있을 거란 말이죠. 멕시코인들과는 마음이 별로 맞지 않았어요.」

그래서 로베르는 돌아왔다. 멕시코인들과 마음이 맞지 않아서, 이곳에서도 그곳만큼 사업상 돈을 벌 수 있어서 돌아온 것이다. 이유가 뭐든 어쨌거나 에드나 곁에 있고 싶어서는 아니었다. 에드나는 마룻바닥에 주저앉아 로베르의 편지를 샅샅이 읽으면서 그가 밝히지 않는 이유가 또 있을까 싶어 그의 편지를 여러 번 반복해서 읽었던 날들이 떠올랐다.

에드나는 로베르의 모습이 어떤지 살피지도 못하고, 그저 그가 여기 있다는 사실만을 느꼈다. 하지만 정신이 들자 로베르의 얼굴을 유심히 살폈다. 결국 로베르는 그저 몇 달 떠나 있었을 뿐이므로 전혀 바뀌지 않았다. 에드나와 비슷한 그의 머리카락은 이전처럼 관자놀이에서 뒤로 물결쳤다. 그랜드 아일에 있을 때보다 피부가 더 그을리지는 않았다. 로베르가 에드나를 말없이 잠깐 바라볼 때, 에드나는 예전처럼 따뜻한 애정을 느꼈다. 이전보다 더 따뜻해지고 갈망하는 눈길이었다. 잠을 청하려고 자리에 누우면 그녀의 영혼을 파고들어 잠 못 들게 하던 그런 애틋한 눈길이었다.

에드나는 백 번 이상 로베르가 돌아오는 모습과 다시 재회하는 장면을 마음속으로 상상하고 그려 보았다. 만나는 장소는 대개 그녀의 집이었고, 로베르는 도착하자마자 한달음에 그녀에게 달려왔다. 그리고 언제나 로베르가 그녀에게 사랑을 고백하거나 드러낼 거라고 상상하곤 했다. 그런데 지금 여기 현실에서는 서로 3미터나 떨어져 앉아 있었다. 창가에 앉은 에드나는 손으로 제라늄 잎을 짓이기며 꽃향기를 맡고, 로베르는 피아노 의자를 빙빙 돌리며 이렇게 말하고 있었다.

「퐁텔리에 씨가 집을 비웠다는 소식을 듣고 무척 놀랐어요. 라이즈 양한테서 그런 말은 못 들었거든요. 부인이 이사했다는 소식도 어제 어머니한테 들었어요. 부인이 여기 남아 살림에 시달리느니 뉴욕에 가거나 아이들과 이버빌에 갔을 거라고 생각했죠. 그리고 부인도 외국에 갈 예정이라고 들었어요. 이번 여름에는 그랜드 아일에서 부인을 뵐 수 없겠네요. 그런데 라이즈 양을 자주 만나요? 라이즈 양이 가끔 편지를 보낼 때 부인 이야기를 전해 주곤 했거든요.」

「떠날 때 편지하겠다던 약속을 기억하나요?」

로베르의 얼굴이 붉어졌다.

「부인이 제 편지에 관심을 가지고 계실 줄 몰랐어요.」

「그런 변명 말아요. 사실이 아니니까요.」에드나가 피아노에 올려 둔 모자에 팔을 뻗었다. 모자를 쓴 다음 머리를 매만져 웨이브 진 머리카락 사이에 촘촘히 모자 핀을 꽂아 모자를 고정시켰다.

「라이즈 양을 기다리지 않을 건가요?」로베르가 물었다.

「네, 이렇게 장시간 집을 비울 땐 대부분 늦게까지 귀가하지 않는다는 걸 알았거든요.」에드나가 장갑을 끼자, 로베르도 자기 모자를 집어 들었다.

「기다리지 않으려고요?」에드나가 물었다.

「늦게까지 돌아오지 않을 거라면 저도 가야죠.」 그러고는 갑자기 자기 말이 조금 무례하다고 생각했는지 이렇게 덧붙였다. 「그리고 부인 집까지 함께 걸어가는 즐거움을 놓칠 순 없죠.」 에드나는 문을 잠그고 문 옆의 비밀 장소에 열쇠를 감췄다.

두 사람은 함께 떠나 행상들이 마구 늘어놓은 싸구려 물건 때문에 걷기 힘든 인도와 진흙 길을 따라 조심조심 걸어 갔다. 얼마 동안 마차를 탔고, 마차에서 내린 다음에는 퐁텔리에가가 위치한 저택을 지났다. 그 저택은 허물어져 반 토막이 된 것 같았다. 로베르는 한 번도 그 저택에 가본 적이 없었기에, 흥미롭게 쳐다보았다.

「이 집 안에 있는 부인 모습을 한 번도 본 적이 없군요.」로베르가 말했다.

「보지 못해 다행이에요.」

「어째서요?」에드나는 아무런 대답도 하지 않았다. 두 사람은 모퉁이를 돌았다. 로베르가 에드나를 따라 작은 집 앞에 이르자, 마침내 에드나의 꿈이 이루어진 것 같았다.

「들어와서 함께 저녁 식사 하고 가요, 로베르. 보다시피 난 혼자고, 당신을 오랫동안 못 봤잖아요. 물어볼 말이 너무 많아요.」

에드나는 모자와 장갑을 벗었다. 로베르는 어머니가 기다릴 거라고 변명하면서 난처한 기색이었다. 심지어 선약이 있다고 중얼거리기도 했다. 에드나는 성냥을 켜서 테이블 위 램프에 불을 붙였다. 날이 점점 어두워지고 있었다. 부드러운 얼굴 윤곽이 모두 사라져 고통스러워 보이는 에드나의 얼굴이 불빛에 비치자, 로베르는 모자를 옆으로 던지고 자리에 앉았다.

「아! 부인이 허락만 하신다면 제가 머물고 싶어 한다는 거잘 아시잖아요!」로베르가 외쳤다. 그의 부드러움이 모두 되살아났다. 에드나는 웃으며 로베르에게 다가가 어깨에 손을 얹었다.

「이제야 처음으로 예전의 당신 같군요. 셀레스틴에게 말하고 올게요.」에드나는 급히 셀레스틴에게 가서 식사를 1인분만 더 준비하라고 일렀다. 혼자 먹을 때는 생각지도 않던 맛있는 음식을 나가서 사 오라며 셀레스틴을 보내기까지 했다. 게다가 각별하게 신경 써서 커피를 내리고 오믈렛이 타지 않게 제대로 뒤집으라고 당부했다.

에드나가 돌아왔을 때 로베르는 잡지와 스케치, 그리고 테이블에 아무렇게나 놓인 물건을 뒤적이고 있었다. 그러다가 사진 한 장을 집어 들며 외쳤다.

「알세 아로뱅! 아니, 대체 이 사람 사진이 왜 여기 있죠?」

「언젠가 그 사람 얼굴을 스케치할 생각이었거든요.」에드나가 대답했다. 「그 사람은 사진이 있으면 그림 그릴 때 도움이 된다더군요. 그 사진을 먼저 집에 두고 온 줄 알았는데, 그림 도구 챙기면서 같이 딸려 온 모양이에요.」

「그림을 다 그렸으면 돌려주는 게 좋겠어요.」

「아! 그런 사진은 아주 많아요. 사진을 돌려줄 생각은 한 번도 하지 않았는데요. 별로 대단찮은 일이거든요.」

로베르는 아로뱅의 사진을 계속 노려보았다.

「제가 보기엔…… 이 사람 얼굴이 그릴 만한 가치가 있다고 생각하세요? 이 사람, 퐁텔리에 씨의 친구인가요? 이 사람을 안다고 말한 적 없는 것 같은데요.」

「그 사람은 퐁텔리에 씨의 친구가 아니라 내 친구예요. 예전부터 알긴 했죠. 하지만 아주 최근에 가까워졌어요. 이제 당신 이야기를 듣고 싶네요. 멕시코에서 무슨 일을 하고 봤는지, 뭘 느꼈는지 알고 싶어요.」

로베르는 사진을 옆으로 치웠다.

「늘 그랜드 아일의 파도와 백사장을 보았어요. 셰니에르카미나다섬의 풀로 뒤덮인 한적한 거리, 그랑드테르의 오래된 요새 말이에요. 저는 기계처럼 일만 하면서 길 잃은 영혼 같은 기분으로 지냈어요. 흥미로운 일은 하나도 없었죠.」

에드나는 불빛을 가리려고 손을 눈 위에 가져다 댔다.

「그럼 부인은 뭘 보고, 무슨 일을 하고, 무엇을 느끼셨나요?」 로베르가 물었다.

「늘 그랜드 아일의 파도와 백사장을 보았어요. 셰니에르 카미나다섬의 풀로 뒤덮인 한적한 거리, 햇살이 잘 비치는 그랑드테르의 오래된 요새 말이에요. 저는 기계보다 좀 낫지만 잘 모르는 상태로 일만 했고, 아직도 길 잃은 영혼 같은 기분이에요. 흥미로운 일은 하나도 없었죠.」

「퐁텔리에 부인, 잔인하시군요.」 로베르가 말했다. 로베르는 감정이 북받친 듯 두 눈을 감고 머리를 의자 등받이에 기댔다. 늙은 셀레스틴이 저녁 식사 준비가 다 됐다고 알릴 때까지 두 사람은 말없이 그냥 그렇게 앉아 있었다.

34

식당은 아주 좁았다. 둥근 마호가니 식탁만 놓았는데도
식당이 거의 꽉 찰 지경이었다. 그 작은 식탁에서 부엌, 벽난
로, 벽돌이 깔린 좁은 뜰로 이어지는 옆문까지 모두 고작 한
두 걸음밖에 안 되는 거리에 있었다.

저녁 식사 준비가 다 됐다고 하자, 두 사람은 이제 어느 정
도 격식을 차렸다. 더 이상 개인사는 이야기하지 않았다. 로
베르는 멕시코에 있을 때의 일을 이야기했고, 에드나는 그가
없는 사이 일어난 몇 가지 일 가운데 그가 관심을 가질 만한
것에 대해 이야기했다. 저녁 식사는 에드나가 셀레스틴에게
사 오라고 시킨 몇 가지 고급 요리만 빼면 평범한 편이었다.
머리에 하얀 *tignon*(두건)을 두른 늙은 셀레스틴은 절뚝거
리는 다리로 드나들면서도 두 사람이 나누는 이야기에 개인
적으로 관심을 보였다. 그 하녀는 주위를 맴돌며 어릴 때부
터 익히 알던 로베르와 가끔 사투리로 몇 마디 나누었다.

담배 마는 종이를 사러 잠시 근처 가게로 나갔다가 돌아
온 로베르는 셀레스틴이 응접실에 준비해 둔 블랙커피를 보

았다.

「돌아오지 말았어야 했나 봐요.」로베르가 말했다.「제가 지겨우면, 언제든 가라고 말씀하세요.」

「한 번도 당신이 지겨웠던 적 없어요. 우리가 친하게 지냈던, 그랜드 아일에서 보낸 그 많은 시간을 다 잊었나 봐요.」

「그랜드 아일 일은 하나도 잊지 않았어요.」로베르가 말했다. 로베르는 에드나를 쳐다보지도 않고 담배만 말았다. 탁자에 올려놓은 그의 실크 담배쌈지에는 멋진 수가 놓여 있었다. 분명 어떤 여자가 손수 수놓은 것이리라.

「전에는 담배를 고무 쌈지에 넣어 가지고 다녔잖아요.」에드나가 그 쌈지를 들어 자수 솜씨를 꼼꼼히 살피며 말했다.

「맞아요, 그런데 잃어버렸어요.」

「이건 어디서 샀어요? 멕시코에서요?」

「베라크루스의 한 소녀가 준 거예요. 매우 친절한 사람들이죠.」로베르가 성냥불로 담배에 불을 붙이며 대답했다.

「그 지방 사람들은 인물이 아주 좋은 것 같아요. 특히 멕시코 여자들 말이에요. 검은 눈동자에 레이스 스카프를 두른 모습이 한 폭의 그림 같잖아요.」

「예쁜 여자도 있지만, 끔찍하게 못생긴 여자도 있어요. 어디 가나 다 그렇죠.」

「그 여자는 어땠어요? 당신에게 그 담배쌈지를 준 여자요. 그 여자랑 무척 친했나 봐요.」

「아주 평범한 여자예요. 별로 중요한 인물도 아니고요. 좀 알고 지낸 정도예요.」

「그 여자 집에도 가봤어요? 재미있었나요? 당신이 만난 사람들에 대해, 그리고 그 사람들에게 어떤 인상을 받았는지 알고 싶고 들어 보고 싶어요.」

「바다에 남긴 노 자국처럼 별로 이렇다 할 인상을 남기지 못한 사람들도 있어요.」

「그 여자도 그런 부류인가요?」

「그저 그런 여자라고 하면 제가 너무 매정한 사람이 되겠죠.」 로베르가 화제를 돌리려는 듯, 괜한 오해를 불러일으킨 담배쌈지를 주머니에 도로 집어넣었다.

그때 아로뱅이 메리먼 부인의 메시지를 전하러 들렀다. 메리먼 부인의 자녀 중 한 명이 아파서 카드놀이 모임이 연기되었다는 소식이었다.

「안녕하세요, 아로뱅?」 로베르가 어두운 구석에서 일어나면서 인사했다.

「아! 르브룅 씨, 당신이군요! 돌아왔다는 소식 들었어요. 멕시코에선 대우가 어땠나요?」

「꽤 좋았어요.」

「하지만 당신을 거기 붙잡아 둘 정도는 아니었나 봐요. 그래도 근사한 여자는 많았겠죠. 전에 가봤는데, 베라크루스를 떠나기가 정말 아쉽더라고요.」

「여자들이 당신에게도 자수 슬리퍼랑 담배쌈지랑 모자 띠랑 뭐 그런 걸 줬나 보죠?」 에드나가 물었다.

「아! 웬걸요! 아니에요! 그렇게 깊이 사귄 여잔 없었어요. 안타깝게도 제가 그 여자들한테 깊은 인상을 줬다기보다, 저

212

혼자 그 여자들한테 깊은 인상을 받았나 봐요.」

「그렇다면 로베르보다 운이 없군요.」

「저야 늘 로베르보다 운이 없지요. 로베르가 뭐 은밀한 얘기라도 털어놨나요?」

「제가 주제넘게 너무 오래 있었나 봅니다.」 로베르가 벌떡 일어나 에드나와 악수하며 말했다. 「퐁텔리에 씨에게 편지 보낼 때 제 안부도 꼭 전해 주세요.」

로베르는 아로뱅과 악수를 나눈 뒤 밖으로 나갔다.

「괜찮은 친구죠, 저 르브룅요.」 로베르가 떠나자 아로뱅이 말했다. 「그런데 로베르에 대해 말씀하시는 걸 한 번도 못 들었네요.」

「지난여름 그랜드 아일에서 알게 됐어요.」 에드나가 대답했다. 「여기 당신 사진이 있어요. 필요 없나요?」

「그걸로 뭐 하게요? 그냥 버리세요.」

에드나는 사진을 테이블에 도로 던졌다.

「메리먼 부인 집에는 가지 않을 거예요.」 에드나가 말했다. 「그 부인을 만나면 그렇게 전해 주세요. 아니, 편지를 쓰는 게 낫겠네요. 지금 당장 쓸게요. 자녀가 아파서 유감이라고, 그리고 내가 올 거란 기대는 하지 말라고 써야겠어요.」

「그게 좋겠네요.」 아로뱅이 동의했다. 「당신 탓이 아니에요. 멍청한 사람들이니까요!」

에드나는 문서함을 열어 종이와 펜을 꺼내 편지를 쓰기 시작했다. 아로뱅은 시가에 불을 붙여 피우며 주머니에 넣어 두었던 저녁 신문을 꺼내 읽었다.

「오늘이 며칠이죠?」에드나가 묻자 아로뱅이 알려 주었다.

「가면서 대신 부쳐 줄래요?」

「물론이죠.」에드나가 어지러운 테이블을 정리하는 동안 아로뱅이 신문 기사 몇 줄을 읽어 주었다.

「이제 뭘 하고 싶으세요?」아로뱅이 신문을 옆으로 치우며 물었다. 「밖에 나가 산책이나 드라이브, 아니면 뭐든 할까요? 드라이브하기에 딱 좋은 밤이네요.」

「아니에요. 그냥 아무것도 안 하고 가만히 있고 싶어요. 혼자 나가서 즐거운 시간 보내요, 여기 있지 말고.」

「가라면 갈게요. 하지만 혼자선 즐겁지 않을 겁니다. 아시다시피 저는 부인이랑 있을 때만 살아 있는 듯한 느낌이거든요.」

아로뱅은 일어나서 에드나에게 인사했다.

「여자들한테 늘 그런 식으로 말하나요?」

「전에도 그런 말을 한 적은 있지만, 이렇게 진심으로 말한 적은 없는 것 같아요.」아로뱅이 미소를 지으며 대답했다. 에드나의 눈빛은 전혀 다정하지 않았다. 그저 꿈꾸듯 멍한 시선이었다.

「안녕히 계세요. 당신을 사모합니다, 안녕히 주무세요.」아로뱅은 이렇게 말하고 난 뒤, 에드나의 손에 입을 맞추고 떠났다.

홀로 남은 에드나는 몽상에 빠져 그야말로 아무것도 느끼지 못했다. 로베르가 라이즈 양의 현관문에 들어선 뒤 함께 있었던 순간을 하나하나 되새겨 보았다. 그의 말과 표정을 되새겨 보았다. 하지만 그에 대한 갈망을 충족시키기에는 어찌나 짧고 아쉽던지! 어떤 모습, 유난히 매력적인 멕시코 소녀의 모습이 눈앞에 떠올랐다. 에드나는 격렬한 질투로 몸부림쳤다. 언제쯤 로베르가 다시 올지 궁금했다. 다시 오겠다는 말은 없었다. 에드나는 로베르와 함께 있었고, 그의 목소리도 듣고 손도 만졌다. 하지만 어쩐지 저 멀리 멕시코에 있었을 때가 오히려 더 가까웠던 것 같은 기분이었다.

35

　다음 날 아침, 해가 뜨니 희망이 샘솟았다. 에드나는 자기 앞에 펼쳐진 누구도 부인하지 못할 벅찬 기쁨만이 넘치는 미래를 보았다. 잠에서 깨어 침대에 누운 채 이 생각 저 생각에 골몰해 있는 에드나의 두 눈이 밝게 빛났다. 〈어리석은 바보 같으니라고, 그는 날 사랑하고 있어.〉 마음속에 이런 확신만 있다면, 나머지는 뭐가 문제란 말인가? 전날 밤 낙심했던 자신이 어리석고 유치해 보였다. 로베르가 자기한테 무뚝뚝하게 굴었던 이유가 뭔지 추측해 보았다. 그 이유들은 극복하기 어려운 장애가 아니었다. 로베르가 진정 에드나를 사랑한다면, 아무 문제도 없을 것이다. 어떤 장애도 에드나의 열정을 가로막지 못하리라. 때가 되면 로베르도 에드나의 열정을 깨닫게 될 것이다. 에드나는 그날 아침 출근하는 로베르의 모습을 그려 보았다. 심지어 어떤 옷을 입었는지, 어떻게 거리를 지나고 모퉁이를 돌아 사무실에 도착하는지 상상해 보았다. 책상에 몸을 숙여 일하고 사무실에 들어온 직원들과 이야기를 나누다가 점심 먹으러 나가는 모습, 혹시 거리에서 자기와 마주치지 않을까 두리번거리는 모습도 그려 보았다. 그는 오후나 저녁에 찾아와서 자기 앞에 앉아 담배를 말고, 이야기를 좀 나누다 예전처럼 떠날 것이다. 거기 그와 함께 있다면 얼마나 행복할까! 에드나는 전혀 후회하지 않을 것이며, 로베르가 아직도 속마음을 감춘다면 애써 그 마음을 헤집고 들어가지 않을 것이다.

에드나는 옷을 대충 걸친 채 아침 식사를 했다. 하녀가 삐뚤빼뚤 휘갈겨 쓴 라울의 편지를 가져왔다. 엄마를 사랑한다면서 봉봉 캔디를 보내 달라는 편지였다. 그리고 그날 아침 리디네 집의 커다란 흰 돼지 옆에 한 줄로 누워 있는 새끼 열 마리를 봤다는 소식도 전해 주었다.

남편한테서도 편지가 한 통 왔다. 남편은 3월 초에 귀가할 예정인데, 그즈음이면 오래전부터 약속했던 해외여행을 할 수 있을 것이며 이제 그럴 만한 여유가 생겼다고 전했다. 최근 월스트리트에 투자한 것이 성공을 거두어 이제 적은 돈에 구애받지 않고 다른 사람들처럼 맘껏 여행을 다닐 만하다는 게 퐁텔리에 씨의 생각이었다.

무척 놀랍게도 전날 자정 클럽에서 쓴 아로뱅의 편지도 받았다. 그는 에드나에게 아침 인사를 하면서 밤에 잘 잤기를 바라며, 자신의 헌신적인 마음을 전하려 했다. 그리고 자신의 마음을 에드나가 조금이라도 알아주리라 믿는다고 했다.

이 모든 편지 덕분에 에드나는 기분이 한껏 좋아졌다. 그래서 기쁜 마음으로 두 아들에게 봉봉 캔디를 보내 주마 약속하면서, 새끼 돼지 찾아낸 걸 축하한다고 답장을 썼다.

남편에게는 다정하지만 모호한 어조로 답장을 보냈다. 일부러 남편을 속일 생각은 없었다. 다만 자신의 삶에서 현실감이 모두 사라졌을 뿐이었다. 에드나는 운명의 여신에게 자신을 맡긴 채, 담담하게 그 결과를 기다리고 있었다.

아로뱅한테는 답장을 쓰지 않았다. 그의 편지를 셀레스틴의 난로 뚜껑을 열고 던져 넣었다.

에드나는 몇 시간 동안 활기차게 그림을 그렸다. 그사이 그림 판매상 말고는 아무도 만나지 않았다. 그 판매상은 정말 파리 유학을 떠날 셈이냐고 에드나에게 물었다.

아마 그럴지 모르겠다는 에드나의 대답에, 그는 파리 유학 중에 그림을 그린다면 몇 점만 12월 연휴에 맞춰 보내 달라고 제안했다.

그날 로베르는 오지 않았다. 에드나는 몹시 실망했다. 로베르는 다음 날도, 그다음 날도 오지 않았다. 에드나는 매일 아침 눈을 뜨면서 희망에 부풀었다가, 밤이면 절망하곤 했다. 로베르를 직접 찾아가 볼까 하는 생각도 들었다. 하지만 그런 충동에 굴복하기는커녕, 로베르를 만날 기회를 일부러 피했다. 라이즈 양의 집을 방문하지도 않았고, 르브룅 부인의 저택을 지나가지도 않았다. 로베르가 아직 멕시코에 머물고 있다면, 몇 번이고 찾아갔을 것이다.

어느 날 밤, 아로뱅이 와서 드라이브나 하자고 했다. 에드나는 마차를 타고 셸 로드에 있는 호수로 갔다. 아로뱅의 말들은 제어하기 어려울 만큼 힘이 넘쳤다. 빨리 달리는 말들의 걸음걸이와 탄탄한 도로에 울리는 빠르고 경쾌한 말발굽

소리가 듣기 좋았다. 두 사람은 중간에 멈춰 뭘 먹거나 마시지 않았다. 아로뱅은 쓸데없이 경솔한 행동을 하는 사람이 아니었다. 하지만 두 사람은 에드나의 집에 돌아와 작은 식당에서 먹고 마셨다. 꽤 이른 저녁 시간이었다.

저녁 늦게야 아로뱅은 에드나를 떠났다. 에드나를 만나 함께 지내는 일이 아로뱅에게는 잠깐 스쳐 지나가는 변덕 이상의 일과가 되어 가고 있었다. 그는 숨겨진 에드나의 관능을 꿰뚫어 간파했다. 한껏 만개하진 않았지만 열렬히 피어나는 섬세한 꽃처럼, 에드나의 본능적 욕망을 예리하게 간파한 아로뱅 덕분에 그녀의 관능이 점차 드러났던 것이다.

그날 밤 에드나는 잠자리에 들면서 더 이상 낙담하지 않았다. 다음 날 아침에 깨어 더 이상 헛된 희망에 부풀지도 않았다.

36

교외에 자그마한 정원이 하나 있었다. 녹음이 우거진 구
석의 오렌지 나무 아래에 녹색 테이블이 몇 개 놓여 있었다.
양지바른 돌계단에 누운 늙은 고양이 한 마리는 하루 종일
잠만 잤다. 한 *mulatresse*(혼혈) 노파가 열린 창문 옆 의자에
앉아 한가로이 졸다가 누군가 녹색 테이블을 두드리면 눈을
뜨곤 했다. 우유와 크림치즈, 버터 빵을 파는 노파였다. 그
노파만큼 커피를 맛있게 끓이거나, 치킨을 노릇노릇하게 튀
길 줄 아는 사람은 아무도 없었다.

그 정원은 워낙 소박한 곳이라 상류계 인사들의 관심을
받지 못했고, 워낙 한적한 곳이라 즐거운 놀이나 기분 전환
하려는 사람들의 주목도 받지 못했다. 어느 날 에드나는 우
연히 정원의 높다란 문이 열려 있는 것을 보았다. 머리 위에
서 살랑거리는 나뭇잎 사이로 알록달록한 햇살이 비치는 조
그만 녹색 테이블에 시선이 꽂혔다. 그녀는 정원 안에서 꾸
벅꾸벅 조는 *mulatresse*(혼혈) 노파와 늘 졸린 고양이를 보았
고, 이버빌의 우유 맛이 나는 신선한 우유 한 잔을 마셨다.

에드나는 산책하다가 가끔 그 정원에 책을 가지고 와서 아무도 없는 나무 아래 앉아 한두 시간을 보내곤 했다. 한두 번 혼자서 조용히 저녁 식사를 하기도 했다. 그럴 때면 저녁 식사를 준비하지 말라고 미리 셀레스틴에게 일렀다. 이 정원은 이 도시에서 알 만한 지인을 만날 가능성이 거의 없는 그런 비밀 장소였다.

어느 날 늦은 오후, 책을 읽다 이제 제법 친해진 고양이를 쓰다듬으면서 소박한 저녁 식사를 하고 있는데, 높다란 정원 문으로 쓱 들어오는 로베르의 모습을 보고도 에드나는 별로 놀라지 않았다.

「당신은 그저 우연히 만날 운명인가 봐요.」 에드나가 고양이를 옆 의자에 내려놓으며 말했다. 예기치 않게 에드나와 마주친 로베르는 깜짝 놀라 안절부절못하며 난감한 기색이었다.

「여기 자주 오세요?」 로베르가 물었다.

「거의 여기서 사는 셈이죠.」 에드나가 대답했다.

「카티슈가 내린 맛난 커피를 마시러 자주 들르곤 했죠. 뉴올리언스에 돌아온 이후론 오늘이 처음이고요.」

「카티슈가 접시를 하나 가져다주면 내 저녁 식사를 나눠 먹어요. 늘 두 명이나, 아니 세 명까지도 나눠 먹을 수 있을 만큼 양이 많아요.」 에드나는 로베르를 만나면 그 사람만큼 자신도 무심하게 굴며 속내를 감춰 볼 작정이었다. 절망에 빠져 괴로워하면서 이성적인 생각과 고민을 거듭한 끝에 내린 결론이었다. 하지만 눈앞에 있는, 작은 정원에서 바로 자기 옆에 앉은 로베르를 보자, 그 결심은 눈 녹듯 사라졌다. 마치 신의 섭리로 로베르가 자기 있는 데로 온 것 같았다.

「로베르, 왜 날 피하는 거죠?」에드나가 테이블에 펼쳐진 책을 덮으며 물었다.

「왜 그렇게 자기 입장만 생각하세요, 퐁텔리에 부인? 왜 바보같이 변명하게 만들죠?」갑자기 흥분한 로베르가 외쳤다. 「그동안 아주 바빴다거나, 아팠다거나, 부인을 뵈러 집에 갔더니 안 계셨다거나 하는 말을 해봤자 아무 소용 없을 것 같군요. 제발 이런 변명을 하지 않게 내버려 두세요.」

「당신은 아주 이기적인 사람이에요.」에드나가 말했다. 「당신은 뭔가 숨기고 있어요. 그게 뭔지 모르겠지만, 이기적인 동기겠죠. 그렇게 몸을 사리면서, 내가 무슨 생각을 하는지, 날 이처럼 무심하게 대하고 외면하면 내 기분이 어떨지 단 한 순간도 생각하지 않죠. 어쩌면 지금도 여자답지 못하게 처신한다고 하겠죠. 하지만 이제 나 자신을 솔직하게 표현하는 게 습관이 됐어요. 이젠 아무 상관없어요. 당신 좋을 대로 날 여자답지 못하다고 생각해도 좋아요.」

「아니에요, 저번에도 말했지만 부인이 잔인한 분이라고 여길 뿐입니다. 일부러 그러시는 건 아니겠죠. 하지만 결국 아무 소용도 없는 이야기를 털어놓으라고 강요하시는 것 같군요. 제 상처를 치료해 줄 생각이나 힘도 없으면서 그 상처를 전부 헤집어 보고는 즐거워하는 사람처럼 말이죠.」

「내가 당신의 저녁 식사를 망치고 있군요. 로베르, 내 말 신경 쓰지 말아요. 한 술도 못 떴네요.」

「그냥 커피 한잔 마시러 왔을 뿐이에요.」로베르의 섬세한 얼굴이 흥분해서 온통 일그러졌다.

「여기 참 유쾌한 곳이죠?」에드나가 말했다. 「사람들이 잘 몰라서 정말 다행이에요. 참 조용하고 좋은 곳이에요. 거의 아무 소리도 들리지 않는 거 눈치챘어요? 무척 외진 데다 한 참 나가야 마차를 탈 수 있죠. 하지만 걷는 것도 괜찮아요. 걷는 걸 싫어하는 여자들을 보면 참 안타까워요. 그들은 너무도 많은 걸 놓치고 있죠. 삶의 소중한 것들을 많이 놓치고 있다고요. 그래서 우리 여자들은 삶에 관해 별로 배우는 게 없죠. 카티슈 커피는 항상 따뜻해요. 야외인데도 어쩌면 이렇게 따뜻하게 할 수 있는지 모르겠어요. 셀레스틴의 커피는 고작 부엌에서 식당으로 나르는 동안에도 식어 버리는데 말이죠. 어머, 각설탕을 세 개씩이나! 왜 그렇게 달게 마셔요? 고기하고 이 샐러드 좀 먹어 봐요. 아삭아삭 씹히는 맛이 아주 좋아요. 여기선 커피 마시면서 담배를 피울 수 있다는 것도 장점이죠. 지금 시내에선……. 담배는 안 피울 건가요?」

「조금 있다가요.」로베르가 테이블에 시가를 올려놓으며 말했다.

「선물로 받았나요?」에드나가 웃으며 물었다.

「제가 샀어요. 점점 더 무모해지는 것 같아서요. 한 박스나 샀어요.」

에드나는 다시 사적인 질문으로 로베르의 마음을 불편하게 하지 않기로 마음먹었다.

로베르가 시가를 피우고 있는데, 어느새 그와 친해진 고양이가 슬그머니 그의 무릎 위에 올라왔다. 로베르는 비단처럼 부드러운 고양이 털을 쓰다듬으면서, 고양이 이야기를 조금 했다. 그러고는 에드나가 읽는 책을 보더니, 자기는 그 책을 끝까지 다 읽었노라고 했다. 에드나가 끝까지 읽는 수고를 덜어 주겠다며 그 책의 결말이 어떻게 됐는지 알려 주기도 했다.

이번에도 로베르는 에드나를 집까지 바래다주었다. 두 사람이 작은 〈비둘기 집〉에 도착할 무렵엔 날이 이미 저물어 있었다. 에드나는 로베르에게 잠시 들어오지 않겠느냐고 묻지 않았다. 로베르는 어색하게 내키지 않는 변명을 꾸며 대지 않고 잠시 머물 수 있게 되어 오히려 감사했다. 로베르는 에드나를 도와 램프에 불을 붙였다. 에드나는 방에 가서 모자를 벗고 얼굴과 손을 씻었다.

에드나가 돌아오니 로베르는 전처럼 사진과 잡지를 뒤적이지 않고 어둠 속에 앉아 깊은 생각에 잠긴 듯 머리를 의자 등받이에 기대고 있었다. 에드나는 잠시 테이블 옆에서 테이블 위에 놓인 책을 정리했다. 그런 다음 방 저편 로베르가 앉아 있는 쪽으로 갔다. 에드나는 의자 팔걸이 위로 몸을 구부리고 그의 이름을 불렀다.

「로베르.」 에드나가 말했다. 「잠들었어요?」

「아니요.」 로베르가 이렇게 대답하며 에드나를 올려다보았다.

에드나가 몸을 숙여 로베르에게 키스했다. 부드럽고 시원하며 섬세한 키스였다. 그 짜릿하고 관능적인 키스가 로베르의 온몸을 관통했다. 그러나 에드나는 그에게서 물러났다. 로베르가 에드나를 따라와서 두 팔로 당겨 와락 껴안았다. 에드나는 로베르의 얼굴을 손으로 감싸더니 뺨을 그의 뺨에 가져다 댔다. 사랑과 부드러움이 가득한 몸짓이었다. 로베르는 다시 에드나의 입술을 찾았다. 그런 다음 자기 옆 소파에 에드나를 앉히고 두 손으로 그녀의 손을 꼭 잡았다.

「이젠 아시겠죠.」 로베르가 말했다. 「작년 여름 그랜드 아일에서 부인과 지낸 후 제가 무엇과 싸워 왔는지, 이젠 아시겠죠. 떠났다가 다시 돌아오게 만든 게 무엇인지.」

「왜 맞서 싸워야 했죠?」 에드나가 물었다. 에드나의 얼굴이 부드러운 빛으로 환하게 빛났다.

「왜냐고요? 부인은 자유의 몸이 아니기 때문이죠. 레옹스 퐁텔리에 부인이니까요. 부인이 퐁텔리에 씨와 열 번 결혼했다 해도 부인을 사랑하지 않을 수 없었어요. 하지만 부인과 떨어져 만나지 않으면, 제 감정을 감출 수 있었죠.」 에드나는 로베르에게 잡히지 않은 손을 들어 그의 어깨를 쓰다듬고 다시 뺨을 부드럽게 어루만졌다. 로베르는 에드나에게 다시 키스했다. 로베르의 얼굴이 뜨겁게 달아올랐다.

「멕시코에 있는 동안 내내 당신 생각만 했어요. 부인을 그리워했죠.」

「하지만 나한테는 편지 한 통 쓰지 않았잖아요.」 에드나가 불쑥 말했다.

「부인이 저를 좋아한다는 생각이 들자, 저는 이성을 상실해 버렸어요. 다른 건 다 잊어버린 채 부인이 제 아내가 되는 황당한 꿈만 꾸게 되었지요.」

「당신 아내요!」

「부인이 원한다면, 종교나 의리나 뭐나 다 버릴 수 있을 것 같았어요.」

「내가 레옹스 퐁텔리에의 아내라는 걸 진짜 잊었나 봐요.」

「아! 제정신이 아니었죠. 결코 이루어질 수 없는 황당한 꿈을 꾸면서 아내를 자유로이 놓아준 남편들 이야기를 떠올렸죠. 가끔 그런 이야기를 들은 적 있잖아요.」

「맞아요, 그런 얘기를 들은 적 있죠.」

「허황되고 미친 생각으로 가득 차서 다시 돌아왔어요. 그리고 여기 도착했을 때…….」

「여기 돌아와서 나를 찾지도 않았죠.」 에드나는 아직도 로베르의 뺨을 어루만지고 있었다.

「설사 당신이 날 기꺼이 따른다 해도, 그런 꿈을 꾼다는 게 얼마나 한심한 일인지 깨달았거든요.」

에드나는 두 손으로 로베르의 얼굴을 감싼 채 다시는 시선을 돌리지 않을 것처럼 뚫어지게 그를 바라보았다. 그러고는 그의 이마와 눈, 뺨과 입술에 키스했다.

「정말, 정말이지 바보 같은 남자군요. 퐁텔리에 씨가 나를 자유롭게 놔주는 그런 불가능한 일을 꿈꾸며 세월을 낭비하다니! 난 이제 퐁텔리에 씨가 마음대로 처분할 수 있는 소유물이 아니에요. 내 선택에 나 자신을 맡길 거예요. 〈로베르, 여기 있네. 이 여잘 데려가서 행복하게 살게나. 이제 그 여자는 자네 것일세!〉라고 한다면, 당신네 둘 다 비웃을 거예요.」

로베르의 안색이 조금 창백해졌다. 「무슨 뜻이죠?」로베르가 물었다.

그때 문 두드리는 소리가 났다. 늙은 셀레스틴이 뒷문으로 들어와 라티뇰 부인이 하녀를 통해 전갈을 보냈다고 알려주었다. 라티뇰 부인의 진통이 시작됐으니 퐁텔리에 부인이 즉시 와주었으면 한다는 것이었다.

「알았어요, 알았다고요.」에드나가 일어서며 말했다. 「부인한테 약속했거든요. 곧 갈 테니 기다리라고 일러요. 그 하녀랑 갈게요.」

「저도 함께 갈게요.」로베르가 제안했다.

「아니에요.」에드나가 말했다. 「그 하녀랑만 갈게요.」에드나는 방으로 들어가서 모자를 썼다. 방에서 나온 에드나는 다시 한번 로베르 옆의 소파에 앉았다. 로베르는 꼼짝도 하지 않았다. 에드나는 두 팔로 그의 목을 안았다.

「잘 가요, 내 사랑 로베르. 작별 인사를 해줘요.」

로베르는 전과 달리 더없이 열정적으로 키스한 뒤 에드나를 꼭 껴안았다.

「사랑해요.」에드나가 속삭였다. 「그 누구도 아닌 당신만을. 지난여름, 바로 당신 덕분에 평생 꾸던 어리석은 꿈에서 깨어났어요. 아! 당신의 무관심한 태도 때문에 얼마나 불행했는지. 아! 얼마나 불행하고 고통스러워했는지! 이제 당신이 이렇게 왔으니 서로 사랑할 수 있어요, 로베르. 우린 서로에게 전부예요. 이 세상 아무것도 중요하지 않아요. 친구한테 가봐야겠어요. 하지만 날 기다려 줄 거죠? 아무리 늦어도 기다릴 거죠, 로베르?」

「가지 말아요, 가지 말아요! 아! 에드나, 나랑 있어요.」로베르가 애원했다. 「왜 가려는 거예요? 나랑 있어요, 나랑 있어요.」

「최대한 빨리 돌아올게요. 여기서 다시 봐요.」에드나는 로베르의 목에 얼굴을 파묻고 다시 작별 인사를 했다. 에드나를 향한 로베르의 깊은 사랑과 더불어 에드나의 매혹적인 목소리가 로베르의 감각을 사로잡았다. 로베르는 에드나를 떠나지 못하게 붙잡아 함께 있고 싶은 열망으로 가득했다.

37

에드나는 약국을 살며시 들여다보았다. 라티뇰 씨는 아주 조심스럽게 붉은 액체를 작은 비커에 떨어뜨려 약을 조제하는 중이었다. 그는 에드나가 선뜻 와준 데 고마워했다. 에드나가 곁에 있어 주기만 해도 아내에게 큰 힘이 될 거라고 했다. 이전에 출산할 때마다 와주던 라티뇰 부인의 언니가 이번에는 농장 일 때문에 오지 못해, 친절하게도 퐁텔리에 부인이 와주겠다고 약속하기 전까지 라티뇰 부인은 무척 상심했다고 했다. 간호사의 집이 먼 곳에 있어 지난주부터 밤마다 라티뇰 씨 집에 머물고 있었다. 오후에는 망들레 박사가 자주 들락거렸다. 두 사람이 수시로 박사를 불러 댔기 때문이다.

에드나는 약국 뒤에서 2층으로 이어진 가족용 계단을 급히 올라갔다. 세 자녀는 모두 뒷방에서 자고 있었다. 라티뇰 부인은 진통이 심해 응접실에서 안절부절못하고 있었다. 긴장한 탓에 손에 손수건을 움켜쥔 채 헐렁한 흰 *peignoir*(잠옷) 차림으로 소파에 앉아 있었다. 초췌하게 일그러진 얼굴에,

아름다운 푸른 눈은 퀭하고 이상해 보였다. 아름다운 머리카락은 전부 뒤로 넘겨 땋았는데, 똬리를 튼 황금 뱀처럼, 부인의 머리가 소파 방석 위에 길게 늘어뜨려져 있었다. 흰 모자에 하얀 앞치마 차림의 간호사는 편안한 인상의 *griffe*(흑인 혼혈) 여자였다. 그 간호사는 라티뇰 부인에게 침실로 돌아가라고 재촉하는 중이었다.

「이제 아무 소용 없어요. 아무것도 소용없다고요.」라티뇰 부인이 에드나를 보자마자 말했다. 「망들레를 딴 의사로 바꿔야겠어요. 너무 늙어서 무심하기 짝이 없어요. 7시 30분에 온다고 했는데, 벌써 8시는 됐을걸요. 몇 신지 좀 봐줘요, 조세핀.」

간호사는 워낙 명랑한 성격이라 어떤 상황도 심각하게 받아들이지 않았다. 특히 잘 아는 상황이라서 더욱 그랬다. 간호사는 라티뇰 부인에게 반드시 용기와 인내심을 가지라고 격려했다. 하지만 부인은 그저 이빨로 아랫입술만 지그시 깨물 따름이었다. 구슬땀이 송골송골 맺힌 부인의 흰 이마가 에드나의 눈에 보였다. 잠시 후 부인은 깊이 한숨을 내쉬면서 공처럼 돌돌 만 손수건으로 얼굴을 닦았다. 무척 지친 기색이었다. 간호사는 화장수를 묻힌 새 손수건을 건네주었다.

「더는 못 참겠어!」 라티뇰 부인이 울부짖었다. 「망들레를 죽여 버려야 해! 알퐁스는 대체 어디 있는 거야? 다들 날 이렇게 내팽개치고 무시해도 되는 거야?」

「무시하다니요, 정말!」 간호사가 외쳤다. 여기 간호사가 없단 말인가? 게다가 집에서 즐거운 저녁 시간을 보내던 퐁텔리에 부인이 라티뇰 부인을 돌보러 여기 오지 않았는가? 그리고 라티뇰 씨가 바로 이 순간 현관으로 들어오고 있잖은 가? 조세핀은 망들레 박사의 2인승 사륜마차 소리를 들었다고 장담했다. 그녀의 말이 맞았다. 마차가 바로 문 앞에 도착했던 것이다.

아델은 간호사의 말에 따라 침실로 들어가 침대 옆 작은 소파 모서리에 걸터앉았다.

망들레 박사는 라티뇰 부인이 원망을 늘어놓아도 눈 하나 깜짝 안 했다. 이렇게 진통이 시작된 산모는 박사에게 익숙했고, 평소 자신에 대한 부인의 신뢰를 잘 알고 있었기에 섭섭해하지도 않았다.

박사는 에드나를 보자 반가운 마음에 응접실에서 즐겁게 몇 마디 하려 했다. 하지만 라티뇰 부인은 에드나가 잠시도 자기 곁을 떠나지 못하게 했다. 진통이 멈춘 사이, 라티뇰 부인은 에드나와 잠깐 수다를 떨었고, 그 덕분에 진통을 조금 잊은 것 같다고 말했다.

에드나는 마음이 불안했다. 막연한 두려움에 사로잡혔다. 자신이 겪은 분만은 오래전 일이라 실감이 나지 않는 데다 그저 반 정도만 기억났다. 정신이 흐미해지던 진통, 독한 소독약 냄새, 혼수상태에 빠져들던 모든 감각의 마비 등이 어렴풋이 기억났다. 그리고 혼수상태에서 깨어나자, 세상에 왔다 간 수 없이 많은 영혼들 가운데 더해진, 자신이 출산한 어린 새 생명을 보았던 기억도 되살아났다.

에드나는 오지 말걸 그랬다고 후회하기 시작했다. 자신은 그다지 필요 없는 존재였다. 오지 못한다고 핑계를 댈 수도 있었는데. 지금이라도 가야 한다고 핑계를 댈 수도 있었다. 하지만 에드나는 가지 않았다. 마음속으로 괴로워하고, 솔직히 자연의 섭리에 대한 열렬한 반감을 드러내면서도, 고통스러운 분만 장면을 눈앞에서 목도하고 있었던 것이다.

이후 아기를 낳고 누워 있는 친구에게 몸을 숙여 입 맞추고 다정하게 작별 인사를 나누면서도 에드나는 여전히 멍한 얼굴로 말이 없었다. 라티뇰 부인은 에드나의 뺨을 비비며 기진맥진한 목소리로 속삭였다. 「애들 생각을 해요, 에드나. 아, 애들을 생각해요! 애들을 잊지 말아요!」

38

에드나는 집 밖에 나와 바깥 공기를 쐬면서도 여전히 멍한 기분이었다. 박사를 태우러 온 이륜마차가 현관 앞에서 대기 중이었다. 에드나는 망들레 박사에게 마차를 타고 싶지 않아 걸어가겠다고, 무섭지 않으니 혼자 가겠다고 말했다. 박사는 마부에게 퐁텔리에 부인의 저택에 먼저 가서 대기하라고 이른 뒤, 에드나와 함께 집 쪽으로 걸어갔다.

하늘 높이, 높이 솟은 집들 사이의 좁은 길 위로 눈부신 별들이 반짝였다. 부드러운 공기가 온몸을 감쌌지만, 밤인 데다 봄이라서 쌀쌀했다. 두 사람은 천천히 걸었다. 박사는 뒷짐을 진 채 에드나의 보폭에 맞춰 점잖게 걸었고, 에드나는 어느 날 밤 그랜드 아일에서 그랬던 것처럼 반쯤 넋이 나간 상태로 걸었다. 마치 몸보다 앞서는 생각을 애써 따라잡으려는 것 같았다.

「퐁텔리에 부인, 오시지 말 걸 그랬어요.」박사가 말했다. 「부인이 계실 만한 곳이 아니었어요. 아델은 이럴 때 변덕이 죽 끓듯 한다니까요. 같이 있어 줄 만한 친구가 열 명도 넘는데, 모두 끄떡도 하지 않는 분들이죠. 참으로 못할 짓이었다는 생각이 드네요. 오지 말았어야 해요.」

「뭐, 괜찮아요!」 에드나가 무심하게 대답했다. 「아무려면 어때요. 언젠가는 애들 생각을 해야죠. 빠르면 빠를수록 더 좋고요.」

「레옹스는 언제 돌아오시죠?」

「금방요. 3월쯤에요.」

「그럼 부인도 외국으로 가시나요?」

「아마도…… 아니요, 전 안 가요. 이제 누가 시키는 일은 하지 않으려고요. 전 외국에 갈 생각 없어요. 그냥 놔두면 좋겠어요. 누구도 나한테 이래라저래라 할 권리 없어요. 애들만 빼고요. 그렇다 해도 제 생각엔…… 예전에 저는…….」 에드나는 자신이 횡설수설한다는 것을 깨닫고 갑자기 말을 멈췄다.

「문제는,」 에드나가 하고 싶은 말이 뭔지 직관적으로 간파한 박사가 한숨을 내쉬었다. 「젊은 사람들이 환상에 쉽게 넘어간다는 점이죠. 그게 자연의 섭리인가 봅니다. 인류의 종족 보존을 위해 어머니를 안전하게 최대한 많이 확보하려는 미끼인 셈이죠. 자연은 도덕적 결과에는 신경 쓰지 않아요. 우리가 임의로 만들어 내고, 또 어떤 값을 치르더라도 반드시 지켜야 한다고 느끼는 도덕적 기준을 무시하죠.」

「맞아요.」 에드나가 말했다. 「지난 세월이 꿈만 같아요. 계속 자면서 꿈을 꾼 것 같아요. 하지만 잠에서 깨어나면 꿈이었다는 걸 깨닫게 되죠. 아, 그래요! 평생 망상에 사로잡혀 바보처럼 사느니 고통스럽더라도 결국 깨어나는 게 낫겠죠.」

「제 생각에는, 부인,」의사가 헤어지면서 에드나의 손을 잡고 말했다. 「깊은 고민에 빠지신 것 같네요. 비밀을 털어놓으라고 하진 않겠습니다. 다만 저한테 뭔가 털어놓고 싶으면, 아마도 제가 도움이 될 거라고 말씀드릴게요. 저는 부인을 이해할 수 있어요. 말씀드리지만, 부인을 이해할 만한 사람이 많지는 않을 겁니다. 별로 없죠, 부인.」

「어쨌거나 제 고민을 떠들 기분이 아니군요. 저를 배은망덕하다거나 선생님의 배려에 감사할 줄 모른다고 생각하지는 마세요. 때로 절망과 고통에 사로잡힐 때가 있죠. 하지만 제 방식 이외의 다른 어떤 것도 따르고 싶지 않아요. 물론 다른 사람들의 삶과 생각, 편견을 짓밟을 때는 큰 대가가 따르죠. 하지만 아무래도 좋아요. 그래도 애들의 삶은 짓밟고 싶지 않아요. 아! 제가 무슨 말을 하는지 모르겠네요, 선생님. 안녕히 가세요. 무슨 일이 생겨도 저를 비난하지 마세요.」

「아닙니다, 조만간 저를 찾지 않는다면 부인을 비난할 겁니다. 예전에는 꿈도 꾸지 못한 대화를 나누게 될 겁니다. 우리 둘 다에게 유익할 겁니다. 무슨 일이 있어도 본인을 자책하지 않았으면 좋겠군요. 안녕히 주무세요, 부인.」

에드나는 현관에 도착했지만, 집 안에 들어가는 대신 현관 계단에 걸터앉았다. 고요하고 감미로운 밤이었다. 마치 벗지는 못하고 느슨하게 풀어 놓아야 했던 칙칙하고 불편한 옷처럼, 지난 몇 시간 동안 그녀를 사로잡았던 고통스러운 감정이 사라진 것 같았다. 에드나는 아델이 자신을 부르기 바로 직전의 순간으로 돌아갔다. 로베르가 한 말, 꽉 안아 주던 팔,

자신의 입술에 포개진 로베르의 감미로운 입술이 떠오르자, 모든 감각이 다시 생생해졌다. 그 순간, 사랑하는 연인과 함께 있는 것보다 더 큰 기쁨이 이 세상에 있다고는 상상하기 어려웠다. 그의 사랑 고백은 이미 자신의 일부를 그녀에게 내준 것이었다. 지금 가까운 곳에서 로베르가 자신을 기다린다는 생각에, 에드나는 황홀한 기대로 온몸이 마비될 지경이었다. 이미 너무 늦은 시각이라 로베르는 잠이 들었을지도 모른다. 에드나는 키스로 그를 깨울 것이다. 자신의 애무로 깨울 수 있게 로베르가 자고 있었으면 좋겠다고 생각했다.

문득 아델의 속삭임이 떠올랐다. 〈애들을 생각해요, 애들 생각을 해요.〉 에드나는 애들 생각을 하려 했다. 이 결심이 끔찍한 상처처럼 에드나의 영혼을 파고들었다. 하지만 오늘 밤은 아니야. 내일 모두 생각하리라.

자신을 기다릴 거라 기대한 로베르는 작은 응접실에 없었다. 집 안 어디에도 보이지 않았다. 집은 텅 비어 있었다. 하지만 램프 불빛 아래 로베르가 남긴 쪽지가 보였다.

〈당신을 사랑합니다. 떠납니다, 당신을 사랑하기 때문에.〉

에드나는 쪽지를 읽으면서 정신이 혼미해졌다. 소파로 가서 털썩 주저앉았다. 소파에 몸을 뻗고는 한마디도 하지 않았다. 잠을 자는 것도 아니었다. 침대로 가지도 않았다. 탁 소리가 나더니 램프가 꺼졌다. 아침이 되어 셀레스틴이 부엌문을 열고 들어와 난로에 불을 지필 때도 에드나는 여전히 깨어 있었다.

39

빅토르는 망치와 못, 작은 목재 조각을 가지고 현관 한쪽 구석을 손보고 있었다. 가까이 앉은 마리키타가 발을 까딱거리며 빅토르의 일하는 모습을 지켜보다가, 연장통에서 못을 집어 건네주었다. 두 사람의 머리 위로 따가운 햇볕이 쩅쩅 내리쬐고 있었다. 소녀는 사각형으로 접은 앞치마로 머리를 덮었다. 두 사람은 한 시간 이상 이야기를 나누고 있었다. 그녀는 빅토르가 들려주는 퐁텔리에 부인의 저택에서 열린 만찬 이야기를 질리지도 않고 열심히 들었다. 빅토르는 그 만찬을 루키우스[27]가 주최한 호화로운 연회나 되는 것처럼 세세한 부분까지 과장해서 떠벌렸다. 그의 말에 따르면, 커다란 화병마다 꽃이 한가득 꽂혀 있었고, 샴페인을 큰 황금 잔에 따라 벌컥벌컥 마셨다. 거품에서 태어난 비너스도 다이아몬드 머리 장식과 아름다운 미모로 빛나는 퐁텔리에 부인보다 더 황홀한 모습을 연출하지 못했을 것이다. 다른 여자들

27 Lucius Licinius(B.C.110~B.C.56). 로마의 장군이자 정치가. 향락적인 연회를 즐긴 것으로 유명하다.

도 모두 뛰어나게 아름다운 젊은 여신들 같았다.

마리키타는 빅토르가 퐁텔리에 부인을 사랑하는 것 아닌가 잠깐 의심했다. 게다가 그런 의심을 증명이라도 하듯, 그의 대답이 모호했다. 이 대답에 뾰로통해진 소녀는 조금 훌쩍이더니 당장 그 멋진 부인들한테나 가라고 소리 질렀다. 그러면서 셰니에르에는 자신한테 빠진 남자가 족히 열 명도 넘는다, 기혼 남성과 사귀는 게 대세이니 까짓것 원하기만 하면 언제라도 셀리나의 남편과 뉴올리언스로 도망칠 수도 있다고 큰소리쳤다.

빅토르는 셀리나의 남편이 바보에 겁쟁이, 그리고 돼지 같다고 하면서, 마리키타에게 이를 증명하기 위해 다음에 셀리나의 남편을 마주치면 그의 머리를 망치로 쳐서 젤리로 만들어 버리겠다고 했다. 이런 호언장담에 마리키타의 마음이 풀렸다. 마리키타는 그제야 안심한 뒤 눈물을 닦고 다시 발랄한 표정을 지었다.

퐁텔리에 부인이 본채 모퉁이를 돌아 나타났을 때도 두 사람은 만찬과 도시 생활의 매력에 관해 여전히 떠드는 중이었다. 두 젊은이는 유령처럼 나타난 에드나를 보고 깜짝 놀라 그 자리에 얼어붙었다. 하지만 그들 앞에 나타난 존재는 긴 여행으로 조금 피곤하고 지쳐 보이긴 해도 진짜 피와 살이 붙어 있는 퐁텔리에 부인이었다.

「부두에서 여기까지 걸어왔어요. 망치질 소리가 들리더군요. 빅토르가 현관을 고치나 보다 생각했어요. 잘됐네요. 지난여름, 널빤지가 헐거워서 늘 발에 걸렸거든요. 어쩜 모든

238

게 이처럼 쓸쓸하고 황량할까요!」

빅토르는 한참 지나서야 퐁텔리에 부인이 보들레의 작은 돛단배를 타고 혼자서 여기까지, 게다가 특별한 목적도 없이 쉬러 왔다는 사실을 가까스로 이해했다.

「보시다시피, 아직 다 고치지 못했어요. 제 방을 내드릴게요. 지금 머물 데라곤 그 방밖에 없어요.」

「아무 데나 괜찮아요.」에드나가 빅토르를 안심시켰다.

「그리고 필로멜의 요리 솜씨라도 괜찮다면,」빅토르가 말을 이었다. 「부인이 여기 계시는 동안 필로멜의 어머니한테 요리를 해달라고 부탁해 볼게요. 필로멜의 어머니가 올까?」 빅토르가 마리키타에게 고개를 돌리며 물었다.

마리키타는 단 며칠 동안, 그리고 돈을 넉넉히 준다면 아마 필로멜의 어머니가 올 거라고 생각했다.

소녀는 갑자기 나타난 퐁텔리에 부인을 보며, 처음에는 연인과 재회하러 온 것 아닐까 의심했다. 하지만 빅토르가 진심으로 놀라고 퐁텔리에 부인이 너무 담담해서 그런 불안은 소녀의 머릿속에서 금방 사라졌다. 소녀는 미국에서 최고 호화로운 만찬을 베풀고, 뉴올리언스의 모든 남자를 발밑에 무릎 꿇게 했다는 이 부인을 매우 흥미진진하게 살펴보았다.

「저녁 식사는 몇 시에 하나요?」에드나가 물었다. 「몹시 배가 고프거든요. 하지만 특별한 걸 차릴 필요는 없어요.」

「금방 준비시킬게요.」빅토르가 연장통을 부산스레 치우며 말했다. 「제 방에 가서 씻고 좀 쉬세요. 마리키타가 방으로 안내해 줄 겁니다.」

「고마워요.」 에드나가 말했다. 「하지만 저녁 식사 전에 해변에 가서 씻고 수영도 좀 하고 싶은데요.」

「물이 너무 차요!」 두 사람이 동시에 외쳤다. 「아예 그런 생각도 하지 마세요.」

「그래도, 일단 내려가서 발이라도 담가 볼래요. 태양이 바닷속 깊은 곳까지 덥혀 줄 만큼 따가운 것 같은데요. 수건 두 장만 가져다줄래요? 식사 시간에 맞춰 돌아오려면 지금 바로 가야겠어요. 오늘 오후까지 기다리면 바닷물이 너무 차가워질 것 같네요.」

마리키타가 빅토르의 방으로 달려가서 챙겨 온 수건 몇 장을 에드나에게 건네주었다.

「저녁에 생선 요리를 먹으면 좋겠어요.」 에드나가 해변으로 발걸음을 옮기며 말했다. 「하지만 없으면 따로 준비하진 말고요.」

「얼른 뛰어가서 필로멜의 어머니를 좀 찾아봐.」 빅토르가 소녀에게 일렀다. 「난 부엌에 가서 뭘 할 수 있는지 볼게. 제 기랄! 여자들은 남을 배려하는 마음이라곤 눈곱만큼도 없다니까! 미리 전갈이라도 좀 보낼 것이지.」

에드나는 햇살이 따갑다는 사실 말고는 아무 느낌도 없이 무덤덤하게 해변으로 내려갔다. 특별히 줄지어 떠오르는 어떤 생각에 몰두한 것도 아니었다. 로베르가 떠난 뒤 아침까지 소파에 누워 뜬눈으로 밤을 꼬박 지새우며 해볼 만한 생각은 이미 다 해본 터였다.

에드나가 혼잣말을 했다. 「오늘은 아로뱅, 그리고 내일은 또 다른 누군가가 되겠지. 내겐 아무 상관 없어. 레옹스 퐁텔리에 걱정은 할 필요 없어. 하지만 라울과 에티엔은 어쩌지!」에드나는 오래전에 아델 라티뇰에게 자녀를 위해 본질적이지 않은 것은 포기할 수 있지만 자신을 희생하지는 않겠다고 했던 말이 무슨 뜻이었는지 이제야 분명히 깨달았다.

밤새 뜬눈으로 지새울 때 엄습했던 절망감은 쉽사리 사라지지 않았다. 에드나는 이 세상에서 바랄 게 아무것도 없었다. 로베르 빼고는 곁에 있어 주었으면 하는 사람도 없었다. 심지어 로베르나 로베르에 대한 생각도 언젠가 자신의 존재 밖으로 사라져 결국 홀로 남겨질 날이 올 거란 사실도 깨달았다. 자신과 싸우러 온 적군처럼 두 아들이 그녀 앞에 나타났다. 여생 동안 그녀를 제압해 노예처럼 그녀의 영혼을 질질 끌고 가려는 적군처럼. 하지만 에드나는 두 아들에게서 어떻게 벗어날 수 있는지, 그 방법을 알고 있었다. 그러나 해변으로 가면서는 이런 생각도 하지 않았다.

어디를 봐도 에드나 앞에 펼쳐진 멕시코만의 바닷물은 수백만 개의 햇살로 눈부시게 반짝였다. 파도 소리가 유혹하듯 끊임없이 속삭이다 포효하며 중얼거리고, 에드나의 영혼이 고독한 심연 속에서 방황하게 했다. 백사장 위아래 어디에도 살아 있는 생명체라고는 보이지 않았다. 날개 부러진 새 한 마리가 비틀비틀 퍼덕이다가 힘없이 상공을 돌더니 바닷물 속으로 추락했다.

에드나는 탈의실 안에 빛바랜 채 아직 그대로 걸려 있는 예전 수영복을 발견했다.

에드나는 탈의실에서 옷을 벗고 수영복으로 갈아입었다. 하지만 완벽하게 혼자가 되어 바다 옆에 섰을 때, 까칠하고 거추장스러운 수영복을 벗어 던졌다. 뜨거운 태양 아래 산들바람이 그녀의 몸을 간질였고, 유혹하는 파도 앞에서 그녀는 난생처음 알몸으로 섰다.

하늘 아래 알몸으로 서 있다는 게 얼마나 이상하고 어색하던지! 동시에 얼마나 달콤한 일인지! 마치 익숙하지만 이전에는 몰랐던 세상에 처음으로 눈뜬, 갓 태어난 생명체가 된 기분이었다.

바다의 잔물결이 에드나의 하얀 발에 거품을 일으키며 밀려들어, 똬리 튼 뱀처럼 발목을 감쌌다. 에드나는 바다를 향해 앞으로 나아갔다. 물이 차가웠지만, 계속 앞으로 걸어 나갔다. 물이 깊었으나 하얀 몸을 물에 뜨게 하고 길게 자맥질하며 앞으로 헤엄쳐 나갔다. 몸을 살며시 꼭 안아 주는 바닷물의 감촉이 관능적이었다.

에드나는 쉬지 않고 계속 앞으로 헤엄쳐 나갔다. 멀리까지 헤엄쳐 나갔던 밤이 기억났고, 다시는 해변에 돌아오지 못할까 봐 공포에 사로잡혔던 기억도 되살아났다. 에드나는 뒤돌아보지도 않고 줄곧 앞을 향해 헤엄치면서, 시작도 끝도 없이 펼쳐진 푸른 초원을 가로질러 가던 어린 시절을 생각했다.

팔과 다리에서 점점 힘이 빠졌다.

레옹스와 두 아들 생각이 났다. 그들은 그녀 삶의 일부였다. 하지만 그들은 에드나를, 에드나의 몸과 영혼을 소유할 수 있다고 생각하면 안 되는 것이었다. 라이즈 양이 안다면 얼마나 자신을 비웃고 조롱할까! 〈그런데도 자신을 예술가라고 부르다니! 허세가 심하군요, 부인! 예술가라면 대담하게 도전하는, 용기 있는 영혼을 지녀야 한답니다.〉

극도의 피로감이 밀려와 에드나를 사로잡았다.

〈당신을 떠납니다, 당신을 사랑하기 때문에.〉 로베르는 몰랐다. 그는 이해하지 못했다. 결코 이해하지 못할 것이다. 망들레 박사를 만났다면, 그 박사는 자신을 이해해 주었을지 모른다. 하지만 너무 늦었다. 그녀 뒤로 해변은 점점 멀어지고, 그녀는 더 이상 수영할 기운이 남아 있지 않았다.

에드나는 먼 곳을 응시했다. 한순간 이전에 느꼈던 공포가 몰려왔지만, 이윽고 다시 사라졌다. 아버지와 마거릿 언니의 목소리가 들렸다. 플라타너스에 묶인 늙은 개가 컹컹 짖는 소리도 들렸다. 기병대 장교가 현관을 나설 때 울리던, 구두 뒤축의 박차가 바닥에 부딪히는 소리도 들렸다. 윙윙대는 벌들의 소리, 패랭이꽃의 사향 같은 향기가 온 천지에 가득했다.

〈전통과 편견〉 너머

작가의 생애

케이트 쇼팽은 1850년 2월 8일 미국 미주리주 세인트루이스에서 캐서린 오플래허티Katherine O'Flaherty라는 이름으로 태어났다. 그녀의 출생 날짜에 대해서는 논란이 있다. 그녀의 생일은 1851년이라고 전해지는데, 그녀 자신은 1850년이라고 주장하기 때문이다. 아일랜드 출신의 성공한 사업가 아버지(토머스 오플래허티Thomas O'Flaherty)와 프랑스 귀족 혈통의 크리올 어머니(엘리자 파리스Eliza Faris)의 영향으로 쇼팽은 독특한 개성을 지니게 된다.

5세 때(1855) 열차 사고로 아버지를 여의고 어머니와 외할머니, 외증조할머니 3대가 사는 외가에서 자랐다. 쇼팽의 생애는 미국 역사의 격동기인 남북 전쟁(1861~1865)과 겹쳐, 그녀는 여러 가까운 가족들의 비극적 죽음을 목도하게 되었다. 자매들은 유아기에, 남자 형제들은 남북 전쟁에 남부군으로 참전했다 전사한 이복동생을 비롯해 모두 20대 초반에 사망하여, 25세 이후엔 형제 중 홀로 남았다. 13세 때 외증조할머니와 이복 오빠를 잃은 충격으로 2년간 학교도 안가고 친구도 만나지 않은 채 다락방에서 독서에만 몰두했다. 이후 18세에 세인트루이스 가톨릭 여학교를 졸업했다.

그녀의 정신적·예술적 성장에 큰 영향을 미친 사람은 여장부 사업가였던 외증조할머니. 외증조할머니는 그녀에게 프랑스어와 피아노를 배우게 했을 뿐 아니라, 다양한 사람의 모험 이야기와 여성 선조들의 내력을 알려 주었다. 또한 쇼팽에게 겉모습만 믿지 말고 삶의 문제에 솔직하고 용감하게 직면하라고 가르쳤다. 덕분에 그녀는 후일 대담하고 솔직한 사실주의 작가로 성장하게 되었다.

쇼팽은 20세에 여덟 살 연상의 루이지애나주 출신 오스카 쇼팽Oscar Chopin과 결혼했으며, 유럽으로 신혼여행을 다녀온 뒤 뉴올리언스에 정착해 29세까지 여섯 명의 자녀를 낳았다. 뉴올리언스는 프랑스풍의 귀족적인 크리올 문화가 지배적인, 미국 남부 무역과 상업의 중심지였다. 이 이국적인 뉴올리언스에서 지낸 9년간의 도시 생활은 그녀의 생애와 작품에 큰 영향을 미쳤다. 당시 주변 친지들은 그녀의 당당한 태도와 담배 피우는 모습, 보호자 없이 길거리를 활보하는 자유로운 모습에 당황했다고 한다. 오스카는 노예 제도를 옹호하는 백인 우월주의자였고, 케이트 쇼팽도 노예를 부리는 집안에서 성장했다. 그러나 쇼팽은 자신의 작품에서 노예제도나 인종 문제에 대한 입장을 분명하게 드러내지 않았다.

1879년 남편의 목화 중개 사업이 실패하자, 가족이 다 함께 케이준[1]이 모여 사는 루이지애나주 클라우티어빌로 이주해 여러 개의 작은 농장과 잡화점을 경영했다. 쇼팽은 여기서 뉴올리언스의 상류 귀족층인 가톨릭 크리올과 매우 다른 케이준 문화를 경험하고, 이 경험을 바탕으로 아카디아 사람들의 이야기를 쓰게 되었다. 이처럼 그녀의 대다수 작품이 크리올 문화를 배경으로 한 탓에 그녀를 남부 지방색이 짙은 로컬 작가로 보기도 하지만, 그녀의 관심사는 항상 인간, 특히 여성에 있었다. 구체적인 중심 주제는 주로 19세기 후반 미국 남부 여성들의 삶과 자신의 정체성 확립을 위한 그들의 투쟁이었다. 당시 쇼팽이 살았던 집은 20세기 후반 〈바유 민속 박물관〉이라는 역사적 유물로 지정되었으나, 2008년 일어난 화재로 굴뚝을 제외하고 전소되었다.

1882년 10월 남편이 말라리아로 갑자기 죽자, 32세에 홀로된 쇼팽은 많은 부채와 자녀 양육을 떠맡았다. 에밀리 토스Emily Toth에 의하면, 미망인이 된 쇼팽은 남편의 사업을 물려받아 운영하면서 그 지방의 여러 남성과 만났으며, 특히 앨버트 샘파이트Albert Sampite라는 유부남 농부와 1년간 연인 관계를 지속했다.

남편이 죽고 2년이 지난 1884년, 쇼팽은 여섯 명의 자녀를 데리고 세인트루이스 친정으로 돌아갔다. 친정에 살면서 재정적 어려움에서는 벗어났지만, 헌신적이던 어머니가 이듬해 갑자기 사망하자 깊은 우울증에 빠졌다. 이에 유일한 친구이자 가족 주치의였던 프레더릭 콜벤하이어 박사Dr.

---

1 캐나다의 아카디아에서 18세기경 추방당한 후 루이지애나주로 이주한 프랑스계 후손들.

Frederick Kolbenheyer가 돈도 벌고 넘쳐나는 에너지를 분출할 수단으로 그녀에게 글을 써보라고 권유했다. 쇼팽은 칸트와 헤겔, 쇼펜하우어에 정통하고 성숙한 종교적 견해와 철학적 자세를 지닌 이 의사의 영향으로 인간 본성에 대한 깊은 통찰력을 지닌 작가로 성장했다. 아울러 생물학과 인류학에 흥미를 갖고 플로베르와 모파상, 에밀 졸라의 작품을 탐독했다. 그녀는 특히 모파상으로부터 전통과 권위에 얽매이지 않는 사상과 직접적이고 간결하며 역설적인 표현법을 배웠다. 가령 첫 번째 단편집 『바유 사람들Bayou Folk』(1894)에 실려 있는 「데지레의 아기Désirée's Baby」가 좋은 예다.

그 의사의 권유에 따라 쇼팽은 1892년부터 단편소설을 간행지에 기고하면서 작가로서 이름을 알렸다. 그녀는 두 권의 단편집인 『바유 사람들』과 『아카디에서 보낸 하룻밤A Night in Acadie』(1897)을 출간했다. 주요 단편소설로는 「데지레의 아기」와 「한 시간 이야기The Story of an Hour」, 그리고 「폭풍The Storm」 등이 있다. 그녀는 불과 10여 년간 100여 편의 단편소설과 3편의 장편소설, 그리고 20여 편의 시와 10여 편의 수필, 여러 편의 희곡과 평론 외에 음악 작곡 등 왕성한 작품 활동을 했다. 그녀가 이처럼 늦은 나이에 글쓰기를 시작해서 많은 작품을 발표하고 작가로서 높은 평가를 받은 것은 놀라운 일이다. 그녀는 루이지애나주의 경험을 시와 단편소설로 옮겨 1892년부터 1895년까지 미국 전역에 문학적 영향력을 지닌 『애틀랜틱 먼슬리Atlantic Monthly』, 『보그Vogue』, 『세기The Century Magazine』, 『유스 컴패니언The Youth's

Companion』같은 유수의 잡지에 작품들을 발표했다.

첫 장편소설『중대한 과실*At Fault*』(1890) 이후 두 번째로 출간된 장편소설이자 대표작인『각성*The Awakening*』은 1899년 시카고의 허버트 S. 스톤 출판사에서 출간되었다. 1897년에 〈고독한 영혼*A Solitary Soul*〉이라는 제목으로 출간된 바 있는데, 이 제목은 에드나의 절대적인 고독을 상징한다.

이 작품은 잠시 독자들에게 높이 평가되었지만, 부도덕하다는 이유로 곧 출판이 금지되었다. 또한 〈세인트루이스 예술가 협회〉에서 제명되고 세인트루이스 도서관에서 거부당하기도 했다. 따라서 출간 이후 60여 년간 빛을 보지 못했다. 쇼팽은 이러한 혹평에 좌절해 이후 죽을 때까지 5년간 이전처럼 왕성한 창작 활동을 하지 않았지만, 「뉴올리언스에서 온 신사The Gentleman from New Orleans」(1900)라는 단편소설로 그해 최초로 발간된 미국의 인명사전『마키스 후스 후*Marquis Who's Who*』에 등재되었다. 그녀는 원고료만으로 부족해 루이지애나와 세인트루이스에서 지급되는 투자 배당금으로 생활했다고 한다.

1904년 8월 20일, 루이지애나 세인트루이스 세계 박람회를 관람하고 나서 뇌출혈로 쓰러져 이틀 뒤 54세 나이로 사망, 세인트루이스 갈보리 묘지에 안장되었다.

작품 세계

이 소설은 여름 휴가차 간 미국 남부 루이지애나주의 뉴올리언스 근처 피서지 그랜드 아일 섬을 배경으로 에드나 퐁텔리에라는 28세의 젊은 부인이 성적·심리적으로 각성해 나가는 이야기다. 그녀는 뉴올리언스에서 사업을 하는 부유한 크리올 남편의 아내이자 사랑스러운 두 아들의 엄마로서, 요리사와 하녀, 보모를 거느리고 여유 있게 사는 켄터키주 출신의 상류층 여성이다. 그녀는 그랜드 아일의 바다에서 혼자 수영하는 법을 배운 뒤, 처음으로 뭔가 해냈다는 성취감과 타인의 속박에서 벗어난 해방감을 느끼며 바다에서 새로이 태어난다. 또한 신교도 집안에서 자란 자신과는 아주 다른, 유럽식 관습에 따라 살아가는 가톨릭 크리올 사람들의 관능적이고 솔직한 인간관계와 바다의 영향으로 알 수 없는 혼란과 갈등을 느끼면서 정신적·육체적으로 눈뜬다. 즉 자신이 어머니 역할만으로 만족할 수 없는 우주 속의 한 개인임을 깨닫고 주체적인 삶에 대한 열망을 갖게 되는 것이다.

그런데 에드나 옆에는 대조적인 두 여성이 있다. 크리올 문화를 대변하는 현모양처의 전형인 아름다운 아델 라티뇰 부인은 남편을 공경하고 늘 바느질을 하며 아이 낳는 일을 인생의 축복이라 여긴다. 그러면서 에드나에게 바람직한 아내와 엄마의 역할을 끊임없이 상기시킨다. 한편 독신 피아니스트인 라이즈 양은 개성과 자기주장이 강하며 관습에 동조하지 않는, 자유로운 영혼을 지닌 여성이다. 그녀는 에드나에게 진정한 예술가가 되려면 인습과 편견을 뛰어넘어 모든 사회적 제약에서 벗어나야 한다고 말해 준다. 에드나는 두 여성과 친하게 지내지만, 그들의 삶을 부러워하지 않는다. 즉 에드나는 아내와 엄마로만 존재하는 라티뇰 부인의 삶에

권태를 느끼며, 사회와 타인으로부터 소외되어 고독하고 가난하게 살아가는 라이즈 양의 삶도 동경하지 않는다.

휴가를 마치고 뉴올리언스 집으로 돌아온 에드나는 예전과 달라진 모습을 보인다. 그랜드 아일에 머무는 동안 젊은 크리올 청년 로베르를 사랑하게 되어, 자기 삶의 조건들을 새로운 눈으로 바라보게 되었기 때문이다. 따라서 그녀는 자신을 하나의 소유물로 생각하는 남편과의 결혼 생활과 두 아이의 엄마로서 해야 할 의무와 역할에 회의를 느끼며, 자신이 중심이 되는 자유롭고 독립적인 삶을 추구한다. 그 첫걸음으로 마치 종교의식처럼 화요일마다 손님들을 접대하던 행사를 과감히 중단한다. 또한 자녀 양육이나 집안일보다 그림 그리기에 몰두하며, 책을 가까이 하고, 고독을 즐기면서 혼자 도심을 배회해 남편을 놀라게 한다. 에드나가 외면과 체면을 중시하는 사회로부터 내면과 본질적 자아로 관심을 돌릴 때, 사회적 체면을 더 중시하는 남편은 사업차 뉴욕으로 장기 출장을 떠난다. 그사이 그녀는 남편 소유의 큰 저택을 떠나 자신만의 작은 공간인 〈비둘기 집〉으로 이사한다.

어느 날 멕시코로 떠났던 로베르가 돌아오자, 그녀는 로베르와의 사랑을 회복하고 싶어 하지만, 유부녀와의 사랑을 금하는 사회적 규범을 떨칠 수 없는 로베르는 다시 에드나를 떠난다. 이에 에드나는 사교계의 자유분방한 연애주의자 아로뱅과의 육체적 사랑도, 상호 교감에 토대를 둔 로베르와의 사랑도, 자식들에 대한 애정도 자신의 고독한 영혼을 채워줄 수 없음을 깨닫는다. 쇼팽은 이처럼 에드나의 성적 욕망과 불륜을 인간의 자연스러운 본능으로 간주해 도덕적으로 비난하지는 않지만, 아로뱅과의 육체적 사랑은 찰나에 불과하며 로베르와의 사랑도 엄격한 사회 규범 앞에서는 무력함을 보여 준다.

뜬눈으로 밤을 지새운 다음 날, 에드나는 이제 남편 옆에서 자신의 영혼이 잠식당하는 삶을 견딜 수 없어 다시 그랜드 아일로 떠난다. 즉 무의식에서 의식 세계로 나온 에드나에게 열려 있던 것은 또 다른 속박의 세계였던 것이다. 그녀는 알 수 없는 내면의 소리에 이끌려 모든 관습과 구속의 옷을 벗고, 수영복까지 다 벗은 알몸으로 그랜드 아일의 바다에서 파도에 몸을 내맡기며 더 먼 바다로 헤엄쳐 나간다. 즉 먼 바다 위 하늘에서 〈전통과 편견〉 너머 자유롭게 비상하려다가 날개가 부러져 힘없이 바닷속으로 떨어지는 한 마리 새처럼 넓은 바다로 헤엄쳐 나가는 것이다. 이는 새장에 갇혀 있던 에드나가 전통적인 어머니와 아내의 역할에서 벗어나 독립된 자아를 추구하지만 결국 좌절함을 암시한다.

진퇴양난의 어려운 상황 속에서 에드나가 바다로 들어가 스스로 생을 마감하는 이 결말에 대해서는 논란이 많다. 이 결말은 남성 지배적인 문화에서 벗어나려는 행위인가, 아니면 사회에서 여성의 자유로운 공간을 확보할 수 없음을 인정하는 행위인가? 현실의 사회적 제약과 구속으로부터의 승리나 해방인가, 아니면 가부장적인 사회에서 불가능한 여성의 자아 확립과 주체적인 삶의 추구를 포기하고 운명에 수동적으로 굴복하는 것인가? 그녀는 남편이 보낸 사탕 상자의 세계 속에서 달콤하게 머물러야 했을까, 아니면 꿈에서 깨어 차디찬 현실의 절대 고독과 마주해야만 했던 걸까? 그때 그녀는 과연 어디로 가야 했을까? 에드나를 어떤 여성으로 보느냐에 따라 이 질문에 대한 답이 달라질 것이다. 평자들은 에드나를 과감한 개혁자, 또는 남성 우월주의와 가부장적인 사회의 희생양 등 다양한 관점에서 평가한다.

한 가지 분명한 사실은 에드나의 자살을 암시하는 이 마지막 장면은 무의식적인 행위라기보다 자유의지의 결과라는 점이다. 이 마지막 행위를 다양한 각도에서 볼 수 있는 또 다른 이유는 죽음과 새로운 생명의 탄생이라는 이중적 의미를 지닌 바다라는 배경 때문이다. 그녀의 죽음은 더 이상 살 수 없었던 한 인간의 마지막 실존적 몸짓이자 바닷속 죽음을 넘어 새로운 초월을 시도한 것이라고 할 수 있을 것이다. 이러한 이유로 에드나는 먼 바다로 사라졌지만 자유를 갈망하는 모습으로 기억된다. 아울러 이 마지막 장면은 19세기 후반 미국의 청교도 사회에서 여성이 세상을 거슬러 자아를 실현하기가 얼마나 어려운 일이었는지를 증명해 준다. 그럼에도 불구하고, 망들레 박사에게 〈결국 잠에서 깨어나는 게 고통스럽긴 해도 평생 망상에 사로잡혀 바보처럼 사는 것보다는 낫다〉는 에드나의 이야기는 작가가 말하고 싶은 이 작품의 주제라 할 수 있을 것이다.

이 책이 출판되었을 때, 비평가들이나 독자들은 큰 충격을 받았다. 쇼팽의 탁월한 글솜씨를 칭찬하면서도, 당시 금기시되었던 여성의 성적 욕망과 부도덕한 일탈을 그리면서 모성애와 결혼 제도, 가부장적인 문화를 비판했기 때문에 이 작품에 거센 비난을 퍼부었다. 19세기 후반 폐쇄적인 미국 남부 사회에서 자신의 진정한 자아를 찾고 영혼의 자유를 추구하는 여성의 이야기는 당대 사람들이 쉽게 받아들일 수 있는 주제가 아니었던 것이다.

그리하여 이 책은 절판되었다가 쇼팽 사후 60여 년이 지나 1970년대 여성 해방 운동 이후 〈잊혀진 고전〉으로 재평가되었다. 즉 현대 페미니즘 소설의 선구로 찬사를 받으며 재조명되었다. 구체적으로 쇼팽 연구는 1932년 대니얼 랭킨 Daniel Rankin의 박사 학위 논문, 『케이트 쇼팽과 그녀의 크리올 이야기 Kate Chopin and Her Creole Stories』가 출간되면서 시작되었다. 이 작품은 시적 통일성과 시적 산문, 에드나의 성격 묘사, 상징 등으로 1946년 프랑스 비평가 시리유 아르나봉 Cyrille Arnavon의 주목을 받았다. 또한 라저 지프 Larzer Ziff(The American 1889's, 1966)와 스탠리 카우프만 Stanley Kauffmann은 에드나가 플로베르의 『보바리 부인 Madame Bovary』을 연상시킨다고 했으며, 1956년 케네스 에블 Kenneth Eble은 이 작품을 〈미국판 보바리 부인〉이라고 언급했다. 유명한 미국 비평가 에드먼드 윌슨 Edmund Wilson(Patriotic Gore, 1966)과 워너 버소프 Warner Berthoff(The Fermant of Realism, 1965)는 이 작품을 읽으면 D.H. 로런스의 『채털리 부인의 사랑』과 톨스토이의 『안나 카레니나』가 떠오른다고 했다. 윌슨을 비롯한 많은 평자는 쇼팽을 새로이 평가하여 단순히 여성 소설을 넘어 종족 간의 문제,

환상에서 깨어난 인간의 고통과 같은 보편적 주제를 다룬 작가로 재평가했다. 제인 르 마퀀드Jane Le Marquand는 쇼팽을 새로운 페미니스트의 탄생으로 간주했다. 이 외에 쇼팽이 어떻게 미국의 새 지평을 열었는지 설명한 퍼 세이어스테드Per Seyersted의 쇼팽 전기(1969) 및 그녀의 작품들이 출간되며, 쇼팽이 전 세계에 알려지고 여러 나라 언어로 번역되었다. 1969년 이후 그녀에 대한 글들은 대부분 페미니즘과 여성들의 사회적 위치에 관한 것이 주류를 이루었다. 쇼팽은 인간의 열정과 성적 욕구를 도덕적으로 판단하지 않고 그린 미국 최초의 여성 작가로서, 1960년대 여권 신장론자들에게 여권의 초기 주창자로서 극찬을 받았다.

그러나 쇼팽이 여권 신장론자로 자처하거나 작품 속 여주인공들처럼 자신의 결혼 생활에 불만을 표명했다는 기록은 없다. 그녀는 여성 해방론자나 여성 참정권론자는 아니었지만, 19세기 미국 남부 사회 여성들의 삶을 재현하여 여성 문제만이 아니라 인간의 보편적 문제인 자아와 사회의 문제도 폭넓게 탐구한 선구적인 사실주의 작가였다. 즉 그녀는 전통과 권위에 항거하면서도 감상에 빠지지 않고, 여성의 곤경을 여성만이 아닌 인간의 생존 조건으로 널리 일반화함으로써, 여성의 자아 추구는 물론 보다 근원적인 인간 존재에 대한 진지한 질문들을 제기했다. 그녀의 서술 능력이 〈천재적〉이라고 한 프레드 루이스 패트Fred Lewis Patte의 지적처럼, 쇼팽은 1890년대 미국 문학에서 탁월한 창작적 기교를 지닌 당대 최고의 작가일 뿐 아니라, 오늘날에도 가장 중요한 작가 중 한 명으로 평가된다. 따라서 그녀의 작품은 미국 여러 대학에서 여성학과 문학 수업 교재로 쓰이며, 20세기 초 고전으로 높이 평가되고 있다.

출판사에서 『각성』의 번역을 의뢰하자 흔쾌히 응했다. 페미니즘 비평을 공부하면서 너무나 많이 들었던 작품이라 이 기회에 꼭 한 번 읽어야겠다는 생각이 들었기 때문이다. 읽고 난 감상은 기대 이상이었다. 정확히 120년 전 작품인데도, 두 아이의 엄마로서 남편에게 복종하며 살다가 점차 한 인간으로서 자아를 깨닫는 각성 과정이 실감 나게 잘 그려져, 21세기인 지금 읽어도 재미있고 놀라웠다. 또한 쇼팽이 페미니즘 용어를 사용하지는 않았지만, 우주 속 한 개인으로서 자아의 정체성을 찾아가는 과정이나 심리 묘사, 그리고 매우 대담하고 생생한 여성의 성적 욕망 묘사에 매우 놀라기도 했다. 게다가 에드나가 정신적 각성뿐 아니라 경제적 독립까지 이룬다는 사실에 더더욱 놀랐다. 누구나 독립을 외치지만, 정신적 독립에 반드시 수반되는 경제적 독립을 하지 못해 대부분 실패한다. 이에 반해 에드나는 경제적 독립의 필요성을 이미 깨닫고, 나아가 실천까지 한 것이다. 그녀는 버지니아 울프의 『자기만의 방』처럼, 진정한 독립을 위해서는 자기만의 방, 자기만의 공간이 필요함을 깨닫고, 자신의 그림을 그림 판매상에게 판 돈에 친정 엄마가 물려준 돈 등을 합쳐 조그만 〈비둘기 집〉으로 이사한 것이다. 아울러 에드나의 고통을 여성만의 고통이 아니라 인간의 보편적 고통으로 확대한 것은 대단한 업적이라 할 것이다.

그런데 이 소설이 〈호랑이 담배 피우던 시절〉이나 〈웃으며 옛말하는〉 이야기가 되어야 할 텐데, 21세기인 지금도 에드나의 고군분투가 계속 진행형이라는 우리 현실이 다소 서글프다. 『82년생 김지영』이 베스트셀러 1위에 오른 중국에서뿐 아니라 아시아를 비롯해 전 지구적으로 호응을 얻고 있는데, 한편에서는 예전 여성들이 말없이 잘도 참던 현실에 대해 목소리를 내기 시작하는 여주인공에게 불편한 심기를 드러내는 사람들이 많은 것 또한 우리 현실이기 때문이다. 〈어머, 이런 시절이 있었나!〉라고 하며 과거 지난한 시대 이야기로 이 책이 읽히기를 바란다면, 역자의 과도한 욕심일까? 조지 엘리엇의 표현처럼 많은 독자가 이 책을 읽고 〈침묵 저편의〉 숨죽여 우는 여성들의 소리에 귀 기울여 공감하고 좀 더 배려하게 된다면, 역자로서 더 바랄 게 없을 것이다.

끝으로, 이 작품의 번역 원본으로는 Kate Chopin, *The Awakening*(New York: W. W. Norton & Company, 2018)을 사용했음을 밝힌다. 해당 원서의 각주들은 다 번역하진 않고, 일부만 필요에 따라 번역하여 집어넣었다.

2019년 11월
한애경

케이트 쇼팽 연보

1850년 출생 2월 8일, 미국 미주리주 세인트루이스에서 아일랜드 출신 사업가 아버지 토머스 오플래허티Thomas O'Flaherty와 프랑스계 귀족 가문 출신의 크리올 어머니 엘리자 파리스Eliza Faris 사이에서 출생.

1855년 5세 세인트루이스 가톨릭 여학교Sacred Heart Academy에 입학. 아버지가 열차 사고로 사망.

1861년 11세 가톨릭교회에서 피터 리처드 켄릭Peter Richard Kenrick 대주교로부터 견진 성사를 받음.

1863년 13세 외증조할머니가 사망하고, 이복동생 조지가 남부 연합군 군인으로 복무 중 장티푸스로 사망.

1867년 17세 시와 수필, 단편소설과 비평 등 장르를 가리지 않고 습작 노트에 글을 쓰기 시작함.

1868년 18세 세인트루이스 가톨릭 여학교를 졸업.

1869년 19세 사교계에 진출함. 첫 단편소설 「해방Emancipation: A Life Fable」을 완성.

1870년 20세 목화 상인이자 농장주의 아들인 루이지애나주의 오스카 쇼팽Oscar Chopin과 결혼. 유럽으로 신혼여행을 다녀온 뒤 뉴올리언스로 이사. 그해 11월 오스카 쇼팽의 아버지 사망. 그랜드 아일에서 여름

휴가를 보냄.

1871년 [21세] 첫 아들 진이 태어남. 이후 1879년까지 모두 여섯 명의 자녀(진, 오스카, 조지, 프레더릭, 펠릭스, 렐리아)를 낳음. 아들 오스카는 후에 『샌프란시스코 이그재미너*San Francisco Examiner*』의 전문 카툰 작가가 되고, 그의 딸 케이트는 재능 있는 예술가가 됨.

1873년 [23세] 남동생이 마차 사고로 사망.

1879년 [29세] 오스카 쇼팽이 사업상 어려움에 처해, 온 가족이 북서부 루이지애나주의 클라우티어빌로 이주. 작은 농장과 잡화점 사업을 시작.

1882년 [32세] 오스카 쇼팽이 말라리아로 갑자기 사망한 뒤, 많은 빚과 어린 여섯 자녀의 양육을 홀로 떠맡음.

1883년 [33세] 앨버트 샘파이트Albert Sampite와 연인 관계를 맺은 것으로 추정됨.

1884년 [34세] 남편의 사업을 맡아 잘 경영하려 애썼지만, 결국 세인트루이스의 친정으로 돌아가 친정어머니와 함께 생활함.

1885년 [35세] 친정어머니 사망. 주치의인 콜벤하이어 박사Dr. Frederick Kolbenheyer는 쇼팽과 줄곧 친분을 유지하며 글쓰기를 격려함. 이후 그는 『각성*The Awakening*』 속 망들레 박사의 모델이 됨.

1888년 [38세] 모파상의 소설을 읽기 시작.

1889년 [39세] 출판하려고 글을 쓰기 시작함. 잡지 『아메리카*America*』에 시 「그렇다면If It Might Be」이 수록됨. 남편의 유해를 클라우티어빌에서 세인트루이스로 이장함.

1890년 [40세] 첫 장편소설 『중대한 과실*At Fault*』을 자비로 출간. 장편소설 『젊은 닥터 고스*Young Dr. Gosse*』의 출간을 출판사들로부터 거절당함. T. S. 엘리엇의 어머니 샬럿 스턴스 엘리엇Charlotte Stearns Eliot이 조직한 〈수요일 클럽〉에 가입해 2년 동안 활동하다 탈퇴함. 몇몇 작품에 클럽 여성들에 대한 풍자가 드러나며, 『각성』에서는 하이캠프 부인의 딸과 관련지어 묘사됨.

1891년 41세　단편 「모브리 부인의 변명 Mrs. Mobry's Reason」과 「치욕스러운 정사 A Shameful Affair」 집필.

1893년 43세　단편 「데지레의 아기 Désirée's Baby」를 『보그 *Vogue*』지에 발표.

1894년 44세　단편 「고상한 여인 A Respectable Woman」과 「한 시간 이야기 The Story of an Hour」를 1월 『보그』지에 발표. 3월 호턴 미플린 출판사에서 단편집 『바유 사람들 *Bayou Folk*』을 출간. 쇼팽은 이 책으로 단편 작가로서 명성을 얻음.

1895년 45세　단막 희극 「난처한 입장 An Embarrassing Position」이 세인트루이스의 잡지 『거울 *Mirror*』에 실림.

1897년 47세　두 번째 단편집 『아카디에서 보낸 하룻밤 *A Night in Acadie*』이 웨이앤드윌리엄스 출판사에서 출간되어 계속 호평받음. 외할머니 아테네즈 샤를빌 파리스 Athenaise Charleville Faris가 사망.

1898년 48세　장편소설 『각성』 탈고. 단편 「폭풍 The Storm」을 완성했으나 출간하지 않음.

1899년 49세　4월 22일, 허버트 S. 스톤 출판사에서 『각성』 출간. 그해 봄과 여름, 세인트루이스와 미국 전역에서 대체로 이 작품에 대해 부정적인 평가를 받음.

1900년 50세　허버트 S. 스톤 출판사에서 세 번째 단편집 『직장과 목소리 *A Vocation and a Voice*』의 출간 결정을 번복(1991년에야 비로소 출간. 쇼팽의 소설 네 편 중 한 편만 출간됨). 세계적인 인명사전인 『마키스 후스 후 *Marquis Who's Who*』에 이름이 수록됨.

1901년 51세　단편 「벌목꾼들 The Wood Choppers」 발표.

1902년 52세   단편 「폴리Polly」 출간. 쇼팽의 마지막 소설.

1904년 54세   8월 20일, 세인트루이스의 세계박람회에 다녀온 뒤 뇌출혈 발생. 이틀 뒤인 8월 22일 사망.

열린책들 세계문학 246 **각성**

옮긴이 한애경 이화여자대학교 영문과를 졸업하고, 서울대학교 영문과에서 석사와 박사 학위를 받았다. 미국 코네티컷 대학교, 예일 대학교, 퍼듀 대학교, 노스캐롤라이나(채플힐) 대학교 등에서 연구했고, 현재 한국기술교육대학교 교수로 재직 중이다. 지은 책으로는 『플로스 강의 물방앗간 다시 읽기』(대한민국 학술원 우수도서), 『19세기 영국 소설과 영화』(문화체육관광부 우수도서), 『19세기 영국 여성작가 읽기』 등이 있다. 옮긴 책으로는 F. 스콧 피츠제럴드의 『위대한 개츠비』, 루이스 캐럴의 『이상한 나라의 앨리스』, 조지 엘리엇의 『미들마치』와 『사일러스 마너』, 『플로스 강의 물방앗간』(공역), 메리 셸리의 『프랑켄슈타인』, 대프니 듀 모리에의 『자메이카 여인숙』(공역), 제인 오스틴의 『레이디 수전 외』 등이 있다.

지은이 케이트 쇼팽 **옮긴이** 한애경 **발행인** 홍예빈 · 홍유진
발행처 주식회사 열린책들 **주소** 경기도 파주시 문발로 253 파주출판도시
전화 031-955-4000 **팩스** 031-955-4004 **홈페이지** www.openbooks.co.kr
Copyright (C) 주식회사 열린책들, 2019, *Printed in Korea.*
ISBN 978-89-329-1246-2 04840 ISBN 978-89-329-1499-2 (세트)
발행일 2019년 11월 30일 세계문학판 1쇄 2022년 1월 10일 세계문학판 2쇄

이 도서의 국립중앙도서관 출판예정도서목록(CIP)은 서지정보유통지원시스템 홈페이지(http://seoji.nl.go.kr)와 가자료공동목록시스템(http://www.nl.go.kr/kolisnet)에서 이용하실 수 있습니다.(CIP제어번호: CIP2019045873)

열린책들 세계문학
Open Books World Literature

각 권 8,800~15,800원